Réveillez le Président !

Du même auteur
chez le même éditeur

Brocéliande-sur-Marne
Ambernave
Six-Pack
Ténèbre
Cartago
Chaton : trilogie
Au Saut de la Louve
French Tabloïds

En Série Noire

Canine et Gunn
Barjot !
Zaune
Piraña matador (réédition en Folio Policier)

Jean-Hugues Oppel

Réveillez le Président !

Collection dirigée par
François Guérif

Rivages/Thriller

106, boulevard Saint-Germain - 75006 Paris

ISBN : 978-2-7436-1630-4
ISSN : 0990-3151

pour Jacques et Gisèle...
enfin !

« Celui qui combat peut perdre, celui qui ne combat pas a déjà perdu. »

Bertolt Brecht

« La fonction de l'écrivain est de faire en sorte que nul ne puisse ignorer le monde et que nul ne s'en puisse dire innocent. »

Russell Banks

« Ceux qui brûlent des livres finissent par tuer des hommes. »

Heinrich Heine

Première partie

TAVERNY
NE RÉPOND PLUS

BOUM !

Une charge atomique de 1 kilotonne est aussi puissante que l'explosion de 1000 tonnes de TNT. Un avion doté d'une bombe de 100 kilotonnes transporte à lui tout seul en énergie destructrice l'équivalent des soutes de 15 000 bombardiers de 1944. Il faut multiplier par dix pour obtenir 1 mégatonne.

Le 22 mai 1957, un bombardier B-26 de l'US Air Force en exercice survole à haute altitude le Nouveau-Mexique. L'appareil perd accidentellement une bombe H d'une puissance de neuf mégatonnes (soit quatre cent cinquante fois la puissance de celle lâchée sur Nagasaki le 9 août 1945). L'engin, qui pèse dix-neuf tonnes, tombe près de la ville d'Albuquerque. La charge nucléaire n'explose pas, mais le carburant de propulsion et la charge de mise à feu oui, creusant dans le sol un cratère d'environ sept mètres de diamètre pour quatre de profondeur.

Une vache est tuée.

Hier, par exemple...

Rade de Toulon, département du Var
Capitainerie du port de commerce
03 h 25 (01 h 25 TU)

Les lumières des installations portuaires dansent à la surface des eaux noires du bassin numéro 14. La mer est relativement agitée. Le vent souffle du large, soutenu et salé.

La rumeur du port n'est qu'un murmure aux petites heures de la nuit. Les marins sont soit au lit chez eux, soit en mer. Ils ne reviendront pas avant l'aube, pour ceux qui doivent revenir. Le personnel d'entretien à terre en profite pour effectuer des tâches plus difficiles à faire la journée quand les activités maritimes battent leur plein. Quelques petits véhicules de service vont et viennent sur les docks. Un électricien vérifie des branchements haute tension près de la criée. Une équipe de nettoyage œuvre à l'intérieur. Ses abords sont pour un moment encore le royaume exclusif des chats aux moustaches frémissantes qui traquent le moindre débris de poisson négligé par la serpillière des nettoyeurs.

Passé deux heures du matin, l'effectif de veille est réduit au minimum à la capitainerie du port de commerce, sauf événement spécial ou crise majeure nécessitant un luxe de précautions sécuritaires. La grogne des marins-pêcheurs à chaque renégociation des quotas de pêche au niveau européen, par exemple, passe rapidement du statut d'événement à celui de crise quand les chiffres de prises autorisées espèce par espèce sont enfin connus. On craint alors les manifestations et leurs débordements généralement brutaux, réprimés par des forces de l'ordre à la douceur coutumière bien connue, aussi n'est-il pas rare de compter une dizaine de responsables inquiets bourdonnant dans la capitainerie ces jours-là.

Cette nuit, ils ne sont que trois. Lemarchand, Tibers et Secotto, du plus vieux au plus jeune. C'est un trio d'habitués des veilles de nuit.

Ils auraient dû être quatre, ce qui leur permettrait de jouer à la belote pour tuer le temps, mais le quatrième est aux urgences avec ce qui ressemble à une intoxication alimentaire. Après une courte réflexion, la direction du port n'a pas jugé utile de faire appel à un remplaçant : la surveillance nocturne peut être assurée par trois personnes en attendant la relève du matin sans mettre la sécurité des quais en péril pour autant, et il n'y a pas de petites économies quand la croissance se fait attendre et le poisson de plus en plus rare.

Jean Lemarchand est le grand manitou du café.

C'est le plus vieux des trois, un grand corps à peine marqué par l'âge et le travail. La retraite se profile à l'horizon de l'année prochaine avant les vacances aussi sûrement que la proue d'un chalutier à la pointe de Saint-Mandrier. La cafetière électrique glougloute sous son œil averti. Jean Lemarchand reconnaît un futur délice d'un jus de chaussette rien qu'à la couleur des premières gouttes s'écrasant au fond de la verseuse. C'est un don de famille, sa grand-mère savait déjà faire un bon café (elle n'avait que ça à foutre, il faut dire), voilà pourquoi ses coéquipiers le collent d'office à la cafetière quand ils ont la chance de partager une nuit de veille avec lui.

Pierre Tibers est une pointure en matière d'électronique.

De tout le personnel régulier fréquentant la capitainerie, il est sans doute le seul à être capable de réparer un circuit imprimé sans attendre le spécialiste de la maintenance. Il se plie avec aisance aux mises à jour incessantes des programmes informatiques, et se fait un devoir d'aider ses petits camarades à pénétrer les arcanes du **RECHERCHER/REMPLACER** version modernisée quand il faut nourrir les machines avec les nouvelles coordonnées d'un bateau ayant changé de pavillon, afin de l'identifier sans erreur à sa prochaine entrée dans la rade. Pierre Tibers est un frêle gabarit qui ne paye pas de mine. Quelques voyous de la zone portuaire, en quête de victime à détrousser, ont appris à leurs dépens que sa carrure chétive cachait une parfaite maîtrise de plusieurs arts martiaux.

Thomas Secotto ne vient jamais sans son chien.

C'est un petit teckel à poil ras, couturé de partout : il a servi de ballon d'entraînement aux possesseurs de molosses pariant sur des combats de chiens, tenus frauduleusement dans des hangars désaffectés au fin fond de zones industrielles en déshérence. Une descente de police inopinée mit fin à cette charmante pratique. Rescapé par miracle, confié à la SPA, puis adopté par Thomas Secotto (qui le baptisa aussitôt « Francfort » pour cause de ressemblance sauciforme), le petit chien martyr devint vite la mascotte de la capitainerie. Mis à part les femmes, le football, le vin, la pêche au gros, les romans de science-fiction, les films d'horreur, le poker menteur, la musique d'accordéon musette, les mangas pornographiques tendance domination, et son chien dont il raconte l'incroyable histoire en moyenne cinq fois par semaine, Secotto n'est pas un grand bavard.

Secotto prend son café avec deux sucres, sans lait. Tibers prend le sien sans sucre, mais avec un nuage de lait. En vrai puriste, Lemarchand ne saurait déguster le 100 % arabica bien fait que nature.

Jean Lemarchand connaît les goûts de tous ses coéquipiers de veille, et il fait le service en conséquence. Les mugs fumants passent de main en main. Les locaux de la capitainerie embaument le café frais comme un magasin de torréfaction en pleine activité. Avec seulement trois clients, la verseuse garde une seconde tournée au chaud sur la plaque chauffante de la cafetière, que personne n'oserait éteindre avant le lever du jour en présence du grand manitou.

Tibers fait claquer sa langue.

– Une merveille, comme d'hab'. T'es un chef, Jeannot.

Secotto confirme d'un hochement de tête pour une fois silencieux ; il ne veut pas réveiller Francfort qui roupille comme une bûche, roulé en boule sur ses genoux. Le chien ne boit pas de café.

Lemarchand s'approche d'une fenêtre, doigts crochés autour de l'anse de son mug. Il sirote une gorgée, l'âme en paix et l'œil vague musardant sur les docks en contrebas de la capitainerie, avant que son regard ne se porte au lointain vers les lumières des installations portuaires qui dansent en miroitant à la surface des eaux noires du bassin numéro 14 – le café prend un goût bizarre en fin de gorgée. L'âme moins en paix soudain, Jean Lemarchand déglutit de façon plus bizarre encore.

Si l'on peut voir des lumières danser à la surface du bassin numéro 14, là-bas, c'est que rien ne s'interpose entre l'eau et la vue de l'observateur.

Or, quelque chose devrait.

Quelque chose de soixante-treize mètres de long pesant dans les deux mille cinq cents tonnes.

– Pierre, Thomas, venez voir...

– Souci, Jeannot ?

Tibers jette un regard d'habitué aux écrans de contrôle, qui n'affichent que des données rassurantes. Secotto proteste à voix basse qu'il va réveiller Francfort s'il bouge.

– Venez, je vous dis, merde ! gronde Lemarchand.

En dépit des protestations ensommeillées du chien, Secotto le vire et quitte son siège. Il rejoint Lemarchand à la fenêtre où Tibers l'a précédé de peu.

– Ouais, alors ?

Jean Lemarchand montre au loin le bassin numéro 14 ; ses eaux agitées.

– Vous voyez la flotte, là-bas ?

Secotto et Tibers confirment, ils ne sont pas aveugles. Voir de l'eau éclairée par des lampadaires de quai dans un port méditerranéen où les effets de marée basse sont négligeables, ce n'est pas une surprise, soit dit en passant.

Tibers dévisage son collègue de travers, plus inquiet qu'intrigué.

– Quel est le problème, Jean ?

– On devrait pas voir la flotte, Pierre.

Quand Lemarchand a pris son service de nuit à la capitainerie, avec son quart d'heure d'avance rituel, le bassin numéro 14 était en majeure partie occupé par un bâtiment à l'amarre, et pas n'importe quel bâtiment : l'*Améthyste*.

Le sous-marin nucléaire d'attaque *Améthyste*. C'est sa propulsion qui est nucléaire, pas son armement.

Sa présence au port était exceptionnelle : les submersibles de type SNA, quand ils ne sont pas en mission ou en manœuvres au fond de l'eau, restent entre eux à la base navale voisine, sous la bonne garde des fusiliers marins. Si la solidarité des gens de mer est indéfectible au large, vaisseau amiral ou simple morutier, à terre le militaire reprend le pas sur le civil et les uniformes ne se mélangent pas avec les cirés.

L'amarrage de l'*Améthyste* dans le bassin numéro 14 était dû à des travaux perturbant le quotidien de la base navale : on devait y tester des équipements transformés en vue de pouvoir accueillir au mieux le *Barracuda*, futur remplaçant du plus ancien des sous-marins nucléaires d'attaque bientôt retiré du service actif. On avait besoin de place à la base, pour les tests, alors plutôt que d'envoyer coûteusement un submersible en manœuvres inutiles quelque part dans le monde, l'état-major de la Marine avait décidé d'assigner un sous-marin à résidence chez ses voisins du port de commerce. Le choix se porta sur l'*Améthyste*, qui avait besoin de faire des réparations minimes, parfaitement réalisables dans un bassin assez isolé du reste des installations portuaires pour garantir un minimum de sécurité sans avoir à réduire la garnison de fusiliers de la base.

Les soixante-six hommes d'équipage et leurs huit officiers doivent rester consignés à bord de jour comme de nuit, sauf un groupe de neuf sous-mariniers (huit matelots et un gradé) montant la garde sur le quai par rotation de sept heures. On avait avisé la capitainerie que la zone du bassin numéro 14 était à éviter pour qui n'avait rien à y faire, sous peine d'arrestation immédiate pour suspicion d'agissements potentiellement terroristes pouvant valoir une interminable garde à vue et une mise en examen pour atteinte à la sûreté de l'État.

Il y a moins d'une heure, le long bâtiment et ses sentinelles étaient encore visibles, Jean Lemarchand en mettrait sa main au feu. Pierre Tibers n'a toujours pas saisi ce qui paraît tant tourmenter le grand manitou du café.

– Et pourquoi on devrait pas la voir, la flotte ?

– Le sous-marin, bordel !

Secotto et Tibers se regardent, comprenant à retardement où voulait en venir Lemarchand.

– C'est vrai, il est parti, constate bêtement Secotto.

– Ouais, il est plus là ! renchérit Tibers.

– Je le crois pas... C'est tout ce que ça vous fait ? Merde alors ! s'étrangle Lemarchand.

– Ben...

– Heu...

– Bordel ! Devant vous, c'est quoi ? La rade de Toulon ou un jardin public ? On en sort comme on veut, de la rade de Toulon ? Depuis quand largue-t-on les amarres en oubliant de prévenir la capitainerie, s'il vous plaît ! ?

La voix de Jean Lemarchand a grimpé d'un ton dans les aigus, signe d'énervement devant l'incompréhension de ses collègues de veille.

Thomas Secotto voudrait trouver une phrase ou deux intelligentes à dire, pour détendre l'atmosphère, mais n'en trouve pas le premier mot. Dérangé par les éclats de voix, Francfort gémit sous sa chaise, la queue entre les pattes.

La révélation foudroie Pierre Tibers – il se mord les lèvres aussitôt, incrédule : un sous-marin nucléaire d'attaque ne prend pas la mer comme ça, sur un coup de tête de son commandant qui aurait envie d'aller harponner le cachalot dans les grandes profondeurs. Il lui faut une bonne raison.

Une mauvaise, en l'occurrence.

Base aérienne 103 de Cambrai-Épinoy
Escadron de chasse 1/12 « Cambrésis »
03 h 30 (01 h 30 TU)

Toutes sirènes hurlantes, l'alarme a retenti sur la base aérienne 103 « Commandant René Mouchotte » voici une demi-heure très exactement.

À trois heures du matin pétantes.

À trois heures et des poussières, chaque pilote de l'escadron de chasse 1/12 « Cambrésis » en permanence de veille courait vers son appareil que ses mécaniciens personnels entouraient déjà ; les endormis jaillissaient de leur lit et revêtaient leur combinaison de vol en songeant qu'il faudrait faire une croix sur le petit déjeuner.

Patrick Miziau est sorti de sa chambre le premier. Il a remonté sans attendre le couloir menant à la salle des opérations, casque sous le bras. Assortis à sa chevelure de coupe réglementaire, les quatre galons d'or du grade de commandant ornent la poche de poitrine de sa combinaison de vol anti-*g* dont il n'a pas encore fermé le col.

Le beau et blond commandant Miziau est le *squadron leader* du 1/12 « Cambrésis ». Pour nommer sa fonction, il préfère l'appellation anglo-saxonne plutôt que celle de « chef d'escadron » qui rappelle trop l'ancienne formule française « chef d'escadrille » car, c'est bien connu, quand les cons voleront – Patrick Miziau est *squadron leader*, voilà. Après la formation initiale de l'École d'aviation de chasse sur la base 705 de Tours, le sous-lieutenant Miziau a ensuite gravi tous les échelons de la carrière de pilote pour finir à Cambrai-Épinoy, une tradition familiale : tous les mâles de la branche Miziau pur sucre sont passés un jour ou l'autre dans la cabine du simulateur de vol SIMU 2000, orgueil de la base 103 « Commandant René Mouchotte ». La famille paternelle est ancrée dans la région Nord depuis des siècles, et les garçons ont tenu un manche à balai dès qu'il y a eu des avions à piloter pour l'honneur des cocardes.

L'escadron 1/12 vole sur Mirage 2000 C, capable d'atteindre plus de Mach 2. L'appareil monoplace est armé de deux canons de trente millimètres et de quatre missiles air-air conventionnels. Miziau ne connaît pas le cas de conscience de ses collègues pilotant les Mirage N (le « N » pour « nucléaire ») participant à la Dissuasion française : sa mission et celle de ses hommes, c'est la défense de l'espace aérien du pays, la police du ciel disent certains, pas l'anéantissement sous le feu atomique du territoire de l'ennemi pas dissuadé du tout. Deux autres escadrons font pareil sur les bases de Dijon et d'Orange où, à n'en pas douter, les lits ont été quittés à la même heure que du côté de Cambrai, par autant de gaillards bâtis sur le même modèle.

Bien râblé, Patrick Miziau est un athlète au gabarit d'un Tom Cruise en un peu plus épais, comme tous les pilotes de chasse. Quiconque met le nez dans le cockpit d'un avion de combat moderne peut mesurer son étroitesse. Il ricanera désormais au cinéma en voyant des héros taillés comme des armoires à glace s'installer aux commandes d'un chasseur supersonique sans coincer un peu aux entournures.

Le chef d'escadron – pardon, le *squadron leader* Miziau a pénétré dans la salle des opérations avec le premier de ses hommes sur les talons, son ailier favori comme de juste, ponctuel au sol comme en l'air. Les autres ont suivi un par un sans retard, pareillement harnachés de la tête aux pieds. Ils étaient seuls dans les lieux vides de tout autre occupant.

Le grand tableau effaçable à sec accroché au mur principal de la salle, d'ordinaire couvert de chiffres, de graphiques divers et de noms écrits aux feutres de toutes les couleurs pour répartir les exercices, était vierge de toute inscription – sinon les quatre lettres **BCLG** en gros et gras, au beau milieu. Miziau a souri malgré lui.

Bonne **C**hance **L**es **G**ars.

Les lettres avaient été tracées avec le vert de l'espoir, avant que leur scripteur (sans doute l'officier qui ventile les missions d'exercice en temps normal) ne gagne en toute hâte le PC opérationnel de la base, d'où ce qui a motivé sa mise sous alarme sera géré.

Tous les pilotes ont compris qu'il ne s'agit pas de tester leurs capacités à trouver la piste d'envol au saut du lit, de décoller et atterrir en aveugle aux instruments, ou d'intercepter en nocturne une cible-leurre quelconque le plus rapidement possible pour gagner du galon. Le sourire du commandant Miziau s'est effacé aussi vite qu'il est apparu.

C'est du sérieux.

Aucun plan de vol n'est arrêté dans ce cas-là, ce qui explique la virginité du tableau et la vacuité des lieux. L'alarme place la base 103 et tout son personnel sous alerte maximum, les pilotes plus particulièrement dans l'attente des ordres. Si celui du décollage immédiat des appareils est donné avant toute autre information, les pilotes s'exécutent, décollent et reçoivent les consignes d'action une fois en l'air. L'urgence interdit de faire un briefing au sol en papotant autour d'une carte. Si les consignes tardent à venir, les Mirage cerclent au-dessus de Cambrai-Épinoy en attendant.

Un objectif, la mort, ou la fin de l'alerte.

Miziau et son groupe ont quitté la salle des opérations au pas de charge. Les hommes suivaient leur chef avec un demi-temps de retard sur lui, réglés comme des horloges. Une tradition qui est devenue une habitude. Les dents serrées, personne ne parlait en marchant, direction les escaliers à l'autre bout du couloir, que les pilotes ont dévalés quatre à quatre, martelant les marches comme un régiment à la parade.

Au coin du palier intermédiaire, un tigre empaillé montre les crocs. Un étage plus bas, c'est un mannequin de vitrine aux formes féminines indiscutables (un bon 95 C) à la plastique rayée de noir et de jaune qui tend les bras au visiteur.

Chaque pilote lui a touché les seins au passage, sans s'arrêter, comme il a posé brièvement la main entre les oreilles du tigre juste avant.

Rituel porte-bonheur.

Le 1/12 « Cambrésis » est cofondateur et membre permanent du club des « Tigres de l'OTAN », une association regroupant la plupart des escadrons aériens des pays de l'Organisation du Traité de l'Atlantique Nord ayant adopté un fauve à rayures pour emblème. Leur devise est *Difficile d'être modeste*, tout un programme célébré chaque année sur la base d'un membre permanent de la confrérie par un grand raout qui réunit un maximum de fuselages décorés aux couleurs de la bête, hélicoptères compris, tels les 230 Squadron et

814 Naval Air Squadron britanniques. Tout le monde fait semblant de ne pas savoir que la livrée du tigre est un parfait camouflage pour la jungle, mais une parfaite stupidité sur des machines volantes fendant l'azur immaculé.

Seul compte le symbole – graou ! font mentalement les pilotes en effectuant leur rituel dans l'escalier, à l'entraînement comme en opération réelle.

Dehors, l'odeur du kérosène brûlé à une heure plus qu'inhabituelle (même pour un entraînement en conditions dites « sévères ») soulignait la réalité du moment. Réacteur en marche, les appareils étaient à la chauffe devant leurs hangars respectifs, des moitiés de cylindres recouvertes de terre herbue et disséminées de façon aléatoire sur tout le périmètre de la base. Certaines moitiés sont vides et n'abritent jamais aucun Mirage 2000 C. Vu du ciel, il est impossible de savoir lesquelles.

Les mécanos qui s'agitent autour des avions les ont sortis à l'air libre en les tirant par le vérin de la roulette de nez du train d'atterrissage, avec des engins de service gros comme des tondeuses à gazon autotractées. Un camion-citerne a été garé le long d'un avion nécessitant un complément de carburant. Les missiles air-air ont été roulés sous les ailes deltas des appareils avec des petits chariots à roues pneumatiques. Les munitions des canons de 30 sont arrivées en camionnette. Les seuls ordres que les mécanos ont reçus du chef de piste sont : le plein de coco à ras-la-gueule et l'armement en mode Combat pour tout le monde.

Eux aussi ont compris.

Le personnel non-volant de la base, du simple cuistot au radariste confirmé, les rampants (ainsi surnommés par les pilotes qui se la pètent un brin, il faut l'avouer), n'est pas en reste. Tous ceux qui n'habitent pas sur place sont appelés chez eux. Ceux qui ne sont pas en vacances et qui ne répondent pas au téléphone auront intérêt à présenter un excellent motif d'absence à leur prochaine prise de service, par exemple un certificat de décès en bonne et due forme.

Les spécialistes de la tour de contrôle sont au complet. On scrute attentivement les changements de direction du vent, dont dépend le choix du sens de décollage au meilleur de l'une des deux pistes. Les radars ne signalent aucune intrusion hostile dans l'espace aérien balayable depuis Cambrai-Épinoy – pour le moment. La situation peut évoluer en un clin d'œil. Les armes volantes sont aussi rapides que les avions, aujourd'hui, sinon plus. Certaines commencent même à être furtives.

Les servants des canons antiaériens sont à leur poste, tourelles de tir en position « prêt-au-feu » couvrant les abords des pistes. Si les Mirage défendent le pays en l'air, ces piétons-là protègent au sol la base d'un éventuel raid aérien. Au cas où la B-A 103 « Commandant René Mouchotte » serait frappée par un missile balistique tactique, stratégique ou intercontinental, la totalité de son personnel sera vaporisée en un éclair sur le même pied d'égalité – rampants et non rampants, n'en déplaise à la morgue des pilotes de chasse toujours en attente sur le plancher des vaches. Reprenant sa check-list pour la énième fois, le commandant Miziau est imperturbable dans le cockpit de son Mirage qui vibre doucement sous ses fesses.

Il se concentre sur son tableau de bord. Son chronomètre d'aviateur indique trois heures et trente minutes.

Prêt à décoller dans la demi-heure après l'alerte : aussi bien qu'à l'exercice, sinon mieux compte tenu du stress inévitable en conditions réelles. Miziau pratique une forme de yoga apprise auprès d'un adjudant-chef asiatique lors d'un stage interarmes, au temps de sa formation complémentaire à Cazaux. Bien sanglé sur son siège éjectable, le pilote respire comme il faut, ce qui ne l'empêche pas de se demander s'il préférerait décoller dans les minutes suivantes pour une vraie mission d'interception, ou bien que tout cela ne soit qu'une fausse alerte.

À bien y réfléchir, le *squadron leader* Patrick Miziau n'est pas sûr de sa réponse.

BOUM !

Les États-Unis d'Amérique ont établi des niveaux d'alerte gradués pour garantir leur sécurité en cas de tentative d'agression extérieure. Ce ne sont pas seulement des vestiges de la Guerre Froide, ou les symptômes évidents d'une paranoïa galopante développée à l'ère thermonucléaire par la seule nation ayant à ce jour utilisé l'arme atomique en tant qu'arme de combat, et ce par deux fois, sur des populations civiles.

Si l'agression extérieure est, par exemple, une attaque massive de missiles intercontinentaux visant le territoire national ou des intérêts vitaux à l'étranger, forces alliées y compris, attaque que le Haut Commandement des choses militaires considère comme probable – imminente – en cours, la riposte est en préparation immédiate. Le pays est donc en état d'alerte maximum sans étapes intermédiaires.

Sinon, les niveaux d'alerte américains sont numérotés de 5 à 1 et s'appellent DEFCONs (pour DEFense CONditions).

À DEFCON 5, c'est la paix, tout va bien, il fait beau, mais ce n'est pas une raison pour que les boys se tournent les pouces dans leurs cantonnements en regardant voler les mouches, alors rien ne vaut une bonne séance d'entraînement au tir ou une marche forcée avec tout le barda sur le dos, et cela n'empêche pas les GI's d'aller de l'autre côté de l'océan botter le cul des moricauds insolents qui menaceraient les intérêts pétroliers texans, ce qui est en plus une excellente occasion de tester du nouveau matériel sur cibles réelles.

À DEFCON 4, si tout ne va pas encore mal, il fait moins beau, il y aurait comme de la menace ennemie dans l'air, les experts militaires commencent à se demander si ça ne sentirait pas un peu le roussi aux frontières, des fois, et prennent des mesures de sécurité intérieures renforcées (mais sans excès) tandis que les services de renseignements sont fermement priés de se renseigner sur ce qui se passe, plus vite que ça de préférence, merci, et d'obtenir des résultats probants de nature à rassurer le Congrès, les conseillers de la Maison Blanche et les énervés du Pentagone qui reniflent déjà avec gourmandise les promesses de l'odeur du napalm dans le petit matin.

À DEFCON 3, le temps se couvre et les choses sérieuses commencent, on ne rigole plus sur les bases aériennes, il n'est plus question de jouer au football sur le pont de catapultage des porte-avions et il est interdit de fumer à proximité des ogives nucléaires (depuis l'avènement général des lois antitabac, il est en fait interdit de fumer où que ce soit, même à DEFCON 5), les mesures de sécurité sont renforcées avec excès et les généraux à mâchoire carrée et poitrine bardée de décorations se demandent s'il ne faudrait pas envisager de réveiller le Président qui, immanquablement et le long de cinq fuseaux horaires (l'Alaska et les îles Hawaii inclus), ronfle à poings fermés chaque fois que le pays est menacé de façon nucléaire.

À DEFCON 2, le Président est tiré de son lit sans ménagement et fourré dans un Boeing 747 transformé en Poste de Commandement Volant tandis que le Vice-Président prend un autre moyen de transport (ne jamais exposer les deux têtes du pouvoir exécutif au même endroit au même moment), les pilotes de chasseurs et de bombardiers font chauffer leurs moteurs en serrant les fesses, les sous-mariniers regrettent déjà de ne pas faire partie de l'équipe en repos à terre, les officiers lanceurs de missiles cherchent la clé de l'armoire où sont rangés les codes de lancement classés Top-Secret pendant que les silos sont décapsulés comme des bouteilles de soda prêtes à cracher leur venin, et donc, en gros, tous les moyens de défense du pays sont sur le pied de guerre et attendent non sans impatience l'ordre formel de revenir à un niveau d'alerte nettement, mais alors nettement inférieur.

À DEFCON 1, c'est la merde.

Saint-Christol, dans le Vaucluse
Ancien site stratégique du plateau d'Albion
03 h 42 (01 h 42 TU)

Le silo atomique n'est plus éclairé que par une rangée d'appliques murales grillagées, une dizaine de sources lumineuses vissées au premier tiers de la hauteur du mur circulaire.

Avec un soupir, Blaise Aumages marque une pause et lève les yeux vers la noirceur qui rend invisible le sommet du silo. Il y a d'autres appliques aux deuxième et troisième tiers de la hauteur, mais elles sont rarement allumées, pour économiser l'électricité. Le site stratégique, fermé depuis une dizaine d'années, coûte déjà assez cher comme ça à entretenir pour ne servir à rien. En poussant sa machine de nettoyage, une laveuse-cireuse-sécheuse, Blaise Aumages contribue à cet entretien, à la vitesse d'un caddie moyennement plein poussé par une ménagère désabusée un lendemain de hausse des prix.

Homme et machine sont seuls au milieu d'un grand vide.

Autrefois, ici, la presque totalité de l'espace était occupée par un monstre de presque vingt-cinq tonnes, un cylindre à tête pointue haut de presque quatorze mètres pour une circonférence d'un mètre cinquante. Le missile sol-sol balistique stratégique S3D était le fleuron de la dissuasion nucléaire française, menaçant l'ennemi tenté de venir mugir férocement dans nos campagnes d'une frappe mégatonnique jusqu'à trois mille cinq cents kilomètres de distance, départ une minute pile après la réception de l'ordre de tir. Avec une carte à l'échelle idoine et un bon compas, il n'est pas difficile de deviner qui était l'ennemi visé (les New-Yorkais pouvaient dormir tranquilles). Le site du plateau d'Albion compte dix-huit silos semblables, que seuls les espions myopes n'arrivaient pas à photographier correctement du temps de leur activité. C'était avant les progrès des satellites indiscrets, qui ont largement contribué à la mise au rebut des SSBS-S3D et au développement des missiles mobiles, plus difficiles à repérer.

La fermeture des installations militaires fut accueillie sans joie par les élus locaux, qui voyaient le réseau routier de tout le département refait à neuf aux frais de l'armée plus que régulièrement, pour garantir un accès sûr au site stratégique en toutes circonstances quelle que soit la saison. La population civile ne s'en est pas plus réjouie, surtout les commerçants. Il leur reste quand même quelques hommes en uniforme pour clients, les légionnaires du 2e Régiment Étranger du Génie – qui sont hélas moins dépensiers que ne l'étaient les officiers et les spécialistes de la force de frappe nucléaire. Il est toujours dangereux de mal payer des gens qui ont potentiellement neuf cents Hiroshima sous leur responsabilité.

Blaise Aumages, lui, n'a pas eu à se plaindre de la mise hors service du site : grâce à cela, dans une région pas franchement gâtée question emploi pour les gens de son âge (la cinquantaine) et avec ses qualifications (aucunes), il avait trouvé du travail, et même du travail bien payé, denrée encore plus rare dans l'azimut vauclusien – travail bien payé parce qu'à effectuer en nocturne, c'était à prendre ou à laisser. Aumages avait pris, mais il n'a jamais compris pourquoi il devait faire le ménage au tarif fort des heures de nuit, et pas le jour à des heures chrétiennes moins coûteuses pour le budget de la Nation.

On lui a pourtant expliqué cent fois que le site d'Albion ne pouvait rester inoccupé jusqu'au Jugement dernier, que l'on étudiait en haut-lieu les possibilités de sa reconversion, que de fait des officiels pouvaient débarquer à tout moment en mission d'évaluation, des ministres peut-être même, qu'ils pouvaient être accompagnés d'investisseurs étrangers et qu'il était hors de question que ceux-ci puissent trouver l'endroit dans un état douteux – l'officiel en mission d'évaluation accompagné ou non n'ayant pas l'habitude de débarquer avant huit heures du matin et après dix-neuf, le ménage ne pouvait alors se faire que de nuit et être payé en conséquence, CQFD.

Le technicien de surface Blaise Aumages s'est donc habitué à descendre travailler vingt-quatre mètres sous terre, bien que n'étant pas mineur de fond, avec des horaires de vampire.

La probabilité de reconvertir un silo atomique vide fermé par une porte d'acier de cent quarante tonnes en quelque chose d'autre laisse Aumages perplexe. À part en faire un stand de tir à l'arc pour grabataires, il ne voit pas. Il y songe parfois en poussant sa laveuse-cireuse-sécheuse, comme aujourd'hui, dans ce lieu désert et mal éclairé dont la configuration circulaire rehausse l'étrangeté. Le ronronnement de la machine d'entretien y résonne de façon étrange, en gros chat enrhumé.

Quand Aumages aura fini le présent silo, il passera au suivant, distant de trois kilomètres comme ils le sont tous les uns par rapport aux autres. Aumages effectuera le trajet par la route, en camionnette. Puis il lui restera un autre silo à faire avant le lever du jour, déplacement routier là encore. La possession d'un permis de conduire valide était l'unique condition sine qua non requise pour obtenir l'emploi ; le véhicule utilitaire serait fourni, entretenu et remplacé au besoin par l'employeur. Au chapitre des conditions sine qua tout court il était conseillé d'avoir un casier judiciaire vierge et un minimum de famille en Chine communiste, en Russie à présent fédéralisée et dans les républiques musulmanes indépendantes autrefois soviétiques. Quoique démantelé et inutile, le plateau d'Albion restait zone surveillée relevant des intérêts de la Défense Nationale.

Avec Blaise Aumages, deux autres hommes et trois femmes se partagent l'entretien des dix-huit silos désaffectés. Six chômeurs de longue durée à effacer des statistiques, cela ne se refuse pas. En tenant compte du temps de repos compensatoire dû à tout travail effectué la nuit, le ménage est fait dans chaque silo au moins une fois par semaine. Un luxe inutile, constate Aumages quand il descend travailler pour trouver des sols dans l'état où il les a laissés, à peine poussiéreux tant les ex-abris de missiles balistiques ont été prévus étanches. Si des officiels passent à l'occasion, comme on le lui a dit, ils essuient bien leurs chaussures avant d'entrer.

Mais ils ont dû venir il y a peu, car Blaise Aumages aperçoit une armoire murale dont la porte est mal fermée.

Depuis le temps qu'il travaille sur un site figé dans son abandon, il a l'œil, Blaise Aumages : le moindre changement de l'apparence du décor attire son attention, et ni lui ni aucun de ses collègues homme ou femme ne quitterait les lieux sans s'être assuré que tout était en ordre. Un moment de distraction est plutôt possible à l'arrivée, ce qui expliquerait pourquoi il n'a pas vu l'état anormal de cette porte tout à l'heure.

Aumages s'approche de l'armoire. Il n'a pas la berlue : des éclats de lumière filtrent par intermittence à l'entrebâillement de la fermeture imparfaite. Quelque chose flashe avec régularité à l'intérieur de l'armoire murale.

Blaise Aumages achève d'ouvrir la porte, curieux.

L'armoire renferme une série de disjoncteurs commandés par un coupe-circuit général. Un boîtier lumineux, visiblement branché sur une alimentation indépendante, clignote sans discontinuer. Sous la lampe affolée, un compteur qui trahit son âge affiche les heures et les minutes en chiffres digitaux orangés. Les heures sont à double-zéro, les minutes – Blaise Aumages n'en croit pas ses yeux. Il se frotterait bien les paupières s'il ne savait que c'est parfaitement inutile.

Sauf erreur de sa part, dans un silo atomique mis hors service voilà des lustres, un signal d'alarme se manifeste depuis plus de quarante minutes.

Il est écrit juste au-dessus du boîtier : **ALERTE DISSUASION**.

À bord du SNLE Téméraire
Position : Très Secret Défense
Heure (en Temps Universel) : Très Secret Défense

Ce n'est pas un exercice...

La phrase tourne en rond dans le cerveau du capitaine de vaisseau Laurent de Saint-Lapray, le pacha qui commande le *Téméraire*, quatorze mille et quelque cent vingt tonnes de dissuasion nucléaire à discrétion renforcée, en plongée par trois cents mètres de fond quelque part sous la surface d'un océan du globe.

Ce n'est pas un exercice...

À bord d'un sous-marin moderne, la cabine du commandant n'a rien d'une chambre de palace, même si elle est un tout petit peu plus grande que celles de ses subalternes, mais surtout le pacha jouit du privilège de la solitude, dans le silence relatif des machines que l'on sent plus que l'on entend résonner dans les structures du bâtiment. En cet instant, le capitaine de vaisseau Laurent de Saint-Lapray la savoure en toute plénitude, cette solitude providentielle. Il lui faudra bientôt la quitter et affronter le regard de l'équipage dans les coursives, celui de ses officiers sur la passerelle, tous des hommes à sa personne et à la Marine complètement dévoués mais confrontés pour la première fois à l'impensable, comme lui-même.

Ce n'est pas un exercice...

Laurent de Saint-Lapray pensait pourtant avoir été aussi entraîné à l'idée qu'il lui faudrait bien, une fois dans sa vie, faire pour de vrai ce à quoi on l'exerce régulièrement et intensément, ne serait-ce que pour donner un sens à tout cet entraînement. Avant peu sans doute, peut-être même plus tôt que ça, le capitaine de vaisseau donnera l'ordre qu'il redoute en fait de donner un jour depuis qu'il commande sur la passerelle du *Téméraire*, l'un des trois sous-marins nucléaires lanceurs d'engins français de nouvelle génération.

Cet ordre est celui de lancer la foudre atomique.

Les SNLE, très bientôt au nombre de quatre en version nouvelle génération, sont le fer de lance d'une politique de défense basée sur la dissuasion : attaque-moi et je te détruirai (j'espère bien avant que tu ne me détruises) ou je te ferai au minimum subir des pertes comme tu n'en as pas idée. Les autres puissances disposant de l'arme nucléaire en ont au contraire une parfaite idée – les Japonais une meilleure encore et sans posséder la moindre fusée à charge radioactive. Deux cent dix mille Japonais pour être exact, mais qui ne sont plus là pour le raconter. Les survivants se cachent, honteux, alors que la honte appartient aux B-29 du président Truman.

Comme ses petits camarades, le *Téméraire* peut emporter dans ses flancs seize missiles M45 dotés de six têtes de cent cinquante kilotonnes chacune, dont la portée varie de quatre à six mille kilomètres selon le type de têtes emportées, avec une préférence des stratèges de l'état-major pour les TN75 légères et furtives, dotées de leurres, le must en frappes surprises. Sachant que l'arsenal de missiles balistiques embarqués par les SNLE tricolores est de quarante-huit au total, la France a donc potentiellement le pouvoir de reproduire deux mille cent soixante fois l'anéantissement d'Hiroshima ou de Nagasaki.

Fort modestement, le capitaine de vaisseau Laurent de Saint-Lapray doit se contenter de sept cent vingt fois.

Trois coups sont frappés à la porte de sa cabine.

– Entrez !

Le capitaine de corvette Jacques Chambéris entre.

C'est l'officier en second du bord, le bras droit du pacha, un autre lui-même au besoin. Avec ses états de service, Chambéris pourrait prétendre à commander un aviso ou un sous-marin d'attaque, mais il n'y tient pas. Il connaît ses limites, et professe que prendre du galon jusqu'au maximum possible d'une carrière n'est pas forcément une fatalité. Le patron du *Téméraire* n'a jamais fait aucun commentaire sur cette philosophie en ou hors sa présence. Il se garde bien de recommander en haut lieu la promotion du capitaine de corvette Jacques Chambéris : les très bons officiers en second aptes à supporter les contraintes du service actif à bord d'un SNLE sont rares.

De Saint-Lapray se lève de la banquette de repos où il méditait sur l'écrasante responsabilité qui l'attend. Chambéris est immobile à trois pas de lui, les mains dans le dos. Les deux hommes échangent un regard identique où chacun peut lire l'émotion de l'autre.

– Ce n'est pas un...

– ... exercice, oui.

Chambéris a commencé la phrase que de Saint-Lapray a terminée avec un léger sourire forcé.

– Il fallait bien que ça arrive un jour.

– De mon vivant, je n'y croyais pas, commandant !

– Vous n'êtes pas si jeune, Second...

De Saint-Lapray n'appelle jamais autrement Chambéris ; l'officier en second ne saurait que dire « commandant » à son chef. Le vouvoiement est toujours de rigueur entre les deux hommes, comme pour marquer une distance infranchissable. Ils se sont vaguement salués quand Chambéris est entré dans la cabine du pacha, un salut moins que réglementaire, celui de deux officiers supérieurs qui se connaissent trop pour cela, en privé. Ils retrouvent tous les réflexes de la hiérarchie en chaîne de commandement sur la passerelle en présence de l'équipage.

– Vous avez connu des crises, non ? Pas Suez ou Cuba, je veux bien ! Mais le Golfe, par deux fois, l'incertitude à l'Est juste avant la chute du Mur, et le danger de la guerre des étoiles, vous vous rappelez ? Je ne vous parle pas du film !

– Je sais, mais je n'arrive pas à y croire, là, maintenant. Qu'est-ce qui dans l'actualité a bien pu motiver cette alerte... Je sais, c'est très mauvais pour un officier sous-marinier lanceur d'engins, de ne pas croire !

– Je ne vous le fais pas dire, Second.

Le visage de Laurent de Saint-Lapray atténue nonobstant la dureté de son ton. Il reprend, plus affable.

– Mais je sais ce que vous pensez parce que je l'ai pensé aussi, et puis j'ai réfléchi. Proche et Moyen-Orient pour ne pas changer, les rodomontades iraniennes, la dernière provocation nord-coréenne, ou les Pakistanais qui mettraient leurs fusées atomiques à la disposition du terrorisme islamique au nom de la foi partagée, il y a le choix.

– Les Russes...

– ... ont d'autres soucis en ce moment, déjà finir de récupérer leurs ogives éparpillées dans les nouvelles républiques du Caucase lors du démantèlement de la vieille Union soviétique. Croyez-moi, c'est du boulot prenant !

– Tout sauf la Chine, commandant ?

– Ne parlez pas de malheur, Second.

– Il faut bien qu'il y ait eu menace nucléaire. Je vois mal les Anglais nous menacer !

– Revenons aux choses sérieuses, voulez-vous ? Je vous attendais, vous devez vous en douter...

Toutes les cabines des pachas de SNLE possèdent un coffre-fort qui renferme les grilles de décodage servant à authentifier les messages envoyés par le commandement de la Force Océanique Stratégique. La FOST n'est qu'un relais en cas de crise grave : l'autorisation de recourir à une frappe nucléaire relève de la directe et seule autorité du président de la République. C'est un genre de décision qu'il ne prend pas sans en avoir discuté auparavant avec les conseillers de l'état-major des armées. Sans un message transmettant en code l'ordre de tir, les M45 restent sagement dans leurs tubes de lancement.

Le pacha d'un sous-marin nucléaire lanceur d'engins ne peut lancer aucun engin de son propre chef, même ivre mort ou défoncé aux amphétamines, pas même sous la menace.

Le coffre-fort du capitaine de vaisseau de Saint-Lapray est défendu par une molette crantée à combinaison chiffrée. L'officier en second la connaît aussi, de même que l'Opo, l'Officier principal des opérations, responsable des procédures de tir des missiles et superviseur du lancement des torpilles. La probabilité que ces trois personnages fassent un arrêt cardiaque ou une hémorragie cérébrale tous ensemble et au même moment à l'instant fatidique est infime, pour ne pas dire nulle : quoi qu'il arrive, quelqu'un à bord d'un SNLE est à même d'assurer la fonctionnalité totale de la dissuasion nucléaire.

Trois enveloppes attendent de Saint-Lapray dans son coffre. Elles portent les noms et les grades de leurs destinataires. Il prend la sienne, tend celle du Second à Chambéris et donnera en main propre à l'Opo celle qui lui est destinée. Les clés de tir sont toujours attachées autour de leur cou quand ils sont en plongée de patrouille permanente.

– Le délai post-alerte est dépassé et nous n'avons pas reçu de nouveaux ordres. Nous passons donc en mode Attente. Vous venez dans ma cabine pour témoigner que le commandant du bâtiment sort bien les grilles de décodage de son coffre-fort et pas de son chapeau. Ensuite, vous connaissez les ordres, Second...

– Nous restons en profondeur de patrouille, avance lente, cap constant sur tribord ou bâbord laissé à l'appréciation de l'officier navigateur, dérive autorisée dans la limite des dix degrés. C'est-à-dire que nous faisons des ronds sous l'eau tout en restant prêts à remonter à l'immersion de lancement pour faire feu. Sans cibles clairement désignées, la moitié des missiles de chaque tranche sera mise en préparation opérationnelle.

– Je n'aurais pas mieux parlé. Que racontent nos Oreilles sur le voisinage ?

– Nous sommes seuls, notre carreau de navigation est désert, pas de voisins tant en surface que dessous. L'aspirant Moreau nous le jure sur la tête de ses tympans !

Outre les équipements radars et sonars, pas tout à fait ses yeux, les oreilles d'un sous-marin sont des hommes qui n'ont été embarqués que pour la finesse de leur ouïe. L'eau est un merveilleux vecteur acoustique, aussi les « Oreilles » écoutent-elles la mer en permanence et savent en identifier le moindre bruit. Ces ouïes d'or peuvent ainsi faire la différence entre le chant d'amour du cétacé célibataire en manque de partenaire, les hélices turbulentes d'un pétrolier et l'écho de cavitation d'un autre submersible croisant dans les parages. Certains « écoutants » sont capables de reconnaître un navire à moteur après l'avoir « entendu » en mode subaquatique une seule et unique fois auparavant. L'aspirant Moreau est de ceux-là.

L'aspirant Moreau fait plus confiance à la biologie de ses trompes d'Eustache qu'à l'électronique de signal des capteurs hydrophoniques entassés dans le dôme-sonar occupant un beau volume dans l'étrave du sous-marin.

– Bien. Allons-y, Second.

Chambéris précède de Saint-Lapray dans la coursive en sortant de la cabine du pacha. Ils reprennent un ordre de marche plus hiérarchique ensuite, direction la passerelle du *Téméraire*. Le visage de chaque sous-marinier croisé en chemin est un livre ouvert. Il y a des lectures plus agréables.

Sur la passerelle, l'Officier principal des opérations, l'enseigne de vaisseau de 1re classe Alain Le Chifol, numéro Trois dans l'organigramme du bord, assure le quart en l'absence du commandant et de l'officier en second. Le silence qui régnait là semble gagner en puissance quand de Saint-Lapray paraît, l'enveloppe de l'Opo à la main et la sienne coincée sous le coude, bien visible. Le Second n'a pas cherché à cacher la troisième enveloppe, qu'il est déjà en train de décacheter, s'efforçant de garder un visage neutre. Tout le monde a compris, s'il y avait encore quelqu'un pour en douter à bord du sous-marin nucléaire lanceur d'engins nouvelle génération *Téméraire*, quartier-maître du pont supérieur ou matelot mécanicien de la salle des machines.

Le capitaine de vaisseau Laurent de Saint-Lapray n'a pas besoin de parler pour être compris.

L'officier navigateur s'approche de l'homme de barre au poste de pilotage avec une drôle de boule dans la gorge. Il donne les consignes de cap, de vitesse et de profondeur en butant un peu sur les chiffres. Le barreur les répète lentement, en s'efforçant de ne pas bégayer.

Ce n'est définitivement pas un exercice.

BOUM !

Le 25 octobre 1962, les États-Unis d'Amérique sont en état d'alerte DEFCON 3, soit à deux doigts d'en découdre militairement avec l'URSS : la crise des fusées soviétiques, installées par le camarade Nikita Khrouchtchev sur l'île de Cuba du camarade Fidel Castro, bat son plein.

Aux environs de minuit, une sentinelle postée au Duluth Sector Direction Center (État du Minnesota, USA) aperçoit une silhouette en train d'escalader la clôture de sécurité. Le garde ouvre le feu sur l'intrus et déclenche aussitôt l'alarme « sabotage », ce qui active automatiquement la même alarme dans toutes les bases militaires de la région, des fois qu'il s'agisse d'un plan concerté par plusieurs équipes de saboteurs.

Sur celle de Volk Field, dans l'État voisin du Wisconsin, les câblages électriques ont été mal effectués lors de la construction du site, et personne n'a songé à tester les installations. La sirène qui retentit alors est le signal ordonnant le décollage immédiat de tous les intercepteurs F-106A, des avions de combat armés de missiles nucléaires.

Sous DEFCON 3 en vigueur, il ne saurait y avoir d'exercice d'alerte ni de simulation d'aucune sorte. Les pilotes le savent, et sont convaincus que la Troisième Guerre mondiale va commencer. Les avions s'ébranlent un par un en direction de la piste d'envol, dans le fracas de leurs réacteurs qu'un chauffage trop rapide fait rugir en mode suraigu.

Heureusement, un appel urgent de Duluth signale que l'intrus a été identifié et qu'il s'agit d'une erreur. Une voiture démarre en catastrophe du centre de commandement de la base Volk Field ; elle fonce vers les avions qu'elle réussit à arrêter en se mettant en travers de la piste avant qu'ils ne décollent.

L'intrus était un ours.

Washington D.C. – États-Unis
Quelque part au Pentagone
La veille à 21 h 50 (heure locale)

Les locaux sentent la peinture fraîche, comme si les ouvriers n'avaient achevé leur chantier pas plus tard que la semaine précédente. Jake Dorlington hausse les épaules.

Elles sont galonnées.

Le dodu général Jake L. Dorlington hausse ses belles épaules galonnées d'autant plus fort qu'il peste contre lui-même de s'être encore fait avoir. Les relents glycérophtaliques sont un pur produit de son imagination. Il n'y a eu aucuns travaux de réalisés à ce niveau souterrain du Pentagone, totalement épargné par l'acte terroriste aérien de ce que l'on n'appelle plus que le « 11 septembre » – sans référence à l'année, comme si cela était complètement inutile. Si tout bon Américain sait précisément où il était et ce qu'il faisait le jour où le président John Fitzgerald Kennedy a été assassiné à Dallas (Texas), il sait encore mieux quelle année de ce millénaire a vu disparaître les tours jumelles du World Trade Center à la pointe de Manhattan.

Jake L. Dorlington, pour Kennedy, était ado et sous anesthésie générale dans une clinique du Connecticut où on l'opérait des amygdales, et il a passé une bonne partie de l'automne 2001 dans un état comateux au Cook County Hospital de Chicago à la suite d'un stupide accident de la circulation, dont il ne garde heureusement aucune séquelle physique ou neurologique.

Quand son pays a rendez-vous avec l'Histoire, Jake L. Dorlington a rendez-vous avec le corps médical.

Les niveaux souterrains supérieurs n'ont pas été plus endommagés que celui où circule le général, seul l'extérieur et le tout premier sous-sol ont souffert, et encore, à peine sur quelques dixièmes de la surface totale du bâtiment. Quand bien même on aurait reconstruit la moitié du Pentagone après que le vol 77 de la compagnie American Airlines a été volontairement crashé dessus par des imbéciles, qui n'y ont gagné que le renforcement du *Patriot Act*, on ne sentirait plus aucune odeur de quelque produit que ce soit aussi longtemps après le fin des travaux.

Le général Dorlington tourne à angle droit dans un couloir en reniflant malgré tout, ce qui achève de l'agacer. Il marche comme quelqu'un qui sait où il va, ce qui est assez courant dans les souterrains du ministère de la Défense américain : les badauds s'y font rares, et ils sont abattus à vue.

En face d'un distributeur de sodas, Dorlington pousse une porte simplement marquée *BOOTH* avec un numéro d'ordre. Un homme en uniforme l'attend à l'intérieur.

Quand deux huiles du Pentagone ont des choses à se dire en très privé, ils vont dans un *booth*. Les *booths* n'exhibent aucun monstre de foire, on n'y vote pas, on ne peut pas y recevoir d'appels téléphoniques mais on viendra vous y chercher si la guerre est déclarée, et vous êtes certain de pouvoir tenir conciliabule dans la plus totale intimité, à l'abri d'une cabine insonorisée dépourvue de système d'écoute – ce dont le général Dorlington doute parfois : il connaît trop les talents de plombiers des services secrets de son pays. Des officines qui aiment toujours savoir ce qui se raconte chez les militaires avant les militaires eux-mêmes.

Celui qui attend Jake L. Dorlington est aussi galonné que lui, un tout petit peu moins décoré parce que plus jeune, et sa peau est beaucoup plus noire. Le général Samuel Hackerman tient à ce qu'on emploie l'appellation « Afro-Américain » pour parler de lui et de ses frères et sœurs de couleur, comme on ne saurait dire autre chose que « Nativaméricains » pour qualifier ceux qui étaient là les premiers dans les grandes plaines et que les émigrants européens ont génocidés avant de les spolier de leurs terres. L'Afro-Américain Samuel Hackerman n'éprouve aucun scrupule à travailler sous l'uniforme d'une armée pour qui, fut un temps, un bon Nativaméricain était un Nativaméricain mort.

Les deux généraux échangent un premier regard faussement neutre, qui trahit tout à la fois leur amitié de longue date et la tension générée par principe lors des rendez-vous donnés dans un *booth*. Ils ne se serrent pas la main. Ils n'en ont pas besoin.

– Salut, Sam.

– Salut, Jake. Café ?

Dorlington refuse en lorgnant le pot de liquide fumant sur la table fixée au mur. Le général Dorlington tient à l'appellation « à l'italienne » pour tout ce qui touche au café. Il s'assoit en face d'Hackerman, sans cacher son mécontentement.

– J'allais rentrer chez moi pas trop tard, pour une fois...

– Désolé.

Hackerman se sert une tasse de café, en prenant son temps. S'il ne cherche pas à retarder le moment venu de s'expliquer, c'est bien imité.

– Dis-moi, Jake, la santé, ça va?

– Merci de t'en soucier. Oui, ça va, ça va même très bien. Je peux savoir ce que...

– Pas de passage sur le billard en vue ces jours prochains ? Tu ne dois pas prendre l'avion non plus ? Je sens une catastrophe dans l'air, alors je me renseigne, tu vois !

– Ça ne fait rire que toi, Sam.

– Okay, ce n'était pas drôle. Tu m'excuseras encore une fois de retarder ton retour à la maison, mais je devais absolument te voir. J'attends de toi un conseil, Jake. Vraiment.

– Un conseil qui nécessite de nous voir comme ça, ici, plutôt que dans ton bureau de la galerie E ? Tu m'inquiètes...

– Un pays sous alerte Rouge m'inquiète beaucoup plus.

– Je te demande pardon ?

Le général Hackerman consulte sa montre.

– Ça fera bientôt une heure que la France est théoriquement sur le pied de guerre à un haut niveau d'alerte de son système de défense. Mon « théoriquement » n'est qu'une précaution de langage, pour l'instant. La situation a commencé à Zoulou zéro-un zéro-zéro, trois heures du matin en temps local, sur le trait, pas une seconde de plus, pas une seconde de moins. Dois-je te rappeler que la France est une puissance nucléaire, Jake ?

– On a dû m'en parler une fois ou deux en classe à West Point je crois, merci. Comment le savons-nous ?

– Par Morwenstow qui a détecté une agitation soudaine dans toutes les communications militaires françaises. C'est entré en redondance avec les équipements de Menwith Hill et d'Elmendorf presque aussitôt.

– Un exercice, ou...

– Je te la joue court, Jake, les données ont été traitées et confirmées par les cerveaux intelligents des gros malins de Sugar Grove. Leurs conclusions sont sans appel, c'est du lourd.

Le général Dorlington fait la grimace. La station d'écoute de Morwenstow en Grande-Bretagne, dans la région des Cornouailles, dispose de deux antennes paraboles géantes de trente mètres de diamètre qui passent au crible les communications des pays européens ; téléphone, fax et courriel, rien ne leur échappe. C'est un élément du réseau d'espionnage américain Échelon, comme les stations de Menwith Hill (également au Royaume-Uni), Elmendorf (implantée en Allemagne) ou la station U.S. Sugar Grove, située en Virginie-Occidentale. Ces écoutes débordent largement le seul souci de la sécurité militaire des États-Unis : Échelon est l'outil idéal pour s'immiscer dans les négociations commerciales en pirate et faire échouer, ou retourner à leur avantage, des transactions qui ne seraient pas favorables aux intérêts des entreprises américaines – c'est ainsi que, voilà quelques années, un important marché d'avions de ligne pour l'Arabie Saoudite avait été remporté par les sociétés Boeing et McDouglas, au détriment d'Airbus Industrie. Quand on connaît les clauses d'un contrat, faire de la surenchère ou jouer le profil bas du mieux-disant au meilleur prix est à la portée de n'importe qui.

Si le procédé n'est pas des plus délicats en soi, il est encore moins élégant quand on s'en sert pour arnaquer une nation alliée. Il est surtout parfaitement illégal du point de vue des tribunaux de commerce internationaux, et donc sanctionnable comme tel devant une cour de justice compétente.

Jake Dorlington soupire.

– Autrement dit, nous ne sommes pas censés savoir.

– Exact.

– Comment sais-tu cela, toi, Sam ?

– Le bon mec au bon endroit quand l'info est arrivée au Pentagone. Enfin, quand je dis « bon », moi aussi j'avais des projets pour ma fin de soirée !

– Merci de gâcher aussi la mienne.

Le général Dorlington se racle la gorge, comme pour se débarrasser d'un mauvais goût.

– Maintenant, Sam, si je comprends bien, ton problème est de savoir par qui les Français sont menacés et si nous devons en conséquence passer à Defcon Quatre ou pas, d'après une situation qui ne nous concerne pas directement, dont nous n'avons officiellement pas connaissance, avec l'impossibilité de faire état des moyens employés pour être quand même au courant si jamais on nous le demandait... Je suis bon ou à côté de la plaque ?

– Cinq sur cinq, Jake. Du temps des Soviets, nous serions déjà à Defcon Quatre, c'était la procédure normale à la moindre alerte chez nous ou nos alliés, mais aujourd'hui nous pouvons renforcer notre vigilance sans être obligés de crier « Au loup ! » tout de suite, sauf si on nous plante un nouveau Boeing dans le Golden Gate ou la Sears Tower, bien sûr. Tous nos satellites et toutes nos stations d'écoute sont sur le qui-vive, c'est bien assez vu la situation qui est plus qu'étrange...

– C'est-à-dire, Sam ?

– Les Français ne bougent pas.

– Quoi, ils ne bougent pas ? C'est du lourd ou c'est pas du lourd, les conclusions des gros malins de Sugar Grove ?

– Jake, la France est sous alerte Rouge depuis une heure, c'est une certitude, mais c'est la seule. Aucun départ de missile n'a été signalé par nos radars. Il n'y a rien en l'air au-dessus ou en direction de l'Europe, sinon le trafic normal de l'aviation civile. Au moment où je te parle, notre satellite le mieux placé à la verticale des bases aériennes françaises relève des signatures thermiques au sol et immobiles. Tu sais ce que ça veut dire ?

– Les pilotes attendent les ordres.

– Pas d'autre possibilité.

– D'accord. Je suppose que leurs sous-marins atomiques sont aussi entrés dans la danse ?

– C'est la procédure chez eux comme chez nous, Jake.

– Ils attendent les ordres, eux aussi, Sam ?

– Ouais, mais ceux-ci ne viennent pas. Ceux-ci ne viendront peut-être jamais.

– Donc, tu songes à un accident ? Autrement dit, une fausse alerte ?

– Quelque chose comme ça, oui. Tu comprends aussi pourquoi je ne me vois pas décider le passage à Defcon Quatre dans ces conditions ?

Les États-Unis sont en paix à DEFCON 5. Le général Jake L. Dorlington n'aime guère l'idée d'entamer une dangereuse escalade. Les forces armées américaines étaient montées à DEFCON 2, le « 11 septembre ». Au niveau supérieur, normalement, le conflit est imminent, sinon déjà engagé. Encore faut-il avoir un ennemi à se mettre sous la force de frappe – Dorlington étouffe un hoquet de surprise devant l'évidence. Le sentiment qu'elle lui inspire ensuite est une incrédulité teintée d'inquiétude.

– Sam, as-tu envisagé l'autre solution ?

– Quelle autre solution ?

– Les Français ne sont pas menacés, ce sont eux qui attaquent.

– Seigneur Jésus !

– Appelle-moi Jake, merci. Tu n'y avais pas pensé ?

– Mais qui donc la France attaquerait-elle à l'arme atomique, grands dieux ?!

– Je ne sais pas. J'ai du mal à y croire, en fait, mais ça expliquerait tout, non ? Mon conseil, puisque tu en voulais un, c'est qu'il faudrait peut-être le lui demander, à la France, de quoi il retourne. Pas nous le Pentagone, mais la Maison Blanche. Autrement dit, la Maison Blanche appelle l'Élysée d'égal à égal, en bon allié, tu vois ?

Jake Dorlington manifeste une réelle tendance à abuser de l'expression « autrement dit ». Samuel Hackerman a renoncé à le lui signaler depuis le dernier Thanksgiving, par lassitude (autrement dit : il s'est fait une raison).

– Je vois, Jake. Tu as raison, et nous allons même téléphoner à qui tu sais tout de suite.

– Tu veux réveiller le Président, Sam ?

– Je vais me gêner !

– Il est en Russie pour préparer les causeries économiques très capitalistes de Tokyo le mois prochain.

– À Moscou, oui, je suis au courant. Il couche comme d'habitude à la résidence de l'amb...

– Pas ce soir. Il visite je ne sais plus quoi ou je sais plus qui à Leningrad, demain... enfin, aujourd'hui pour lui. Tu sais aussi quelle heure il est, à Leningrad, là ?

– On redit Saint-Pétersbourg depuis un foutu temps, Jake. Tu es incorrigible. Les choses ont changé, à l'Est.

– Ouais, et Vladimir Poutine est un grand démocrate !

– Je t'accorde qu'il est tout sauf communiste. Bon, Moscou ou Saint-Pétersbourg, c'est du pareil au même pour les horaires, il est dans les cinq ou six heures du matin là-bas, un peu plus un peu moins, quelque chose comme ça...

Le général Samuel Hackerman se lève en poussant un gros soupir fataliste.

– Il va mal le prendre, ce con, je le connais !

Ministère de la Défense nationale
*Rue Saint-Dominique – Paris 7e*
03 h 55 (01 h 55 TU)

De la lumière brille derrière les fenêtres des bureaux du ministre de la Défense et de son chef de cabinet. Des subalternes vont et viennent dans les couloirs, en nombre très réduit.

Malgré tout, on s'agite, au ministère. Cette agitation à une heure avancée de la nuit, un éventuel promeneur en maraude pourrait s'en étonner, si les trottoirs du quartier de Solférino n'étaient déserts. Les rues ne sont pas plus animées. Quelques véhicules en provenance de la place de la Concorde remontent le boulevard Saint-Germain, profitant de la circulation quasi inexistante pour rouler à des allures prohibées. Un cycliste noctambule et prévoyant peine à rentrer chez lui. L'emploi du vélo en état d'ivresse évite le risque du retrait de permis, mais l'abus d'alcool ne facilite pas le coup de pédale.

Une voiture se présente à l'entrée du ministère. Elle s'y engouffre après que les plantons ont vérifié l'accréditation de ses occupants, deux militaires assis à l'arrière, la mine grave et les lèvres pincées. Leur chauffeur se gare au plus près d'une petite porte située en retrait de l'accès principal. Les deux militaires descendent de voiture, pour être accueillis par un long jeune homme en costume gris cravaté de frais qui a surgi de la petite porte sitôt le véhicule arrêté. On échange des saluts muets. Le en-civil précède les en-uniforme au cœur des entrailles du ministère.

Madame le ministre de la Défense (elle tient au masculin pour l'article) reçoit ses visiteurs dans son bureau. Puisqu'ils ont été convoqués à sa demande, elle n'a aucun mérite à reconnaître le vice-amiral Auguste Mercadiot et le colonel Dominique Guillon, représentant respectivement la Force Océanique Stratégique et les forces aériennes du même métal en tant que numéros Deux. Les numéros Un, leurs supérieurs commandant les vecteurs de la force de frappe nucléaire, ont d'autres chats à fouetter que de rendre compte au ministre, quel que soit son sexe. Il s'agit d'un vice-amiral d'escadre et d'un général de corps aérien. Si une femme est à la tête des armées françaises, et quelques autres intégrées parmi la troupe ou les unités d'élite des grandes écoles militaires, il y a encore du progrès à faire au sein des hauts commandements.

– Messieurs...

Des sièges sont désignés aux arrivants. Ils s'y posent comme des méduses s'échouent sur la plage. Le chef de cabinet du ministère se joint à la réunion, une chemise cartonnée pour tout bagage intellectuel sous le bras. Avant de s'asseoir, il glisse copie d'un court mémo au ministre. Celle-ci en prend connaissance, non sans surprise. Ses paupières papillonnent derrière ses lunettes, un modèle griffé couture à monture épaisse et carrée qui n'avantage pas ses traits anguleux.

– Je vous écoute, dit-elle sans lever les yeux de son papier.

Le vice-amiral Mercadiot toussote dans le creux de sa main, un grand classique quand on veut se donner une contenance.

– Nos... Nos sous-marins lance-missiles sont en alerte Rouge depuis une heure, madame. Le *Téméraire* était en patrouille permanente, donc déjà en mer depuis cinquante-cinq jours sur les soixante-treize réglementaires. Le *Vigilant* et le *Triomphant* ont quitté Brest et la base de l'île Longue en moins de vingt minutes chrono, presque mieux qu'à l'exercice, je suis désolé de le dire. Le vieil *Inflexible* étant en radoub, nous avons donc nos trois meilleurs submersibles opérationnels en plongée silencieuse personne ne sait où. Nos sous-marins d'attaque à propulsion nucléaire ont obéi de même. La capitainerie du port de commerce de Toulon a rapporté le départ précipité de l'*Améthyste*, dans les délais impartis, comme à l'exercice aussi.

– Donc ?

– Nos forces sous-marines sont au complet, madame, avec tout leur arsenal stratégique prêt à faire ce pour quoi il a été conçu. Je suis désolé de le...

– Vous l'avez déjà dit. Colonel ?

– Même chose pour nos forces aériennes, madame. Les Mirage 2000 N des bases d'Istres et de Luxeuil sont prêts à décoller, ainsi que notre flottille de Super-Etendard à Landivisiau. Une partie des appareils est actuellement embarquée sur le *Charles-de-Gaulle*, qui croise en Méditerranée pour les raisons que vous savez. Le commandant leur a bien entendu donné priorité sur la mission en cours du porte-avions. Les ravitailleurs en vol sont à la chauffe, ils peuvent décoller dans les cinq minutes après le top, comme les escadrilles de protection. Quand notre programme Rafale sera au point, nous pourrons même faire plus vite. En temps normal, je serais fier et ravi de notre efficacité, mais là, je suis au regret de...

– Vous ne croyez pas si bien dire en parlant d'efficacité, colonel Guillon ! coupe madame le ministre en brandissant le mémo remis par son chef de cabinet ; notre dissuasion est tellement efficace qu'elle fonctionne même quand elle n'existe plus ! Si j'en crois ce qu'on me rapporte de Provence, le signal d'alarme a retenti jusque dans les silos du plateau d'Albion. Dans l'un d'eux au moins, en tout cas...

– C'est impossible, le site a été abandonné voici plus de dix ans ! s'étrangle Mercadiot.

– Eh bien il faudra revérifier toutes les procédures de démantèlement, il y a des câbles où le courant passe encore ! Si nous avons sous-traité les travaux, je veux la tête de l'entrepreneur sur mon bureau avant midi !

– C'est complètement fou..., murmure Guillon.

– Je ne vous le fais pas dire ! Bon, messieurs, aucun de nos capitaines ou pilotes ne se doute qu'il s'agit d'une erreur, n'est-ce pas ?

Le vice-amiral Mercadiot toussote derechef.

– Non, madame. Hélas pour nous, à trois heures ce matin très exactement, la dissuasion française a été mise en alerte Rouge sans aucun doute possible. Pour les exercices de manœuvres, le signal est vraiment différent, impossible à confondre.

– Parce que nous ne faisons jamais d'exercices en condition réelle ?

– Si, bien sûr, mais ils n'excèdent jamais la demi-heure. C'est le temps requis à nos forces terrestres pour être pleinement opérationnelles, vous le savez. Par mesure de sécurité, nous arrêtons toujours les simulations à la fin de ces trente minutes pour éviter tout incident. Les exercices de tirs de missiles factices ou les interceptions en vol simulées sont l'objet de manœuvres à part. Capitaines et pilotes auraient compris, maintenant. Cela dit, quelque chose cloche dans cette alerte...

– Oui ?

– Elle a été émise de façon tout à fait régulière, mais limitée à nos forces nucléaires et à elles seules, les submersibles et les avions, ainsi que leurs unités de couverture. Guillon et moi, nous nous en sommes assurés. Nos autres bateaux, nos autres aéronefs, nos régiments de chars d'assaut et les troupes à pied, enfin tout ce qui constitue nos forces armées dites conventionnelles est dans l'ignorance de l'alerte.

– Et cela ne devrait pas être le cas, si je vous comprends bien ?

– Madame, si le pays devait se préparer à la guerre, il le ferait avec tous ses moyens, et vous auriez été mise au courant avant, je pense ! C'est cela, par-dessus tout, qui nous conforte dans l'idée qu'il s'agit d'un accident, un dysfonctionnement informatique ou autre, à déterminer au plus vite de toute façon, pour éviter que cela ne se reproduise à l'avenir. Nous avons de la chance, d'une certaine manière...

– Ah, vous trouvez ? !

– Oui, madame. Sachant qu'il s'agit d'un dysfonctionnement du système, soyons contents de son impact limité. Je n'ose imaginer de quoi nous serions en train de discuter si les codes d'autorisation de tir des missiles avaient été transmis en même temps à nos sous-marins lanceurs d'engins !

– Vu comme ça...

Quelque part dans le bureau, une pendulette sonne quatre petits coups grêles qui égratignent désagréablement les oreilles de madame le ministre. Elle fait claquer ses doigts en direction de son chef de cabinet.

– J'espérais un règlement de cette crise avant le matin, mais c'est mal parti, nous ne pouvons plus attendre, il faut réveiller les play-boys du Quai d'Orsay ! Veuillez préciser à mon collègue des Affaires étrangères de faire au mieux pour mettre le moins de monde possible dans la confidence, même quand il fera jour. Je lui téléphonerai dès qu'il sera arrivé au ministère.

– Que devra-t-il dire si un ambassadeur ou un chef d'État étranger s'enquiert diplomatiquement des motifs de notre mise en alerte maximum ?

– La vérité ! La France doit faire face à une menace terroriste de grande ampleur, cette menace est confirmée et tout nous porte à croire qu'elle peut prendre une dimension nucléaire dont nous ignorons encore la forme, nous prenons donc nos précautions en conséquence.

Le colonel Guillon sourit en biais.

– La vérité...

– Cela l'est jusqu'à plus ample information ! Et rassurez-vous, colonel, jamais un diplomate ne poserait de question aussi directe... Allez ouste, vous, au téléphone !

Le chef de cabinet s'évacue prestement. Madame le ministre de la Défense reporte son attention sur ses deux visiteurs. Derrière ses lunettes, le regard s'est encore durci – si la chose était possible. On murmure qu'à l'état-major, la crème des officiers supérieurs lui invente chaque jour de nouveaux surnoms charmants. Sans imagination, celui de la « Dame de Fer » a été remis au goût du jour peu après sa nomination au poste. D'autres, à faire rougir un cul de babouin, valent le paiement d'une tournée générale au mess en cas de divulgation intempestive.

– Si vous avez mieux à proposer, je suis preneuse. Non ? Je m'en doutais.

Le vice-amiral Mercadiot se fait matois.

– Et le Premier ministre ? Le ministre de l'Intérieur ? Vous ne leur téléphonez pas, madame ?

– Cela peut attendre...

Un ange passe dans la pièce, les ailes chargées de bulletins de vote. Les prochaines échéances électorales aiguisent les appétits. La candidature à la candidature suprême fait et défait les alliances au sein du parti – elle défait, surtout. Il n'y a plus d'amis. Les vraies natures se révèlent, et tous les coups sont permis. Madame le ministre de la Défense n'est pas la seule personnalité du gouvernement à caresser des ambitions au plus haut niveau de l'État, avec un amour du bien public qui fait plaisir à voir.

– En attendant, messieurs, j'ose espérer que vous multipliez les messages à l'adresse de nos forces stratégiques ? Tout ceci n'est qu'une lamentable erreur, retour à la case départ, à la niche les missiles, oui ?

Le vice-amiral fait la moue.

– Pour les sous-marins, ça ne sert à rien, mais nous le faisons quand même, madame. Au commandement de la base de Brest, nous avons Dieu merci compris qu'il s'agissait d'une erreur, mais trop tard. Le principe même de notre dissuasion nucléaire repose sur son inéluctabilité, alors si les pachas de nos lanceurs d'engins faisaient surface au premier message non formaté disant que c'est une fausse alerte, une erreur, lamentable ou pas... Nos équipages ont été spécialement entraînés pour ça, vous savez. Le pays n'a pas mis quarante-six fusées longue portée à ogives multiples entre les mains d'incapables.

Le colonel se rengorge malgré lui.

– Nos aviateurs aussi sont à la hauteur ! Pardon... Le commandement de Mont-Verdun a réagi comme à l'île Longue, trop tard aussi vous vous en doutez. Mais les aviateurs seront plus faciles à convaincre au cas où, ils sont en attente au sol et ils voient bien qu'il ne se passe rien autour d'eux. Les commandants des bases aériennes ont cependant fait savoir qu'ils restaient par principe en alerte Rouge tant que le message d'annulation formaté correctement ne leur sera pas adressé. Les appareils du *Charles-de-Gaulle* font de même. Bon, dans le pire des cas, les avions continuant de faire chauffer leurs réacteurs pour des nèfles, cela ne nous coûtera que des frais de kérosène. Sinon, sauf si le dysfonctionnement évoqué par Mercadiot est plus grave que prévu, nous sommes tranquilles. Sous-marin ou aéronef, personne ne peut tirer une arme à charge tactique ou stratégique de son propre chef, sans ordre, madame, nous pouv...

– Merci, je ne l'ignorais pas ! ricane « madame » ; le problème, c'est que celui qui est censé donner cet ordre est aussi celui qui déclenche l'alerte, normalement, et c'est encore celui qui peut l'annuler, et lui seul, dysfonctionnement informatique ou pas, je me trompe ?

– Non, madame, concède le vice-amiral Mercadiot.

– Et il est toujours introuvable ?

– Véga... Véga est toujours introuvable, oui madame, soupire le colonel Guillon.

Madame le ministre de la Défense se renverse contre le dossier de son siège, visage fermé et narines pincées. Le teint de la Dame de Fer, pâlichon d'ordinaire, prend la couleur du bronze verdi par les outrages du temps.

Elle n'avait pas voulu croire les mots de son chef de cabinet quand celui-ci l'avait réveillée en sursaut une heure auparavant chez elle. Le pays se mettait en alerte nucléaire et le président de la République (alias « Véga » en nom de code pour toutes les choses ayant trait à la Défense Nationale), le chef des armées, le maître absolu de la force de frappe atomique et de son utilisation en ultime recours, était aux abonnés absents. Le Président ne répondait ni à l'Élysée, ni à son domicile privé.

Il est impossible de savoir avec certitude s'il a oui ou non déclenché l'alerte – et si oui, pourquoi. C'est dément.

– Aucune chance que ce soit bel et bien Véga en personne qui ait déclenché l'alerte Rouge, suite à une bouffée délirante par exemple ? Vous savez qu'il n'est plus le même homme depuis qu'on lui a découvert des problèmes de surdité...

– Ce n'est pas une raison pour déclarer la guerre thermonucléaire, madame ! Et s'il avait eu un problème de santé mentale, il n'aurait justement pas disparu comme ça.

La remarque est frappée au coin du bon sens, madame le ministre de la Défense doit en convenir à contrecœur.

– Alors il faudra se passer de Véga, messieurs.

– Cela va être difficile ! s'exclament en chœur les deux officiers.

– Et pourquoi donc ? Le président du Sénat le remplacera, comme il est prévu dans la Constitution, et le PC central de Taverny est à même de gérer la crise, je pense.

– Certes, mais il y a un petit problème. Deux, en fait...

– Peut-on savoir lesquels, colonel ?

Le colonel Dominique Guillon regarde le bout de ses chaussures comme un écolier pris en faute. Les yeux gris du vice-amiral Auguste Mercadiot fuient les prunelles inquisitrices de madame le ministre de la Défense, pour se réfugier dans le flou d'un faux strabisme salvateur.

– Les ordinateurs de la Dissuasion refusent de reconnaître le mot de passe du président du Sénat, et...

– Et quoi ?

– Taverny ne répond plus, madame !

BOUM !

En 1956, ça chauffe autour du canal de Suez depuis sa nationalisation par le colonel Nasser au mois de juillet, au grand dam des Français et des Britanniques. Main dans la main, ceux-ci organisent (entre autres) sur Port-Saïd une intervention aéroportée baptisée « Omelette », ce qui ne saurait se faire sans casser des œufs, au grand dam cette fois des États-Unis et de l'Union soviétique qui veulent être les seuls gendarmes du monde. Les deux superpuissances menacent de concert Londres et Paris de rétorsions diverses et variées si un cessez-le-feu n'est pas décrété au plus tôt dans toute la zone.

L'opération « Omelette » a lieu le 4 novembre, à la satisfaction des attaquants. La réciproque n'est pas de mise pour les attaqués qui en prennent plein la gueule.

Mais le 5 novembre, le Quartier Général du commandement de la défense aérienne nord-américaine (NORAD) reçoit quatre messages successifs affirmant que : une centaine de Mig-15 russes sont en train de survoler la Syrie ; un bombardier anglais de type Canberra a été abattu quelque part au-dessus de ce même pays ; la flotte soviétique fait mouvement dans le détroit des Dardanelles ; et un appareil non-identifié viole l'espace aérien de la Turquie, mettant ainsi son aviation militaire en état d'alerte.

D'après un important général américain de l'époque, ces quatre événements doivent être avérés sans aucun doute possible, car, de par leur gravité et leur accumulation, ils peuvent conduire l'OTAN à déclencher des frappes nucléaires contre l'URSS en mesures de rétorsion.

L'on vérifie donc les informations avec le plus grand soin, et l'on fait bien : en fait, les bâtiments de la flotte soviétique faisaient tranquillement des manœuvres de routine programmées et annoncées partout de longue date ; le bombardier anglais s'était crashé tout seul, à la suite d'ennuis mécaniques ; les Mig russes (beaucoup moins, mais alors vraiment beaucoup moins nombreux que rapporté) escortaient l'avion du président syrien qui rentrait sur Damas après une petite visite de courtoisie au camarade Premier Secrétaire à Moscou.

Et le mystérieux appareil qui avait tant affolé l'aviation turque était un vol de cygnes en formation groupée.

Deuxième partie

CONVERSATIONS SECRÈTES

BOUM !

En 1962, au plus fort de la crise du déploiement des fusées de l'URSS à Cuba, les États-Unis sont pour la première fois depuis la Seconde Guerre mondiale au niveau d'alerte DEFCON 2 (petit rappel : à DEFCON 1, la guerre est pour dans moins que pas longtemps). L'île de Cuba a été mise en « quarantaine défensive », autrement dit, en termes moins diplomatiques, soumise à blocus. La Havane fait savoir que les Cubains lutteront jusqu'à la mort, avec l'appui des 42 000 soldats soviétiques présents sur son sol. Le Lider Maximo écrit à Moscou pour lui demander de lancer une attaque nucléaire sur les USA...

C'est dans ce charmant contexte calme et détendu que l'on se prépare activement au pire en ce joli moi d'octobre, sur la base de l'Air Force à Malstrom, dans le Montana. Helena, la capitale de cet État, est à quelque trois mille cinq cents kilomètres de son homologue cubaine à vol d'oiseau, on comprend donc l'inquiétude des troupes avec l'ennemi à ses portes, car tout le monde sait que le paradis du communisme caraïbe n'est qu'à trois cents kilomètres de Miami par le détroit de Floride, autant dire à portée de main.

Les missiles à carburant solide Minuteman-1 sont préparés pour un déploiement total. On travaille dans la fébrilité, on veut gagner du temps à tout prix, alors on néglige certaines procédures et des contrôles indispensables pour aller plus vite. Les responsables donnent leur bénédiction sans rechigner, du moment que le travail avance comme ils le souhaitent sans avoir trop l'apparence du boulot bâclé par des salopiauds j'menfoutistes. Les tableaux de service sont à peine tenus par du personnel débordé.

Aussi, lorsque le premier missile est prêt dans son silo le 26 octobre, s'aperçoit-on qu'il n'y a pas de gardes armés disponibles pour assurer la sécurité des transports d'hommes ou de matériel sur l'ensemble du site. La décision est prise d'installer tout bonnement la totalité du système de lancement et les codes de mises à feu à l'intérieur du silo, pour éviter les déplacements hasardeux sur la base.

Il est alors physiquement possible à un seul homme de tirer un missile à charge nucléaire complètement opérationnel, sans rien demander à personne et sur la cible de son choix, pour peu que celle-ci soit répertoriée parmi les destinations potentielles de la fusée Minuteman-1.

Hier toujours, ou disons plutôt aujourd'hui à partir de cinq heures et demie du matin (trois heures trente en TU)...

Domicile de Caroline Laverda
Rue des Guillaumes – Paris 14e
Quatrième étage, porte face

Le téléphone sonne sur la table de chevet où vibre simultanément un appareil portable de dernière génération, celle qui peut aussi passer et recevoir des appels téléphoniques.

Le bras gauche de Caroline Laverda sort des draps à la troisième sonnerie. Au bout, une main maladroite tâtonne dans le noir, cherche l'interrupteur de la lampe de chevet, le trouve et l'actionne. La lumière soudaine éclabousse le portable qui est branché sur le secteur, en charge lente pour toute la nuit. Sa propriétaire a oublié de désactiver la fonction vibreur. L'écran affiche **NUMÉRO INCONNU** et **05:30** en haut à droite, heure matinale que confirment à une minute près les chiffres verdâtres du radio-réveil. Caroline Laverda voudrait ne pas croire ce qu'elle voit.

– Oh putain...

Le téléphone fixe ne possède pas l'option de présentation du numéro de l'appelant. Caroline Laverda hésite encore le temps de deux sonneries avant de décrocher, pour entendre une voix masculine qu'elle voudrait avoir oubliée pour ne pas la reconnaître dès les premières syllabes.

– Caro ? C'est Philippe.

– Philippe qui ?

La voix de la jeune femme est ensommeillée et sa mauvaise foi bien réveillée. Un petit rire cascade dans l'écouteur, une manière d'égrener les ah-ah-ah qui trahit son auteur plus sûrement que son ADN.

– Tu en connais beaucoup qui t'appellent « Caro » à des heures indues, toi ? Vilniot, Philippe Vilniot.

– C'est bien ce que je craignais. Puisque tu parles de l'heure, je me suis couchée assez tard, vois-tu, et...

– Je sais. Désolé, ma belle, mais je n'avais pas le choix. Si ton portable sonne ou vibre, c'est moi aussi. Deux précautions valent mieux qu'une. Décroche et tu verras.

La voix de Philippe Vilniot résonne en double écho une fois le portable en prise de ligne. Ce genre de stéréo n'annonce généralement rien de bon. Caroline Laverda se redresse contre ses oreillers, sur le qui-vive.

– Qu'est-ce que tu veux, Philippe ?

– Je suis sur ton palier devant ta porte. Je t'appelle depuis mon portable à moi. Viens m'ouvrir, je t'expliquerai. Il n'y a rien de personnel, je te le jure.

– Ma sonnette marchait, aux dernières nouvelles. Tu as peur de laisser tes empreintes digitales ?

– Dring-dring à pareille heure ? Je n'ai pas voulu te faire peur, et puis tu pouvais refuser d'ouvrir, alors que le téléphone, ça n'engage à rien.

– Je pouvais ne pas être là.

– Je savais que tu étais là.

– Si c'est une blague...

– Tu as changé de paillasson, celui avec le « Welcome » écrit en lettres gothiques a été remplacé par un autre de couleur plus claire, sans motif. Caro, ne m'oblige pas à te décrire la carte de visite qui décore ta sonnette ou te donner le nom de tes voisins de palier que je vais finir par réveiller, je suis bien devant ta porte ! Viens m'ouvrir, s'il te plaît, et crois-moi sur parole quand je te dis que c'est assez urgent...

Les deux téléphones sont coupés simultanément. Caroline Laverda quitte son lit en grognant. Elle dort nue. Elle attrape un kimono de soie noire avec des broderies sang et or qui peine à estomper ses formes épanouies. De sa chambre à l'entrée de son appartement, il n'y a que la longueur d'un petit couloir qui distribue deux autres pièces, la cuisine, une minuscule salle de bains et des toilettes séparées.

Derrière la porte, sur le palier, la mine superbe en dépit de l'heure, se tient bien Philippe Vilniot. C'est un gaillard à la quarantaine prononcée, le cheveu toujours bien brun, une carrure athlétique soulignée par un costume sobre d'excellente coupe près du corps. Caroline Laverda le regarde droit dans les yeux sans avoir à les lever ou les baisser ; comme d'âge, elle et lui sont de taille presque égale. Caroline Laverda ne choisit jamais ses amants au rayon nabots – Philippe Vilniot est un ex-amant. Ce n'est pas lui qui a rompu.

Les ex-amants qui sonnent à votre porte avant six heures du matin viennent plaider leur cause une dernière fois ou vous annoncer leur prochain suicide.

Philippe Vilniot ne fait ni l'un ni l'autre.

Il entre sans attendre d'y avoir été invité. Laverda le laisse faire : il connaît l'endroit pour l'avoir plus que fréquenté en son temps. Vilniot va droit dans le salon et allume un lampadaire halogène qui diffuse une lumière douce réfléchie par le plafond. Il se retourne. Son œil vif apprécie le kimono et le souvenir de son contenu à leur juste valeur, en vrai mufle qui ne se cache pas.

Caroline Laverda resserre un peu plus la ceinture du vêtement sans faire d'efforts pour paraître aimable.

– Alors, Philippe ? Si ce n'est pas personnel, c'est pour le boulot ?

– Exact. Tu connais mon métier...

– Ça !

Les occupations professionnelles de Philippe Vilniot ne sont pas étrangères à leur rupture, loin de là. Caroline Laverda peut être relativement conciliante quant à la moralité d'une occupation, mais elle l'est très relativement moins pour des horaires chaotiques et envahissants qui vous bouffent la vie de couple, quand bien même il s'agit de sauvegarder les intérêts vitaux de la Nation. Philippe Vilniot est une sorte d'agent secret ; il ne s'est jamais très bien expliqué là-dessus.

– Je suppose que je ne pourrai rien te refuser ?

– Tu te souviens de ma carte de fonction, Caro ?

Elle s'en souvient. La carte est barrée de tricolore et porte une mention qui oblige toute autorité militaire ou civile à collaborer avec son titulaire, quelque chose comme ça.

– Je ne suis pas une autorité, Philippe.

– Tu feras comme si. Je ne peux pas te parler ici, mais je te demande de me faire confiance. Quand tu sauras, tu comprendras. Habille-toi, tu as cinq minutes.

– Je peux me doucher, oui ?

– Non.
– Me brosser les dents ?
– Je l'avais inclus dans les cinq minutes.
– Et le petit déj' ?
– Il t'attend là où nous allons.
– Pas question non plus que je prenne le temps de me faire une beauté ?
– Je crois que tu as tout ce qu'il faut dans ton sac.
– Oh, monsieur je-sais-tout n'est pas sûr ?
– Les meilleurs services secrets du monde entier n'arriveront jamais à percer le mystère de ce que contient exactement le sac des filles. Dépêche-toi...
– Et si je refuse de venir ?
– Je t'embarque de force.

Une colère rentrée voile le regard de Caroline Laverda, pas tant à cause de la contradiction systématique en ping-pong verbal de son ex que de son ton calme, inébranlable. Il énonce, il affirme, et on ne discute pas. Philippe avait le même travers autrefois, quand il s'agissait de commander au restaurant ou de choisir un spectacle dans le programme hebdomadaire sans se soucier des envies de l'autre.

Sentant venir l'orage, Vilniot se radoucit.

– Caro, j'aurais pu envoyer quelqu'un d'autre, j'aurais même dû le faire vu la situation, mais j'ai préféré venir en personne pour te faciliter les choses. Habille-toi, je t'expliquerai tout ce que je peux en route.
– Mon absence risque de durer ?
– Je suis incapable de te le dire. Je pense que oui. Tu seras complètement prise en charge le temps qu'il faudra, ne t'inquiète pas.
– Parce que si j'avais un chat...
– Tu n'as pas de chat. Tu n'as pas de chien. Tu n'as pas de poissons rouges, ni de hamster ou de canaris. Tu n'as pas de mec non plus en ce moment et tes deux parents sont en bonne santé, tu peux partir l'esprit tranquille.
– Tu sais toujours tout, hein ?
– Toujours. Va t'habiller maintenant, s'il te plaît. Je ne le répéterai pas.

En se mordant les lèvres pour ne pas cracher une grossièreté, Caroline Laverda quitte son salon en traînant ostensiblement les pieds, ce qui arrache un vague sourire à son visiteur. C'est de bonne guerre.

Dès qu'elle a quitté la pièce, Vilniot active la messagerie de son téléphone portable. Il n'a aucun message signalé prioritaire, ce qui est à la fois un bon et un mauvais signe. Il est à craindre que l'absence de Caroline Laverda ne soit de longue durée. Il sera inutile de le lui dire. Vilniot range son portable en se composant le visage d'un joueur de poker qui a rentré un full servi après trois tours de pot.

La jeune femme est bientôt de retour. Il ne faut pas un siècle pour enfiler un slip et un soutien-gorge, un pantalon sport et un polo, noirs tous les deux, des chaussettes mi-bas et des mocassins, en se gargarisant à l'eau de dentifrice pour s'assurer quand même une haleine décente en conversation rapprochée. Caroline Laverda attrape une veste demi-saison posée sur le dossier d'un fauteuil, et son sac qu'elle brandit non sans ironie en direction de Philippe Vilniot.

– Je te suis.

– Une voiture nous attend dehors...

C'est une berline sombre avec des vitres teintées. Une courte antenne radio dépasse de son toit.

Un macaron tricolore orne le coin supérieur du pare-brise près du rétroviseur d'aile. Elle stationne en double-file dans la rue déserte devant l'immeuble de Caroline Laverda. Le moteur tourne feutré, au ralenti ; un léger panache de fumée sort du pot d'échappement et se dilue dans la nuit pâlissante. La voiture est immatriculée 75. Vilniot fait monter la jeune femme à l'arrière, côté trottoir, avant de faire le tour de la berline pour monter lui-même du côté opposé. Un pan de sa veste s'écarte comme il s'assoit, révélant la crosse d'un revolver qui dépasse de son étui de ceinture. Vilniot porte son arme au flanc droit. Il déteste les automatiques.

Caroline Laverda fait celle qui n'a rien vu.

L'habitacle est divisé en deux. Le chauffeur est séparé de ses passagers par une vitre épaisse. Vilniot frappe deux coups brefs contre pour donner le signal du départ. La berline démarre en douceur. Elle prend de la vitesse, manifestement pilotée par un as du volant qui profite de la circulation inexistante pour rouler au maximum de la vitesse autorisée en prenant un minimum de risques.

Laverda enregistre un cap mis vers le centre ouest de la capitale, traçant au plus court par les avenues et les boulevards les plus larges.

– Où va-t-on, Philippe ?

– Tu le sauras en arrivant. Tu as bien fait de changer ton paillasson, l'autre était ridicule.

– Merci ! Cela ne t'a pas empêché de venir y frotter tes semelles pendant... quoi... cinq ans ? Six ?

– Presque. Tu as changé de coiffure, aussi.

La chose avait plus troublé Philippe que le nouveau modèle d'essuie-pieds. Dans son souvenir, Caroline secouait d'épaisses boucles auburn pendant l'amour, mais la femme au kimono qui lui a ouvert sa porte avait les cheveux coupés court, en casque gris argent et gris acier mélangés, avec quelques mèches corbeau pour le relief et le contraste. La moire de la soie rehaussait le spectacle comme il n'était pas permis.

Caroline Laverda sourit, désabusée.

– Quand la teinture ne peut plus rien pour toi, Philippe, mieux vaut assumer ses cheveux blancs. N'ayant pas encore l'âge de jouer les grand-mères et plus celui des couettes peroxydées, j'ai essayé de trouver un style.

– Il est réussi. Cela te va très bien.

– Ce n'est pas des compliments que j'attends...

– Je sais. Ma profession à moi a besoin des talents de la tienne. Un besoin vital. Je ne peux pas t'en dire plus, mais tu vas avoir l'occasion de prouver que tu ne crains personne question ordinateurs et programmes de haute technologie.

– Tu as pensé à moi par hasard ou...

– L'ingénieur en informatique Caroline Laverda occupait la cinquième position sur ma liste.

– Merci pour le tact !

– Il n'y a pas de quoi. Savoir s'estimer à sa juste valeur est un pas de plus vers la sagesse.

– Alors comment se fait-il que je sois assise avec toi dans cette voiture ? Qu'est-il arrivé aux quatre autres informaticiens qui sont meilleurs que moi ? Une épidémie de grippe ?

– Les deux premiers ont déménagé à l'étranger sans laisser d'adresse et je n'ai pas le temps de les chercher. Le troisième est mort il y a quinze jours, piétiné par un éléphant lors d'un safari photo. Le quatrième est en prison à Singapour pour piratage, intrusion, détournement, chantage, extorsion de fonds, et quelques autres chefs d'inculpation que j'ai oubliés.

– Celui-là, je crois que je le connais...

– Alors sois patiente, il n'est pas près de sortir du gnouf, à ce qu'on m'a dit !

Après avoir contourné les Invalides et remonté l'esplanade par la rue de Constantine, la berline quitte la rive gauche pour franchir la Seine par le pont Alexandre III. Elle prend l'avenue Winston Churchill sans se préoccuper de la couleur des feux. Le chauffeur accélère, comme s'il sentait l'écurie. Vilniot active son téléphone portable d'une seule pression du pouce, sélectionnant un numéro en mémoire.

– Mainard ? Nous arrivons.

La voiture traverse les Champs-Élysées pour enfiler la rue de Marigny. Continuer tout droit sans s'arrêter, ce sont les grilles du ministère de l'Intérieur – la voiture vire sec à droite, dans la rue du Faubourg Saint-Honoré. Elle effectue un nouveau virage à droite aussitôt après et s'engouffre sous un haut porche. Dessous, le chauffeur marque un bref temps d'arrêt avant de repartir, juste le temps de laisser une barrière rayée de rouge et de blanc se lever devant sa calandre. La berline était annoncée, attendue ; ses occupants n'ont pas besoin de s'identifier à la guérite des sentinelles.

Les pneus crissent sur du gravier avant que le véhicule ne s'arrête un peu plus loin en chassant de l'arrière. Philippe Vilniot descend le premier pour venir ouvrir la portière de sa passagère, qui a reconnu l'endroit où il l'a conduite avant même que la barrière ne se lève sous le porche.

– Nous sommes arrivés.

Caroline Laverda prend pied dans la cour du palais de l'Élysée. Une méchante appréhension lui noue les tripes.

Palais de l'Élysée
*Rue du Faubourg Saint-Honoré – Paris 8e*
Résidence du président de la République

Les huissiers compassés en habit à queue-de-pie et chaîne de poitrine dorée sont absents du perron de l'Élysée. Ils ont été remplacés par autant de civils au physique rébarbatif.

Ils semblent avoir été taillés dans le même bloc d'abdominaux, et être abonnés à la même salle de musculation. Tous ont une bosse sous l'aisselle ainsi qu'une oreillette dont le fil tirebouchonné disparaît sous le revers du col de la veste, noire comme le reste du costume, bien entendu. Quand le jour se lèvera, qu'il soit ou non ensoleillé, il y a gros à parier qu'ils chausseront tous également des lunettes de soleil à verres polarisants avec monture aviateur. Devant chaque porte, au pied de chaque escalier, un cerbère copie conforme interchangeable monte la garde. Il signale à un supérieur invisible tous les mouvements de personnel dans son secteur.

Un œil averti remarquerait des tireurs d'élite postés en snipers sur le toit des bâtiments. Il y en a aux angles de chaque aile côté rue et immeuble mitoyen, et pas moins de quatre à l'opposé avec vue plongeante sur les jardins où se tient la traditionnelle garden-party du 14 Juillet.

En haut du perron à colonnade, Philippe Vilniot et Caroline Laverda sont accueillis sans un mot. Comme à l'entrée de la rue Saint-Honoré, le couple est identifié par avance et autorisé à entrer dans le palais présidentiel.

Vilniot précède Laverda dans le hall carrelé en damier, chichement éclairé par un lustre très vilain. Ils prennent tout de suite à main droite, où démarre un couloir vite interrompu par une sorte d'antichambre ; une double-porte y est entrouverte sur la gauche. Une femme en tailleur-pantalon, lunettes carrées sur le nez, est visible dans l'entrebâillement, en grande conversation avec un homme à l'œil un tantinet globuleux, un gringalet qui paraît trop petit pour son complet-veston. Derrière eux, Caroline Laverda compte deux ou trois autres personnages en uniforme, tête nue, avec des galons impressionnants aux épaulettes et beaucoup de décorations sur la poitrine.

Laverda a un peu trop ralenti le pas au goût de Vilniot, qui lui prend le bras et brusque le mouvement.

Ils arrivent au bout du couloir, dans un petit salon où les attend une jolie brunette au visage rond et doux de traits, mais au regard tranchant comme une lame. Elle est assise sur une chaise, à côté d'une table de style Empire sur laquelle on a disposé un petit déjeuner succinct pour deux : du jus d'orange dans une carafe, une corbeille de viennoiseries, une théière et une cafetière, des tasses avec sous-tasses, des verres, un pot à lait et un sucrier assortis.

La brunette se lève à l'entrée du couple. Elle est encore plus jolie debout. Vilniot la pointe du doigt sans se gêner.

– Caro, je te présente l'agent Mainard. Je suis obligé de te laisser avec elle pour une fouille à corps, mesure de sécurité incontournable ici, je m'en excuse par avance. Je le ferais bien moi-même, mais la loi impose qu'une femme soit fouillée par une autre femme. Mainard, si vous n'êtes pas devant la porte à mon retour, j'attendrai dehors.

Vilniot sort du petit salon. Il retourne à la double-porte entrouverte, dans l'antichambre. Il se présente à l'ouverture sans entrer dans la pièce. Cela suffit à attirer l'attention de la femme en tailleur-pantalon avec des lunettes carrées – madame le ministre de la Défense en personne. Elle n'est pas en train de parler, mais d'écouter un interlocuteur invisible dans l'entrebâillement. Cela ne l'empêche pas d'adresser un petit signe de connivence à Philippe Vilniot, puis un autre à quelqu'un que celui-ci ne peut pas voir.

Le quelqu'un en question se faufile bientôt dans l'antichambre. C'est le chef de cabinet du ministre.

– Ah, monsieur Vilniot. La... la personne est là ?

– Oui, dans le petit salon des visiteurs. Elle est en train de subir les contrôles de sécurité. Je la briefe ensuite le plus rapidement possible, et nous vous rejoignons.

– Vous avez un peu de temps devant vous, tout le monde n'est pas encore arrivé. Mais madame le ministre vous fera peut-être appeler avant que...

– Aucune importance. On ne sait toujours pas d'où est partie l'alerte Rouge ?

– Non. Pour le moment, tout remonte à Taverny, qui...

– Je sais. Quelles nouvelles de Véga ?

– État stationnaire. Les médecins ne se prononcent pas. Ils émettront un nouveau bulletin de santé d'ici une heure environ. Madame le ministre n'a pas apprécié d'apprendre avec du retard que...

– Je sais. À tout de suite.

Vilniot rebrousse chemin dans le couloir. L'agent Mainard se tient devant la porte du petit salon, signifiant par là qu'elle a fini son travail à l'intérieur. Elle ne dit rien, c'est donc que tout va bien. Vilniot aurait été surpris qu'il en soit autrement : il voyait mal sa belle Caroline trimballer une arme de poing sur elle ou dans son sac à main. Vilniot congédie la brunette d'un signe de tête limite cordial.

L'agent Mainard s'en va sans un mot avec un geste de la main limite poli. Philippe Vilniot est déjà entré dans le petit salon des visiteurs.

Caroline Laverda se tient debout près de la table Empire, le teint blême.

Ses yeux fixent l'arrivant avec toute la vindicte dont elle est capable. Quand elle parle, les mots ont du mal à sortir, sauf les trois premiers.

– Bougre de salopard !

– Tout doux, Caro. Haineuse mais pas vulgaire, s'il te plaît. Tu n'es pas à Eurodisney, tu es à l'Élysée, chez le président de la République, d'accord ? Les mesures de sécurité sont à la hauteur des lieux. La fouille à corps fait partie du rituel.

– Ta... Ta fouille à corps... elle... ça impliquait vraiment le... un... des...

– Un toucher vaginal et un toucher rectal ? Oui. Je me suis excusé par avance. Cela ne pouvait être fait que par une femme, je te l'ai dit. Si tu avais été un mec, je me serais chargé de la besogne.

– Philippe, c'était... Oh putain... si... humiliant...

– Je sais.

– Non, tu ne sais pas ! Tu ne peux pas savoir, merde ! Tu ne peux pas tout savoir !

Laverda a crié, hors d'elle. Vilniot est à ses côtés en un clin d'œil et lui saisit les poignets avec une fermeté néanmoins retenue.

– Ne crie pas, Caro, pas ici.

– Tu ne peux pas savoir, Philippe !

– Tu te répètes. Si, je peux savoir. Je me suis fait contrôler avec un pote un jour, à la frontière suisse des Verrières. On était jeunes, chevelus, dans une caisse pourrie comme en ont les jeunes chevelus, les clients rêvés ! Le chien de la douane a reniflé le tapis de sol de la bagnole en couinant comme on lui avait appris à le faire. C'était pas mon truc, mais je savais que mon camarade taquinait le chichon, je suppose qu'il devait fumer plus que régulièrement dans sa voiture, que le tapis de sol était imprégné... bref ! Il n'y a pas plus teigneux et procédurier qu'un douanier suisse, la voiture a été désossée, portières démontées, batterie vérifiée, la totale. Pour mon pote et moi, interrogatoires dans des pièces séparées, et la totale aussi ! Alors oui, je sais que c'est humiliant, Caro. Mais l'agent Mainard est une pro, elle a dû faire ça dans les règles de l'art. Elle a mis des gants de latex, non ?

– Rien à dire, elle a été parfaite !

Caroline Laverda est parvenue à grimacer une sorte de sourire de cliente satisfaite. Philippe Vilniot lâche les poignets de la jeune femme avec circonspection.

– Cool, hein ?

– Ça va, je ne vais pas te gifler. C'est une collègue à toi, la gynéco du palais ?

– Non. Elle appartient à un service interne à l'Élysée, aux ordres exclusifs du Président, la DOG. La Direction des Opérations Générales. L'agent Mainard a du chien, pas vrai ? !

– Tu couches avec elle ?

– Caro, s'il te plaît, ce n'était qu'un bon mot...

– Tu as son numéro en mémoire dans ton portable.

– Oui, comme j'ai celui de la moitié des effectifs du premier régiment de la Garde Républicaine, qui s'occupe de la protection du Président en temps normal, et pourtant je ne couche avec aucun d'eux, ni avec leurs chevaux ! Je reconnais que l'agent Mainard est attirante, mais ça ne va pas plus loin. Son nom de code est Vanesse, je crois me rappeler. Ils se donnent des noms de papillons, à la DOG...

– Et dans ton service à toi ?

– On dit « monsieur ».

Vilniot se rapproche de la table Empire. Il attrape une tasse et se verse du café.

– J'ai demandé du thé. Tu es toujours thé, le matin ? Je ne te promets pas du Darjeeling grande classe, par contre, le chef du palais est encore au lit.

– Ça ira.

Les viennoiseries sont appétissantes. Caroline Laverda saisit un pain aux raisins entre deux doigts, y mord à belles dents. Il est délicieux. Vilniot lui sert un thé fort qui sent le sachet à plein nez. Sans rien demander, il met deux sucres dans la tasse fumante. Sa mémoire est sans faille.

– Assieds-toi, Caro.

– Nous en avons pour longtemps ?

– Non, mais ce que je vais te dire va peut-être te couper les pattes.

Bonne fille, Laverda obéit. Vilniot reste debout.

– Tout d'abord, à partir de maintenant, tu relèves de ma responsabilité et d'elle seule. En tant qu'ingénieur informaticien, informaticienne si tu tiens au féminin, considère-toi comme réquisitionnée par l'État, sans pouvoir te dérober à ton devoir de citoyenne sous peine d'être accusée de haute trahison. Ta collaboration cessera quand je l'aurai décrété et pas avant. Tu vas être confrontée à des informations sensibles concernant la sûreté nationale, forcément, je te rappelle donc pour la forme que nous les classons en trois niveaux, à savoir dans l'ordre croissant « confidentiel défense », « secret défense » et « très secret défense ». Il aurait fallu inventer un quatrième niveau pour qualifier ce que je vais te dire...

Philippe Vilniot respire un bon coup avant de se lancer.

– Aujourd'hui, à trois heures du matin, nos forces de dissuasion nucléaire ont été placées en alerte Rouge. Il ne s'agissait pas d'un exercice d'entraînement, l'ordre était tout ce qu'il y a d'authentique bien que nous ne sachions toujours pas d'où il a été émis. Nos sous-marins stratégiques et nos bombardiers tactiques sont donc prêts à frapper l'ennemi depuis cet instant, sur injonction du président de la République française qui, tu dois le savoir, est le seul habilité par la Constitution à déclencher l'alerte Rouge pour la dissuasion et autoriser ensuite le recours à l'arme atomique.

Caroline Laverda avale de travers une bouchée de pain aux raisins. Elle n'a pas le temps de parler : Philippe Vilniot a déjà enchaîné.

– Le problème, Caro, c'est que nous ne sommes pas en guerre, que personne ne nous attaque, et surtout que ce n'est pas le président de la République française qui a placé les forces nucléaires en alerte Rouge. Il ne donnera pas non plus l'ordre de tirer nos missiles sur quelque ennemi que ce soit parce qu'il est depuis hier soir vingt-trois heures et des bananes à l'hôpital militaire du Val-de-Grâce. Il y a été admis dans le coma suite à un accident vasculaire cérébral qui l'a frappé alors qu'il travaillait tard ici, heureusement en compagnie d'un secrétaire qui a sonné le tocsin.

Caroline Laverda repose sa tasse heureusement vide à côté de la soucoupe. Philippe Vilniot poursuit, imperturbable.

– Le Président n'est pas mort. Le pronostic des médecins est réservé. Ils pensent que l'attaque a été bénigne, mais sans en être vraiment convaincus. Ils ne veulent pas se mouiller, comme d'habitude. Selon eux, et d'après la lecture du premier scanner, le malade peut se réveiller en pleine forme ou complètement gâteux. Ils sont incapables de dire quand il se réveillera, avant midi, demain, après-demain, la semaine prochaine ou après Noël, ce qui est ennuyeux car seul le Président peut annuler la mise en alerte Rouge...

Caroline Laverda lève la main comme à l'école pour intervenir. Philippe Vilniot l'ignore superbement.

– ... qu'il n'a pas ordonnée, je sais, mais c'est tout comme. Cela dit, s'il se réveille dans le cirage avec les neurones d'un gastéropode, nous ne serons pas plus avancés. Pour le moment, seuls deux ministres sont au courant, celui de la Défense et celui des Affaires étrangères. La Dame de Fer, si tu vois de qui je veux parler, a bien sûr été avertie quand on n'a pas pu faire autrement, vu la nature militaire du problème, et l'autr...

– Philippe !

Vilniot sursaute malgré lui.

– Je t'ai déjà dit de ne pas crier ici, je crois ?

– Je m'en fous ! Peux-tu me laisser vingt secondes pour assimiler tes infos, merci ?

Caroline Laverda remet sa tasse sur sa soucoupe. Elle se reverse du thé. Sa main tremble un peu. Philippe Vilniot respecte sa méditation ; cela lui coûte, visiblement. La jeune femme le regarde dans les yeux, pas vraiment droit, comme pour y traquer l'ombre du mensonge.

– Je te jure que c'est la vérité, Caro. Je ne te cache rien.

– C'est une histoire de fou...

– Hélas non.

– Mais comment se peut-il que...

– Tu n'es pas stupide, tu as compris que nous avons un problème lié à l'informatique des systèmes, sinon tu ne serais pas là. Il ne s'agit pas d'un acte de sabotage destiné à nous affaiblir, nos spécialistes en sont persuadés, nous aurions déjà été attaqués. Ils pensent qu'il y a eu un bogue, une panne, un court-circuit, n'importe quoi de fortuit, et...

– Et ils sèchent.

– Oui. Véga est hors du coup, c'est notre seule certitude à cette heure.

– Véga ?

– Pardon, le Président. « Véga » est son nom de code pour tous les services et toutes les opérations relevant des intérêts de la Défense Nationale. J'aurais dû l'appeler comme ça depuis le début, d'ailleurs. Je te recommande d'utiliser ce pseudo à partir de maintenant, toi aussi.

Le thé encore plus infusé est âcre à faire grincer des dents. Caroline Laverda grince des dents, mais retrouve toutes ses capacités de réflexion.

– Juste pour terminer mon cours d'éducation civique nucléaire, Philippe... Mon pays est prêt à faire la guerre, mais il n'y a pas la guerre ?

– Exact.

– Donc, nos bombes atomiques sont braquées au petit bonheur en attendant de se voir désigner des cibles ?

– Toujours exact.

– Nous en avons beaucoup, de ces saletés ?

– Ça, ce n'est pas de l'info classée, tu peux la trouver dans une bonne encyclopédie. Tu sais ce qu'est un missile à tête multiple ?

– J'en ai une vague idée.

– Alors disons qu'en gros, actuellement, un peu moins de trois cent cinquante ogives sont braquées au petit bonheur, comme tu dis.

– Trois cent cinquante...

L'amertume du thé trop infusé est une cuillerée de miel à côté de la nausée qui envahit soudain Caroline Laverda. Elle n'a pas besoin d'encyclopédie pour savoir qu'une seule de ces ogives atomiques suffit à provoquer un désastre apocalyptique, aux conséquences incalculables à l'échelle d'une vie humaine et même de plusieurs générations.

– Et le Prési... Véga est hors d'état d'appuyer sur le bouton, nous sommes toujours d'accord, Philippe ? Mais est-ce qu'il le restera ? On dit qu'il aurait changé depuis l'échec de son gouvernement sur le nouveau contrat d'embauche, et les manifestations de jeunes dans la rue ?

– Je sais, mais ce n'est pas une raison pour déclencher la guerre thermonucléaire, Caro ! De toute façon, sérieusement handicapé du bulbe, Véga a été mis sur la touche jusqu'à son réveil que j'espère rapide. Comme c'est prévu en pareil cas, le président du Sénat le remplace.

– Philippe, la force de frappe...

– Ni l'un ni l'autre ne pourrait l'utiliser tout seul, je te rassure. Le passage à l'acte se fait à trois, avec deux généraux quatre étoiles minimum. En cas de crise majeure ou d'urgence absolue, le dispositif peut être réduit à deux personnes pour une riposte immédiate, le décisionnaire et l'un des deux généraux, mais jamais le décisionnaire en solitaire, cela pour éviter le coup de folie du chef de l'État parano qui pète les plombs et déclenche l'enfer pour soulager ses démons personnels.

– C'est bon à savoir, avec les élections présidentielles qui se rapprochent.

– Je ne vois pas le rapport...

– Il y a un ou deux candidats potentiellement éligibles que je suis ravie de savoir incapable de pouvoir vitrifier son prochain de sa seule autorité ! Pour une question de religion, de couleur de peau ou de désamour de la patrie, si tu vois ce que je veux dire ?

– Si ça peut te faire plaisir...

– Ça me fait plaisir. Pour finir, que font ici les ministres que j'ai aperçus en arrivant ?

– La Dame de Fer a décidé de gérer la crise depuis l'Élysée, pour des raisons que je t'expliquerai plus tard. Le ministre des Affaires étrangères a fait un saut depuis le Quai d'Orsay pour un petit briefing entre collègues. La diplomatie se doit d'accorder ses violons avec le discours officiel de la Nation. Avant midi l'étranger va se manifester, obligatoirement, ne serait-ce que les Américains dont les satellites d'observation n'observent pas que leurs ennemis. Le ministre devra répondre à des questions embarrassantes et mentir comme on sait si bien le faire au Quai.

– Il ne serait pas plus utile au Moyen-Orient en ce moment, celui-là ?

– Il devait s'envoler pour Beyrouth ce matin. La situation retarde son départ. Personnellement, je ne m'en plains pas, il gagne une occasion de se taire. Je préférais quand il était à la Santé... je parle du ministère, tu l'avais compris !

– Remarque, grâce à lui, depuis qu'il est aux Affaires étrangères, j'ai compris que n'importe qui peut occuper n'importe quel fauteuil de ministre sans exercer une quelconque profession en relation avec l'intitulé dudit ministère, du moment qu'il a fait l'ENA ou un truc approchant.

– Parce que tu crois que ce sont les ministres qui prennent les véritables décisions ?

– Je crois surtout que le premier d'entre eux n'est pas au courant de la situation ou je me trompe, Philippe ? Je n'ai pas vu non plus notre cher ministre de l'Intérieur, tout à l'heure en arrivant...

Le portable de Philippe Vilniot vibre dans la poche intérieure de sa veste, lui évitant de répondre. Il sort l'appareil et prend la ligne. La conversation est brève et surtout à sens unique. Vilniot rempoche son portable après avoir prononcé un « Tout de suite, madame » lapidaire. Il claque des doigts en direction de Caroline Laverda.

– Debout, Caro, on nous attend.

Salon des journalistes étrangers
*Palais de l'Élysée – Paris 8e*
Rez-de-chaussée (côté jardins)

Madame le ministre de la Défense est assise derrière une longue table de style indéterminé. Le buste bien droit, elle trône comme une reine trônerait à sa place d'honneur.

La Dame de Fer n'a pas osé s'installer carrément dans le bureau du Président, peut-être par crainte de provoquer l'ire de la destinée. Caroline Laverda lui sait des prétentions électorales menant au sommet de la pyramide du pouvoir; d'aucuns assurent qu'elle aurait même de sérieuses chances d'être élue. Alors siéger sous les ors de la République, fut-ce par intérim en période de crise dans le modeste salon réservé aux interviews du chef de l'État par les représentants de la presse étrangère, est en quelque sorte goûter aux joies présidentielles par avance. On a les petits plaisirs compensatoires que l'on peut.

Le ministre des Affaires étrangères a regagné le Quai d'Orsay depuis un bon moment, nanti des bons conseils prodigués par sa collègue de la Défense. Le chef de cabinet de celle-ci a déposé devant elle les derniers mémos reçus au ministère et transmis à l'Élysée par fax sur ligne sécurisée. Les courriels sont encore trop facilement interceptables.

Suivant Philippe Vilniot, Caroline Laverda prend place à ses côtés dans le fond de la pièce sur des chaises vacantes, les grosses légumes des différents corps d'armée s'étant accaparé sans vergogne les premiers rangs. Madame le ministre présente les deux civils comme des conseillers techniques dûment accrédités auprès du chef d'état-major particulier de la présidence, donc aptes à connaître toute information, même celles classées « très secret défense ». Pour rester en permanence au chevet du Président hélas toujours inconscient, le chef d'état-major a délégué son remplaçant. Pendant que celui-ci précise quelles seraient les mesures à prendre si l'alerte Rouge devait être étendue à l'ensemble des forces armées du pays, Vilniot fait à voix basse les présentations pour l'informaticienne.

La dissuasion nucléaire est représentée par le seul colonel Guillon, le vice-amiral Mercadiot étant excusé pour cause de crise sous-marine mieux gérable depuis les pupitres du commandement de la Force Océanique Stratégique. Le gros moustachu rougeaud est le général de division Delamounière, en provenance du commandement national des forces d'action terrestres. Son voisin immédiat, une grande perche maigre à faire peur, est le contre-amiral Maubert, délégué par le commandement organique de la force d'action navale. Derrière lui, pour l'aviation et l'ensemble de ses missions conventionnelles, c'est le général de brigade Martignac qui est de corvée. Vilniot précise, pour terminer, que tous les officiers supérieurs présents, en dépit de leurs grades ronflants, occupent en fait des postes de second plan dans leurs commandements respectifs. Les véritables grands chefs sont directement au charbon à l'image du vice-amiral de la FOST, depuis que leur ministre de tutelle a bien été obligée de les mettre dans la confidence (après l'avoir été elle-même fort tardivement, ce qu'elle n'a toujours pas complètement digéré).

Le remplaçant du chef d'état-major particulier achève son laïus sans avoir repris sa respiration, comme à son habitude, ce qui limite heureusement ses interventions orales en réunion. Madame le ministre lui adresse un beau sourire satisfait.

– Merci pour ces précisions. Espérons que nous n'aurons pas à en arriver là... Maintenant que nous sommes au complet, j'aimerais que nous examinions cette situation ridicule avec Taverny. Brest et Mont-Verdun ont fait preuve d'intelligence, pourquoi cela ne se passe-t-il donc pas de la même manière là-bas ? Qui commande le PC central en ce moment, au fait ?

– Le colonel Roland Saudane, madame, répond le général Delamounière.

– Vous le connaissez ?

– Affirmatif ! C'est un militaire de carrière à l'ancienne, service-service, le petit doigt sur la couture du pantalon et le regard posé sur la ligne bleue des Vosges, les ordres sont les ordres, vous voyez ? N'allez pas croire pour autant que ce soit un bourrin complet, il fait de la peinture pendant ses loisirs, du portrait à ce qu'on m'a dit. Je n'ai jamais vu ses toiles, mais il paraît qu'il a un joli coup de pinceau...

– Certes, certes, général, mais ce qui m'intéresse, c'est dans quelle mesure ce colonel Saudane peut ouvrir les portes de Taverny sans que cela lui soit demandé par Véga en personne.

– Avec le vieux Roland ? Aucune chance, madame !

Madame fait la grimace – ce qui ne la change pas beaucoup de son naturel, remarque Caroline Laverda en se retenant de pouffer sous le regard sévère de Vilniot. Le colonel Guillon leur jette un œil circonspect avant d'intervenir.

– Je dois hélas confirmer l'opinion du général Delamounière, madame. Le colonel Saudane est un officier... comment dire... un tantinet psychorigide.

– C'est bien notre chance !

– Oh, tous les chefs du PC le sont plus ou moins, madame. Cela fait partie de leur rôle, le zèle paranoïaque, surtout depuis qu'ils centralisent la gestion de la dissuasion nucléaire à l'exclusion de toute autre tâche. Je m'étais opposé à ce que le commandement des Forces Aériennes Stratégiques quitte Taverny pour se replier uniquement sur Mont-Verdun, comme Brest est devenu le seul poste de commandement de la FOST. Je suis au regret de constater que les événements me donnent raison de la pire façon qui soit.

– Je ne comprends pas, colonel. Expliquez-vous mieux.

– Madame, contrairement aux commandants des forces stratégiques, le responsable du PC central n'a aucune notion de fausse alerte remarquable au bout d'un certain temps écoulé. À Taverny, les exercices se terminent quand le signal de fin est reçu, pas avant. Enterré et aveugle à l'extérieur, le personnel est un peu autiste, comme les équipages de nos sous-marins. À la seconde où l'alerte Rouge lui a chatouillé les tympans, le colonel Saudane a passé Taverny en mode Forteresse, comme on le lui a appris. Le PC est devenu inexpugnable, et il le restera tant que Saudane ne recevra pas le bon message codé de retour à la normale.

– Les codes du président du Sénat sont inopérants, m'a-t-on dit ?

– Hélas oui, madame. C'est incompréhensible, mais j'ai bien peur que la solution ne dépende que du réveil de Véga... avec toutes ses facultés mentales, est-il besoin de le préciser.

– Supposons que Véga soit à tout jamais incapable de formuler la moindre parole sensée ! ? proteste le contre-amiral Maubert ; je ne souhaite pas sa mort, bien sûr, mais s'il...

– Ce n'est qu'une question d'électronique ! coupe le général de brigade Martignac ; il doit y avoir une solution de secours, toute notre défense ne saurait reposer sur un seul protocole, ou alors nous sommes des abrutis imprévoyants !

– Vous ne croyez pas si bien dire, mon général.

– Quoi ? !

Martignac s'est tourné d'un bloc en direction de la voix ironique. Derrière lui, Vilniot lui adresse un petit geste amical et apaisant.

– Abrutis, non, imprévoyants, oui, mais à notre corps défendant. Personne ne peut prévoir une panne, mon général. Dois-je vous rappeler la définition de ce qu'est une panne ? Avant, ça marchait !

Le général Martignac apprécie peu l'humour de Philippe Vilniot, qui poursuit.

– Nous avons plusieurs protocoles, bien entendu, sauf qu'ils sont tous confrontés à une erreur informatique qui bloque les systèmes. Je ne comprends pas pourquoi le président du Sénat est snobé par les machines, mais c'est ainsi, ça ne marche plus ! Et avec la dissuasion centralisée à Taverny, le problème a pris des proportions pires encore. Véga étant hors course pour l'instant, tant que nous ne saurons pas quelle est cette erreur, nous ne pourrons pas la corriger et tenter de nous dépanner.

– « Tenter de », vous dites ? Nous ne sommes donc pas sûrs de réussir ?

– Non, mon général, mais rassurez-vous, nous ferons tout pour y arriver.

– Vous ne me rassurez pas ! Auriez-vous une solution miracle dans votre manche ?

– Elle est assise à côté de moi.

Caroline Laverda toise Philippe Vilniot, un rien vexée de se voir qualifiée de « solution », miracle ou pas.

Madame le ministre de la Défense fait cliqueter ses ongles sur la table pour attirer le regard du général Martignac vers sa personne. Le général se retourne après avoir lâché une œillade assassine à Philippe Vilniot.

– Messieurs, en attendant le rétablissement de Véga, que je souhaite bien évidemment prompt, toutes les questions informatiques relatives à cette crise seront gérées depuis l'Élysée, pour des raisons pratiques évidentes, ce qui explique notre présence à tous ici. Je vous présente donc notre nouvelle informaticienne émérite, une spécialiste qui nous a été chaudement recommandée par qui de droit, madame Lav...

– Mademoiselle !

– Mademoiselle Laverda, pardon. Elle travaillera main dans la main avec nos propres spécialistes qui, ils le regrettent eux-mêmes, pataugent un peu en ce moment. Quant à savoir si elle accomplira un miracle, il n'est pas interdit de prier à ceux qui ont la foi !

Le général Delamounière a reniflé le parfum de l'officier des services secrets chez Philippe Vilniot et le lui fait clairement savoir par une moue méprisante. Le contre-amiral Maubert dévisage la nouvelle informaticienne si chaudement recommandée avec un intérêt pas seulement militaire.

Le général Martignac est toujours franc direct.

– Excusez-moi, madam... mademoiselle Laverda, mais en plus de la foi, peut-on connaître vos qualifications ? Quels sont vos diplômes ? Et où avez-vous étudié ?

Mademoiselle Laverda réplique du tac au tac sans se démonter.

– J'ai un diplôme d'informatique générale et d'informatique de pointe du MIT, plus une équivalence de diplôme en spécialisation des systèmes intégrés obtenue avec mention à Caltech. Je manquais d'argent pour finir mes études en Californie, c'est pourquoi je n'ai que l'équivalence. La mention était un cadeau du doyen...

Un gros silence se fait dans la salle des journalistes étrangers. Les regards de tous les officiers reflètent l'incrédulité, malgré eux. Le Massachusetts Institute of Technology plus le California idem, même en cursus incomplètement suivi, c'est beaucoup de connaissances prestigieuses pour une seule cervelle dans une si jolie tête. Les vieux réflexes machos ne sont pas morts avec la nomination d'une femme au ministère de la Défense.

– Je ne recommande jamais n'importe qui..., murmure Vilniot entre ses dents.

Martignac revient à la charge.

– Pourquoi n'avez-vous pas étudié en France, si ce n'est pas indiscret ?

– À la fin du lycée, j'hésitais entre Polytechnique et Centrale, mais je n'ai jamais pu me faire à l'esprit des prépas. Il existe des pays où un solide compte en banque vous ouvre toutes les portes. Je ne suis pas sûre que ce soit la bonne réponse au problème.

– Cela vous a réussi, en tout cas, félicitations !

Madame le ministre de la Défense se frotte les mains, les yeux fixés sur Philippe Vilniot.

– Bien ! À présent que le général Martignac est rassuré sur ses capacités, nous allons laisser cette brillante élève travailler. Vous savez où l'emmener, n'est-ce pas ? Alors, je ne vous retiens pas...

Vilniot se lève, imité par la brillante élève.

Ils sortent de la salle de presse, dont la porte est aussitôt refermée derrière eux par le chef de cabinet du ministre. L'informaticienne attrape l'officier des services secrets par le bras sans attendre d'avoir quitté l'antichambre. Le dallage patiné par les chaussures des journalistes étrangers reflète un pâle lever du jour filtrant à travers les hautes fenêtres du palais de l'Élysée.

– Ce n'est pas juste pour étaler mes diplômes que je suis allée faire le clown là-dedans, pas vrai ?

– On ne peut rien te cacher, Caro. La Dame de Fer tenait à ce que tous ses galonnés t'aient bien vue, en chair et en os, et sachent bien pourquoi tu es là. Si ça merde grave, ils se souviendront de toi.

– Je suis donc un fusible.

– Tu es aussi un fusible.

– Trop aimable !

– Fusible ou pas, tu as surtout un cerveau d'ingénieur que je vais prier de fonctionner au maximum de ses performances ! Tu es aussi un œil neuf, une personnalité extérieure au tempérament iconoclaste qui verra peut-être ce que nos spécialistes ont sous le nez depuis le début sans le savoir. Et crois-moi, Caro, j'aurais préféré réveiller quelqu'un d'autre que toi ce matin.

– Oh, mais je te crois sans peine.

– Bien. Suis-moi.

– Où allons-nous maintenant ?

– Dans un endroit qui justifie notre présence à l'Élysée et pas ailleurs. Voilà pourquoi la Dame de Fer tenait à gérer la crise ici, tu vas le comprendre.

Philippe Vilniot pointe un doigt vers le dallage.

– Sous nos pieds se trouve le centre Jupiter. C'est de là que Véga commande la force de frappe... quand il est en état de le faire !

Centre de contrôle « Jupiter »
Sous le palais de l'Élysée
Profondeur classée Très Secret Défense

L'ascenseur à cabine étroite s'arrête en douceur au niveau le plus bas du palais de l'Élysée. Quoique rapide, le voyage est déconseillé aux claustrophobes.

Caroline Laverda ne l'est pas.

La sortie de l'ascenseur se fait devant une sorte de sas dont chaque issue est commandée par un digicode. Le boîtier est surmonté d'une barrette de trois ampoules rouges dont deux brillent d'un éclat vif. Les portes sont ouvertes sur le départ d'un corridor qui ne semble pas mener très loin, mais il est difficile d'estimer correctement la distance : plantés au milieu du sas, la mine patibulaire du cerbère peinte sur leurs traits, deux gorilles jumeaux habillés en civil bouchent la vue. Ils se désintéressent de l'informaticienne, à croire qu'elle n'existe pas ou qu'elle est devenue subitement invisible.

Avec un air entendu, le gorille de droite tend la main vers Philippe Vilniot. Celui-ci y dépose gentiment le revolver qu'il a sorti de son étui de ceinture.

– À situation exceptionnelle, mesures exceptionnelles, monsieur.

Le gorille s'est presque excusé. Vilniot fait celui que cela n'a pas dérangé. Il n'appartient pas au même service, mais ne s'en formalise pas. Laverda devine que les cerbères jumeaux sont des chiens de la DOG au courant qu'elle a déjà été fouillée sous toutes les coutures.

– Pollard est arrivé ?

– Il vous attend, monsieur. D'autres personnes sont à venir ?

– Pas à ma connaissance.

Vilniot entraîne Laverda à sa suite dans le corridor qui, effectivement, ne va pas très loin : il tourne très vite à gauche, en angle droit, puis à droite de la même manière peu après. De section carrée, le corridor est assez étroit et bas de plafond. Des portes irrégulièrement espacées ponctuent sa longueur, de chaque côté, mais jamais en vis-à-vis. Des appliques lumineuses diffusent une lumière douce, sans ombre. Les pas couinent de façon étrange sur un sol bleu nuit, comme plastifié.

– Nous sommes très profond, Philippe ?

– Très.

– J'attendais une réponse un peu plus détaillée...

– Je sais.

– Merci !

– De rien.

Après un dernier coude à quatre-vingt-dix degrés, le corridor aboutit à un autre sas. Il est lui aussi pourvu d'issues digicodées grandes ouvertes. Vu la distance parcourue et l'orientation première prise en sortant de l'ascenseur, Caroline Laverda estime qu'elle se trouve actuellement quelque part sous les jardins de l'Élysée. Mais la succession d'angles droits, destinés à entraver la progression d'éventuels commandos ennemis menant un assaut neutralisateur, peut avoir faussé son jugement.

Un homme en grand uniforme de l'Infanterie, trapu et coiffé en brosse, vient à leur rencontre. Il salue en claquant des talons, un rien pompeux.

– Général Hubert Pollard. Soyez la bienvenue au centre Jupiter, madame Laverda.

– Mademoiselle !

– Mademoiselle, excusez-moi. Venez, vous êtes très attendue.

Le second sas donne dans le centre Jupiter lui-même. L'endroit serait un cube parfait si un faux-plafond passe-câbles ne limitait pas sa hauteur à moins de deux mètres cinquante, pour une surface au sol de seize mètres carrés. Les murs sont tapissés sur trois côtés par des unités informatiques au format d'armoires normandes. La climatisation ronfle en sourdine. Il fait frais, presque froid.

Caroline Laverda ronchonne.

– Tu aurais pu me prévenir, Philippe, j'aurais pris une petite laine.

Le général Pollard assure.

– Je vais vous apporter ça dès que possible.

Le quatrième côté de la pièce accueille pas moins de cinq postes de travail, dont un central qui se détache du lot de par la dimension de son écran et la position de sa console informatisée : le clavier étendu est encastré dans une tablette située en avancée par rapport aux autres consoles, qui l'encadrent donc en retrait deux par deux à droite et à gauche. Un confortable fauteuil en cuir trône devant la console principale. Les postes auxiliaires se contentent de modestes chaises de bureau en matière synthétique. Tous les sièges sont pivotants.

Une dizaine de moniteurs vidéo chapeautent l'installation, très en hauteur, rangés côte à côte comme dans une régie finale de production télévisée. Le moniteur central indique l'heure à laquelle vivent le centre Jupiter et ses occupants.

PARIS

07 : 24 : 38

Les autres affichent l'heure locale qu'il est dans le monde pour une sélection de villes. À gauche du moniteur central, on peut lire **BRASILIA**, **WASHINGTON D.C.**, **MEXICO** et **VANCOUVER** ; à droite, **MOSCOU**, **NEW DELHI**, **PÉKIN** et **TOKYO**. Le symbole graphique de l'horloge est différent selon que l'on s'éloigne de l'heure GMT ou que l'on s'en rapproche.

BRASILIA

03 : 24 : 46

MOSCOU

09 : 24 : 46

Sous une pancarte marquée **STATUT**, une main au-dessus des pupitres et une en dessous des moniteurs vidéo, trois grosses lampes rouges sont vissées au milieu du mur. Deux brillent, allumées comme sur les barrettes des boîtiers digicodes commandant les issues des sas. La troisième lampe rouge serait plus rassurante si elle était allumée, d'une certaine manière.

Éteinte, elle est de sinistre augure.

Deux hommes trentenaires approchant la quarantaine, d'allure martiale malgré leur tenue vestimentaire qui ne dépareillerait pas dans un congrès de cadres chez IBM, se tiennent au garde-à-vous au fond de la pièce. Ce sont les spécialistes informatiques de l'armée qui pataugent en le regrettant, d'après la Dame de Fer. L'un est blond filasse, de taille moyenne. L'autre est un peu plus grand et nettement plus costaud en largeur que son camarade, avec des cheveux châtain clair tirant sur le roux et des taches de rousseur sur les ailes du nez.

Caroline Laverda, quand elle ne sort pas avec les agents secrets bruns, a un faible pour les taches de rousseur. Le brun costaud est en plus au bon gabarit de l'amant éventuel.

Le général Pollard fait les présentations.

– Capitaine Lerain, lieutenant Dainet. Voici mademoiselle Laverda, ingénieur diplômée, qui vient nous donner un coup de main informatique, messieurs.

Mademoiselle Laverda tend une main franche ouverte aux deux officiers électroniciens.

– Repos ! Je ne sais pas si j'ai le droit de le dire ? Mais vous m'intimidez, raides comme ça !

– Repos, fait le général en écho, rougissant malgré lui pendant que Philippe Vilniot se marre en silence.

– Si nous pouvions aussi nous passer des grades ? Vous êtes en civil, je n'y connais rien, nous faisons le même métier, ce sera plus simple ! Allez, pas de chichis entre nous, hein ? Moi, c'est Caroline.

– Lieutenant Colin Dainet, se présente le blond filasse chez qui le réflexe militaire est pavlovien.

– John, dit simplement l'autre.

Caroline Laverda lui accorde un beau sourire reconnaissant.

– John ?

– Mon grand-père paternel, Jack Lerain, était du Kentucky. Il est venu avec le Débarquement.

– Ah, le pays du bourbon !

– C'est ce qui l'a tué, pas les Allemands à Omaha Beach. Mon père se prénomme James. Un prénom qui commence par « J », c'est la tradition familiale pour les aînés.

– Des enfants ?

– Un petit Jim depuis deux ans.

– Et si cela avait été une fille ?

– C'est l'initiale qui compte, pas le sexe. J'ai deux nièces, Jessica et Jane...

Philippe Vilniot toussote.

– Vous passerez les diapos plus tard, capitaine, nous avons du travail, excusez-moi de vous le rappeler ! Caro, pendant que le général va te chercher une petite laine, si cela ne l'ennuie pas, on te fait faire le tour du propriétaire, d'accord ?

Le général Pollard est d'accord. Il s'éloigne dans le corridor en se demandant quelle taille de confection (en haut) peut bien faire l'informaticienne.

D'un geste ample de la main, Philippe Vilniot décrit l'espace restreint autour de lui.

– Ici, Caro, tu es à l'abri de tout. Une fois les sas fermés, le centre Jupiter est un bunker classique résistant aux armes conventionnelles, mais il est également protégé contre toutes les attaques chimiques, biologiques et bien sûr nucléaires. Les impulsions électromagnétiques de haute altitude générées par une explosion atomique ne sauraient l'atteindre pour perturber ses communications ou son informatique...

– Ça, un bogue s'en est chargé tout seul !

– Ne m'interromps pas, surtout pour dire des conneries. Outre cette salle de contrôle, le centre Jupiter possède tout ce qu'il faut pour loger Véga et les subordonnés requis par la mise en œuvre de la force de frappe. Il y a des chambres, une cuisine, des réserves, un salon détente, et même un mini bloc opératoire. L'alimentation électrique provient de deux sources différentes, le centre possédant en outre son propre groupe électrogène de grande capacité et plusieurs de moindre puissance, pour n'alimenter que le strict nécessaire au besoin. Un système de batteries longue durée a été prévu en ultime recours. S'il le faut, Jupiter peut vivre en autarcie un bon moment sous atmosphère recyclée...

– Dix mille ans et plus, si ça pète atomique en surface ? On doit trouver le temps long, à la fin !

– Qu'est-ce que je t'ai déjà dit, merde ?!

– Ça va, Philippe, je m'excuse. Bon, comme je n'ai pas l'intention d'acheter ni de louer le centre Jupiter à l'année ou au mois pour les vacances, explique-moi le fonctionnement des parties qui m'intéressent, tu veux ?

Vilniot désigne les deux officiers.

– Ces messieurs s'en chargeront mieux que moi, et ça les occupera ! Capitaine Lerain, voulez-vous ?

Le brun costaud s'avance.

– Avec plaisir, monsieur. Nous sommes donc ici au cœur de la dissuasion française. Ces postes de travail assurent la transmission des ordres via le réseau Ramsès dont toutes les liaisons sont sécurisées, redondantes et indépendantes par paires. En contact avec les principaux chefs d'états-majors des armées de Terre, Air et Mer, Jupiter pourrait aussi permettre la gestion des combats en temps réel sur le terrain lors d'un conflit conventionnel, mademoiselle...

– Caroline, je vous en prie, John !

Le capitaine Lerain rosit, ce qui fait ressortir ses taches de rousseur de façon charmante.

– Le pupitre du milieu est celui de Véga, vous l'auriez deviné. Les quatre autres gèrent les communications en parallèle, mais chaque terminal peut être reconfiguré comme le central en cas de problème. Quand Véga se déplace, en France ou à l'étranger, il est toujours accompagné de l'officier nucléaire...

– Le célèbre homme à la valise ?

– C'est cela. Il transporte dedans une version miniaturisée de ce que vous voyez ici, réduite aux commandes essentielles, mais assez puissante pour se mettre en liaison avec Jupiter depuis partout dans le monde. Où qu'il se trouve, en déplacement officiel ou en voyage privé, Véga peut décider le recours au feu nucléaire, décision appliquée avec l'aide de deux généraux pour éviter que...

– Je sais, des quatre étoiles minimum, Philippe me l'a déjà expliqué.

Vilniot ricane.

– Hé, c'est toi qui sais, maintenant ? Pollard est l'un de ces deux généraux, Caro. Si tu avais mieux regardé ses manches d'uniforme, tu aurais pu le supposer.

– Je suis très impressionnée. Il touche une prime spéciale pour ça ?

– Qu'est-ce que t'en as à branler ?

– Hé, Philippe, haineux mais pas vulgaire ! Continuez, John, ne vous laissez pas impressionner, il aboie mais ne mord pas !

Rougissant de plus belle, mais d'embarras cette fois, le capitaine John Lerain poursuit ses explications avec une petite fêlure de gêne dans la voix.

– Il existe d'autres centres comme celui-ci dans le pays, des PC gouvernementaux pareillement équipés et protégés. Il y en a un sous le fort de Brégançon, le lieu de villégiature officielle de Véga, un autre sous l'Assemblée nationale, et encore un autre sous le Sénat au palais du Luxembourg.

– C'est vrai, son président, c'est le brave gars qui remplace Véga au pied levé en cas de malheur... mais qui remplace le brave gars, au fait ? Supposons que Véga rentre dans sa bagnole avec la sienne sur la route des vacances et qu'ils meurent tous les deux dans l'accident et d'atroces souffrances, qui...

Vilniot devance Lerain, sec et cassant.

– La responsabilité passe au niveau du gouvernement, qui se réunit en conseil des ministres extraordinaire pour cette sinistre occasion et prend une décision de façon collégiale. Comme les membres du gouvernement ne partent pas en vacances tous ensemble le même jour dans le même autocar, ils ne risquent pas de venir s'encastrer dans les carcasses fumantes de Véga et du président du Sénat, donc la Nation est toujours capable de balancer ses missiles à la gueule des méchants, point-barre. Tu veux savoir autre chose, Caro ?

– Oui, quand est-ce qu'on mange ? !

– Plateaux-repas ici-bas jusqu'à nouvel ordre, et ce n'est pas encore l'heure. Ne te fais pas de mouron, ils sont préparés par le chef de l'Élysée, autant dire que tu mangeras gastronomique matin, midi et soir. Je te promettrais bien le top des toques de ton choix si tu nous sors du pétrin avant ce soir, mais je pense que tu préféreras dîner seule !

– Faut voir...

Caroline Laverda a planté son regard dans les yeux du capitaine John Lerain, qui pose la main sur le dossier du fauteuil de la console présidentielle pour faire diversion.

– Si vous voulez vous asseoir...

Le prénom « Caroline » vibrait sur le bout de sa langue, mais il a refusé de sortir. La jeune femme s'assoit, confiante. Il sortira bientôt. S'il ne sort pas, elle y survivra.

Le lieutenant Colin Dainet se rapproche à son tour. Encadrés par les deux ingénieurs militaires, debout derrière elle tels des valets de table au souper du Roy, l'informaticienne étudie le poste de travail central. Dire qu'elle le fait sans émotion serait mentir : malgré la ressemblance qu'ont tous les ordinateurs entre eux, Caroline Laverda n'a pas n'importe quel innocent matériel de bureau devant les yeux.

Le confort de son siège mis à part, le pupitre diffère de ses quatre voisins par un autre détail : c'est le seul à être doté d'un terminal secondaire enchâssé près de la console principale, et comprenant trois compteurs digitaux à triple fenêtre d'affichage comptant chacune quatre cases.

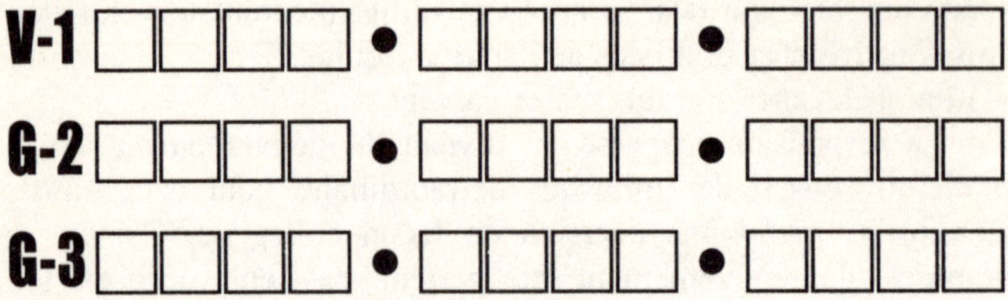

Sous chaque compteur se trouve une serrure à barillet dont la fente d'entrée est tarabiscotée. C'est là-dedans que le président de la République et ses deux généraux assesseurs introduisent leurs clés de tir, après avoir affiché leur code personnel dans chaque fenêtre. Cela peut se faire à partir du clavier de la console ou sur un pavé de touches de secours limitées aux lettres de l'alphabet et aux chiffres de 0 à 9, pavé situé sous les serrures. Il n'y a pas de souris. Les déplacements à l'écran se font au moyen d'une boule de commande, que l'on enfonce dans son logement de rotation jouxtant le clavier d'une simple pression de la paume pour valider les sélections.

Le lieutenant Dainet explique que chaque code de mise à feu est donc composé de douze éléments : une série de quatre chiffres suivie de quatre lettres suivies de quatre autres chiffres. Il faut les entrer dans l'ordre des fenêtres, en commençant par le haut. La ligne « V-1 » est bien évidemment celle de Véga. Les codes affichés et validés, le dispositif est triplement verrouillé par pivot des clés d'un quart de tour à droite. Un seul et unique voyant rouge s'allume au-dessus des fenêtres pour confirmer le verrouillage.

Ensuite, presser la touche **ENVOI**, et tout est dit.

– Ce n'est pas simple, comme procédure...

– Elle ne commande pas l'utilisation d'un distributeur de cacahouètes non plus, Caro !

Ignorant le persiflage facile de Philippe Vilniot, Caroline Laverda pose les mains sur le clavier de la console. Sous ses doigts, asservie à un système d'exploitation aussi bête que celui d'un ordinateur personnel (en un peu plus puissant tout de même), il y a la voie d'accès à la plus monstrueuse invention de l'esprit humain, l'énergie atomique mise au service des armes de destruction massive – des armes du crime majeur quelle que soit leur nationalité. C'est une abomination au-delà de tout pardon, privée de toute rédemption.

L'être humain est la seule espèce vivante de la planète à avoir conçu, développé et amélioré le moyen artificiel de sa propre extinction.

BOUM !

Dans la nuit du 24 novembre 1961, toutes les lignes de communication sont brutalement interrompues entre le commandement de la défense aérienne nord-américaine (NORAD) et le Quartier Général du Strategic Air Command (SAC), coupant par la même occasion les États-Unis de tout contact terrestre avec leurs trois bases de détection situées à Thulé (Groenland), Clear (Alaska) et Fillingdales (Angleterre). Ces bases avancées, dites « Early Warning », sont la première ligne de défense américaine face aux missiles balistiques de l'URSS qui emprunteraient le trajet le plus court pour frapper les USA, la route du pôle Nord.

Les cerveaux du SAC envisagent deux explications possibles : une attaque surprise et fourbe de l'ennemi, ou la panne simultanée de toutes les lignes de communication, sans exception. Celles-ci sont pourtant doublées, par mesure de sécurité, et elles empruntent plusieurs circuits indépendants les uns des autres, dont celui du classique téléphone.

L'hypothèse de la panne générale semblant donc plus qu'improbable, la fourberie cauteleuse de l'ennemi paraît s'imposer, et toutes les bases aériennes du territoire américain sont donc mises en alerte de couleur indéterminée, mais conséquente. Les équipages des forteresses volantes embarquent et mettent les moteurs à la chauffe. Les bombardiers ne doivent cependant pas décoller avant plus ample information.

Si les communications terrestres sont impossibles, il reste la bonne vieille radio. Une liaison est établie avec un B-52 qui se promène autour du cercle polaire, en vol d'alerte préventive. L'avion contacte chaque base avancée par le même moyen, et peut ainsi sans délai garantir que tout le monde lui a répondu « présent », qu'accessoirement Thulé sera bientôt à court de cigarettes et de lait concentré sucré en tube, et qu'aucune attaque n'a eu lieu nulle part.

Les fameuses lignes doublées et indépendantes entre le NORAD et le Quartier Général du SAC transitent toutes par une seule et unique station-relais du Colorado, où la surchauffe d'un appareil a causé la panne totale des communications.

Centre de contrôle « Jupiter »
Sous le palais de l'Élysée
Profondeur classée Très Secret Défense

En veille, les postes de travail n'affichent sur leurs écrans aucun dispositif économiseur d'énergie, sérieux ou rigolo. Des petits champignons atomiques dansants, par exemple.

Les concepteurs du centre Jupiter ont manqué d'humour. Seule l'heure est décomptée sur fond noir au milieu des écrans latéraux, comme sur la rangée de moniteurs vidéo installés en hauteur. L'écran de la console présidentielle se différencie encore une fois des autres en affichant deux horloges sur un fond blanc bleuté : l'heure parisienne et le temps écoulé depuis le déclenchement de l'alerte Rouge. Son statut actuel est rappelé par trois petits ronds intercalés entre les horloges. Ils symbolisent les lampes murales rouges, les deux premiers étant colorés en noir pour montrer qu'elles sont allumées.

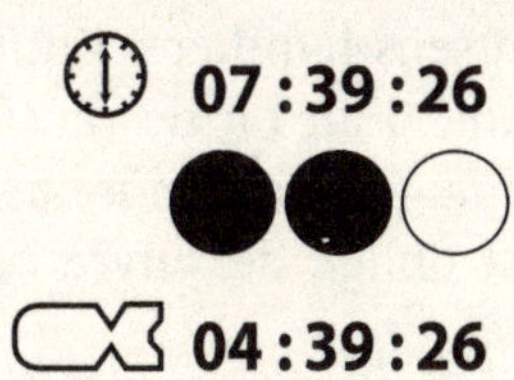

Caroline Laverda lève les yeux vers les trois vraies lampes qui brillent au-dessus d'elle.

– Tout éteint, c'est la paix sur Terre pour tous les hommes de bonne volonté ? Pourquoi il n'y a pas d'ampoule verte, d'ailleurs ? Ce serait plus sympa, non ?

– Il y a toujours une lampe d'allumée parce que nous avons en permanence au moins un de nos sous-marins lanceurs d'engins à la mer, prêt à intervenir. Tout le monde le sait. C'est ça, la dissuasion. Les hommes de bonne volonté, sur la Terre, ils ont des fins de mois difficiles ou ils prennent cinq ans de camp à régime sévère quand ils la ramènent un peu trop.

Philippe Vilniot n'a pas mâché ses mots. L'informaticienne hausse les épaules, énervée.

– Un peu de couleur dans les petits ronds pour faire joli, c'était pas sorcier, mais bon... John, Colin, rassurez-moi, vous savez comment on rentre là-dedans, j'espère ?

– Appuyez sur n'importe quelle touche ou faites rouler la souris-boule, répond le lieutenant Dainet.

L'icône horaire disparaît de l'écran pour être remplacée par le message suivant, sans que le fond change de couleur ou que de nouvelles informations s'affichent.

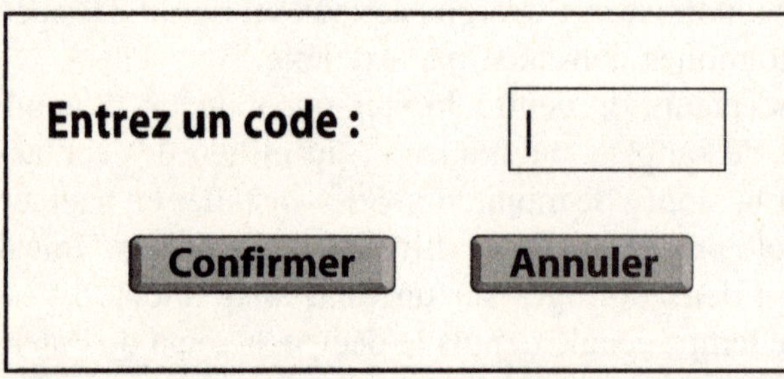

Dainet pointe du doigt la fenêtre d'écriture.

– Le mot de passe est de sept lettres, accents et caractères spéciaux sont interdits. Pour une meilleure mémorisation, il est préférable que le mot ait un sens familier à l'utilisateur, nom propre ou nom commun. L'insertion d'un ou de plusieurs chiffres est fortement déconseillée, pour ne pas confondre avec les codes de mise à feu, mais personne n'est obligé de suivre cet avis.

– Véga l'avait suivi ?

– Nous ne le savons pas. Par définition, son mot de passe est connu de lui seul.

– Merci, Colin, je ne suis pas stupide ! Je voulais dire, il a pu en parler à quelqu'un de son entourage, faire une allusion dans une conversation...

– Ce n'est pas son genre, Caro.

Sans répliquer, Caroline Laverda pianote **RPR1976**. Lettres et chiffres se matérialisent en gros points noirs dans la fenêtre rectangulaire, comme sur n'importe quel ordinateur qui n'a pas dans son disque dur de quoi vitrifier dix fois la planète pour les quinze prochains millénaires. L'informaticienne confirme en amenant le curseur là où il faut et en pressant sur la boule.

Le résultat ne se fait pas attendre.

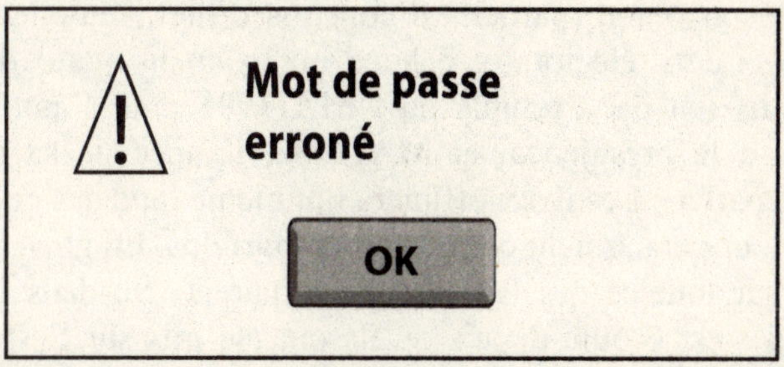

– C'était pour rire, Philippe !

Vilniot ne rit pas. Le lieutenant Dainet sourit à peine. Le capitaine Lerain a la bouche fendue d'une oreille à l'autre – il plaît de plus en plus à l'informaticienne, celui-là. Elle lui montre le message d'erreur à l'écran.

– Quand j'espérais tout à l'heure que vous saviez rentrer dans la machine, tous les deux, je ne vous demandais pas la marche à suivre pour le faire ! Vous croyez vraiment que je vais trouver le mot magique de Véga ?

– Mais...

– Qu'est-ce que vous avez fabriqué en m'attendant, on peut savoir ? !

Le lieutenant Dainet bat des paupières, gêné. Le capitaine Lerain se racle la gorge.

– On... On a essayé des trucs, pour voir.

– Des trucs ?

– Des mots de passe. On a essayé d'entrer des mots de passe dans la console, mais aucun d'eux n'a marché.

– Lesquels avez-vous déjà essayés ?

– Vous voulez la liste ?

– Je veux.

– De mémoire, là...

– Je vous écoute, John !

Lerain et Dainet ont compilé le plus possible de noms propres de sept lettres ayant un rapport proche ou lointain avec la vie publique, professionnelle et privée du président de la République française en exercice. Redoutant l'emploi d'un ou plusieurs chiffres dans la combinaison, ils ont passé au crible les dates importantes de sa vie comme de celle de ses proches : naissances, mariages, anniversaires, divorces, baptêmes, opérations médicales bénignes ou graves, décès, accidents, héritages, création de parti (ils l'avaient tapée **DEC1976**, eux), trahison d'ami, pardons d'ennemis d'hier, réussite aux examens et aux défis électoraux, échecs aux examens et aux défis électoraux – ils ont par exemple tapé **MAI1995** pour l'année de son accession à la présidence, et **MAI2002**, l'année de sa réélection (façon de parler). Les deux officiers ont même tapé des codes éventuels qui leur paraissaient complètement farfelus. En gros, ils se sont penchés sur tout ce qui leur est passé par la tête dans le peu de temps qui s'est écoulé depuis qu'ils ont été mis sur l'affaire.

Le capitaine John Lerain sourit pauvrement.

– Je savais qu'on jouait perdant, mais il fallait bien s'occuper avant votre arrivée !

– D'accord. Alors, autre chose... John, vous pensez vraiment que la solution à notre problème de blocage-système est ici, dans le centre Jupiter ?

– Je n'en vois pas ailleurs. Vous savez que le président du Sénat reste à la porte, lui aussi ? Le système refuse son code, personne ne parvient à rentrer dedans, nulle part. Les infos passent de casernes en bases navales ou aériennes, les ordinateurs du ministère de la Défense ou de la FOST nous laissent interroger tous les réseaux que nous voulons, par l'intermédiaire ou non de Jupiter, mais toutes les incursions que nous avons pu mener finissent en impasse ou nous font toujours remonter à Taverny et s'arrêtent là, quand elles ne rebondissent pas.

Le lieutenant Colin Dainet confirme en opinant du chef avec vigueur. Caroline Laverda lorgne le message d'erreur sans joie, un méchant pli au coin des lèvres.

– Ici, on a fait ce qu'on a pu, mais il y a tellement de combinaisons que c'était peine perdue, comme John l'a dit.

– Le nombre de tentatives est donc illimité, Colin ?

– On n'a pas cru bon de limiter leur nombre, pour tenir compte du stress inévitable de l'utilisateur à l'instant suprême de concrétiser les effets d'une responsabilité écrasante. C'est humain, je crois.

Alors, si cela lui chante, Véga peut se tromper douze mille fois consécutives avant de taper le bon mot de passe sans que cela ne porte à conséquence.

– C'est moi qui exagère ou bien ma carte de retrait est mieux protégée que l'accès au terminal de la force de frappe ? Je fais trois faux codes à la suite, et hop ! le distributeur de billets me l'avale...

– L'accès au terminal ne vous sert à rien sans les codes et les clés de tir. Et puis, si je peux me permettre, quand vous retirez de l'argent, vous êtes devant votre distributeur, dans la rue ou à l'intérieur de votre agence bancaire. Votre situation est tout à fait normale, banale même, alors qu'être assise là où vous l'êtes en ce moment, quand on n'est pas Véga en personne ou un général quatre étoiles accrédité DN pour « Dissuasion Nucléaire », ça n'existe même pas dans vos rêves !

– Touché, Colin.

Laverda clique sur le « OK » du message d'erreur. La proposition d'entrer un mot de passe revient à l'écran. La jeune femme fait la grimace. Son flair lui dit que son ex l'a entraînée dans un sacré piège à cons. Elle veut bien l'absoudre de la préméditation sadique, par la force des choses, mais n'est pas prête à le lui pardonner.

– La console centrale active toutes les autres, bien sûr...

– Jupiter n'est pas censé fonctionner en dehors de la présence de l'utilisateur référent, Véga ou tout autre personnage de l'État disposant de la bonne signature électronique.

– Conclusion, sans ce foutu mot de passe, le centre de contrôle Jupiter est aussi opérationnel qu'une brouette sans roue, c'est ça ?

– C'est ça.

– J'avais un mauvais pressentiment, merci de me le confirmer. Oh putain, on n'a pas le cul sorti des ronces !

Après avoir consulté sa montre, Philippe Vilniot fait deux pas en direction de la console présidentielle.

– Qu'est-ce qui te prend, Caro ?

– Allons, Philippe, je sers à quoi, là ? Que veux-tu que je fasse de plus que vous ?

– Je ne vois pas où est le problème.

– Quand tu es ramoneur, tu dois vraiment préciser que tu te rends à domicile ? Je peux naviguer dans n'importe quel système à condition que je puisse d'abord y entrer. Ça ne veut pas dire que je trouverai la panne, mais ce n'est pas en restant dehors que j'y arriverai.

– Si cela avait été facile, j'aurais appelé ma petite sœur.

– Arrête ! Tu as une idée des combinaisons possibles pour former un mot de sept lettres rien qu'avec l'alphabet ?

– Huit milliards et des poussières. Vous confirmez, capitaine Lerain ? Lieutenant Dainet ?

– Cherche pas la division au sein des troupes ! Si Véga a utilisé ne serait-ce qu'un seul chiffre, tu imagines aussi ? Ou choisi délibérément un mot étranger, mais alors dans quelle langue ? Ou encore un assemblage de lettres aléatoire sans queue ni tête, tapez « WXZQPMK » et l'on vous ouvrira ? Faut pas confondre solution miracle et mission impossible, Philippe !

– Iconoclaste mais déjà battue avant le début du match ? Tu as changé, Caro, je ne te reconnais plus !

L'ingénieur en informatique Caroline Laverda pique un fard monumental. Elle se mord la langue pour ne pas répliquer vertement. La vérité est toujours pénible à entendre, surtout quand elle vous est défavorable. Philippe Vilniot a toujours su trouver les vérités qui font mal. La jeune femme le reconnaît avec rage : il n'a pas changé, lui.

Un silence pesant envahit le centre Jupiter.

Les deux officiers ingénieurs et Vilniot le respectent tant sa densité les écrase. La nuque raide, les prunelles fixes, Caroline Laverda s'efforce également de maîtriser sa respiration pour mieux exploiter ses facultés mentales, une vieille ruse de yogi apprise sur le campus du California Institute of Technology. Quand elle y avait étudié, les années hippies n'étaient plus qu'un lointain souvenir tout au long de la côte Ouest, mais on y avait conservé quelques habitudes de l'époque, bonnes ou mauvaises, ainsi le yoga et les cigarettes qui font rire – un déclic se produit dans les neurones de l'informaticienne. C'est le résultat d'une soudaine association d'idées.

– Nuage Bleu...

– Tu dis, Caro ?

– Tais-toi ! Taisez-vous tous ! Un mot de plus et je perds le fil ! Oui, c'est ça, un Nuage Bleu, il me faut un Nuage...

L'association d'idées ne se roule pas ni ne se fume. La nature asiatique de la gymnastique respiratoire croisant le lieu où elle a été enseignée donne un nom : Leigh-Kim Woodford.

À Caltech, madame Leigh-Kim Woodford était l'un des professeurs de programmation séquentielle de Caroline Laverda. Petite et menue, de bonne humeur du matin au soir, le professeur Woodford aurait eu du mal à cacher ses origines extrême-orientales. Elle prenait un malin plaisir à citer Lao-Tseu et Confucius à tout bout de champ pour appuyer ses démonstrations, mais elle avait une préférence pour un certain lettré vietnamien du IIIe siècle avant notre ère. Il s'appelait Thanh-Van Nguyên, son prénom se traduirait par « Nuage Bleu », et l'on n'avait jamais su s'il était un homme ou une femme déguisée pour accéder au savoir interdit au sexe prétendument faible en ces temps obscurantistes. Il semblait bien que ce sage penseur était une pure invention de la malicieuse et féministe Leigh-Kim, mais aucun de ses étudiants n'aurait eu à cœur de vérifier la réalité historique de son inexistence tant ses aphorismes et maximes avaient de sel dans la bouche du professeur Woodford. On avait pris l'habitude, sur le campus californien, d'appeler « Nuage Bleu » toute idée exprimée de façon un tant soit peu emphatique, boursouflée d'égotisme, ou simplement d'une banalité à pleurer – Caroline Laverda se souvient d'un « Nuage Bleu » tout particulièrement. Et ce n'est pas par hasard ici et maintenant, dans le centre Jupiter.

Question cryptages, encodages, logiciels-labyrinthes, leurres électroniques et restrictions d'accès, et donc mots de passe, le professeur Leigh-Kim Woodward était une pointure redoutable, surtout quand elle expliquait preuves à l'appui comment mettre toutes les chances de son côté pour arriver à percer les défenses des pièges informatiques susmentionnés – Caroline Laverda entend dans sa tête le ton faussement sentencieux de la frêle et rieuse Leigh-Kim comme si c'était hier.

Ainsi parlait Than-Van Nguyên : les secrets de l'homme se cachent mieux dans l'ombre de sa clarté que dans la lumière de ses ténèbres...

Le professeur Woodward rappelait cette « citation » chaque fois qu'un élève séchait sur un mot de passe introuvable, quand elle organisait des travaux pratiques avec des ordinateurs spécialement préparés par ses soins. Elle fournissait des fiches d'identités fictives, celles des personnages qui étaient censés avoir crypté l'accès à leurs disques durs. Neuf fois sur dix, la solution était à chercher et se trouvait dans les travers superficiels du personnage inventé, le côté sombre mais pas trop de sa nature. Ses défauts rédhibitoires, ses tares tellement lumineuses, plaquées contre la noirceur de son âme perdue, on ne voit qu'eux, et ils produiront des mots de passe découvrables en un rien de temps par l'adversaire le moins doué.

L'informaticienne s'est fait avoir elle-même il y a quelques minutes.

Elle sent une main se poser sur son épaule. C'est Philippe Vilniot qui, après avoir de nouveau regardé sa montre, commence à s'impatienter.

– Caro, on n'a pas la vie devant nous, tu...

– C'est bon, c'est du Nuage Bleu, mon petit Philippe ! Voilà peut-être le miracle que tu attends, mais je ne promets rien.

– Va toujours.

– Merci. En attendant, le général Pollard, ma petite laine, il la cherche ou il me la tricote ! ?

Sans attendre la réponse de Vilniot, Laverda se penche sur le clavier de la console présidentielle. Elle tape la première chose qui lui vient à l'esprit, plus ou moins en rapport avec les pensées qui viennent de l'agiter : **DAUPHIN**.

Ça ne marche pas.

Elle tape ensuite **AMIDE30**. Ça ne marche pas non plus. Du coin de l'œil, le capitaine John Lerain l'a vu, mais il sent que ce n'est pas le moment de dire qu'ils y avaient aussi pensé, lui et le lieutenant Colin Dainet.

MAI2007 n'a pas plus de succès. Il en aurait eu que la citoyenne aurait ricané saumâtre avant l'informaticienne. Mais tout peut encore arriver d'ici là.

Comme dans un état second, Caroline Laverda pianote subitement un mot à la séduction immédiate – qui ne compte hélas que six lettres. L'index de la jeune femme reste en suspens, indécis. Mais les mots peuvent se mettre au pluriel. L'index retombe de tout son petit poids sur la touche « s ».

Le curseur clique sur **CONFIRMER**.

La demande de mot de passe disparaît de l'écran du pupitre principal. À la place, après une demi-seconde qui paraît durer une éternité, la formule magique s'affiche encadrée et clignote.

------ACCÈS AUTORISÉ------

Washington D.C. – États-Unis
Cantine « A », niveau – 1 du Pentagone
02 h 05 heure locale (06 h 05 Zoulou)

Jake L. Dorlington hésite à prendre trois donuts avec son expresso. Devant lui, Samuel Hackerman a pris la plus grosse part de tarte aux pommes disponible sur le présentoir réfrigéré.

Le général Dorlington balance de plus entre les donuts nature et les donuts glacés au sucre ou au chocolat, mais il ne méprise pas pour autant les beignets plus classiques fourrés à la confiture ou à la crème pâtissière. Le général Hackerman constate que les eaux minérales (gazeuses ou pas) sont conservées au froid, en dépit de ses demandes répétées de laisser quelques bouteilles à température ambiante pour ceux qui aiment boire l'eau ainsi.

Les deux généraux improvisent une petite collation au milieu de la nuit. Comme il fallait s'y attendre, le réveil matinal du Président à Saint-Pétersbourg a eu pour premier effet de consigner les officiers au Pentagone jusqu'à nouvel ordre. Le deuxième, tout aussi prévisible, fut d'avoir à placer les États-Unis sous DEFCON 4 par mesure de précaution. Les scrupules du général Hackerman étaient légitimes, mais la situation semblait partie pour durer en France, aussi valait-il mieux se préparer à l'imprévu sans crainte du paradoxe.

– Un conseil de conseiller, ça, autrement dit une belle ânerie ! avait grogné Dorlington en l'apprenant.

– Ils sont là pour ça, Jake, mais je pense plutôt que c'est un secrétaire d'État qui ouvre le parapluie en sentant la merde arriver. « Une » secrétaire devrais-je dire, avait ajouté Hackerman en appuyant sur l'article au féminin.

– Ouais, il faut savoir préparer l'avenir, c'est ça ?

– Tu as tout compris.

Finalement, Jake Dorlington ne prend que deux donuts nature. Madame, qui lui reproche sa tendance à l'embonpoint, appréciera. Samuel Hackerman réclame une bouteille d'eau minérale gazeuse à température ambiante ; il l'attendra toute la nuit s'il le faut. La marque lui est indifférente. Derrière le comptoir de la cantine « A », un serveur s'efforce de lui donner satisfaction dans les meilleurs délais. Malgré l'heure tardive, il est frais et dispos comme s'il venait de prendre son service.

C'est le cas : le Pentagone mettant un point d'honneur à nourrir et abreuver correctement son personnel vingt-quatre heures sur vingt-quatre, les employés de restauration se relaient donc en équipes de 3 × 8. Au rez-de-chaussée comme dans les étages extérieurs, tous lieux d'accès restreint mais encore possible avec un minimum de vérifications d'identité, les cantines sont ouvertes à tous, civils et militaires. Au dernier étage, un vrai restaurant accueille les visiteurs de marque, qui peuvent déjeuner ou dîner avec une vue imprenable sur la capitale de l'État fédéral. Dans les niveaux souterrains, où tout civil est un militaire déguisé, s'asseoir pour manger dans le réfectoire et avec la compagnie de son choix dépend de l'état des conditions de défense du pays.

À DEFCON 5, si la soupe n'est pas toujours bonne, elle est servie sans restriction à qui peut justifier qu'il a de quoi la payer. C'est aussi valable à DEFCON 4 : tout ne va quand même pas si mal. À DEFCON 3, le personnel ne peut être servi qu'au niveau où il travaille, sur présentation de sa carte magnétique le certifiant ; les très hauts gradés et très grands responsables des services de renseignements badgés accès « TOUTES ZONES » ont de la chance. À DEFCON 2, la prise des repas est strictement réglementée par un protocole de roulement qu'il faut respecter à la lettre, sous peine de se voir considéré comme un vulgaire saboteur et être traité comme tel. À DEFCON 1, toutes les popotes du Pentagone sont fermées par mesure de sécurité, mais plus personne n'a faim – on s'angoisse plutôt de savoir si le prochain repas ne sera pas pris vêtu de peaux de bêtes dans les ruines radioactives du district de Columbia. Certains spécialistes en radiations estiment qu'il sera extrêmement difficile de trouver sur les bords du Potomac des animaux à dépiauter pour se vêtir.

Il n'y a pas foule dans la cantine « A » du niveau – 1.

Les deux généraux ont l'embarras du choix pour la table où poser leurs plateaux. Ils en choisissent une au fond, la plus éloignée possible du comptoir et de ses serveurs. Dorlington s'assoit en face d'Hackerman, qui tourne le dos à la salle comme le méchant stupide dans les mauvais westerns. En levant les yeux Samuel Hackerman peut lire l'heure à une pendule murale, et faire un rapide calcul de fuseaux horaires.

– Le Président hésitait à partir aussitôt après mon coup de fil, en plantant là sa visite matinale...

– Mais suivant le conseil d'un conseiller il a changé d'avis, hein, Sam ?

– Tout juste. Air Force One décollera de Saint-Pétersbourg à quatorze heures locales. Avec le décalage horaire...

– Ça nous le ramène pour un goûter tardif si les vents sont favorables, sinon pour le dîner en avance...

– Tu penses vraiment qu'à bouffer, Jake. Tu sais qu'un autre conseiller lui a proposé de faire une escale à Paris sur le chemin du retour, mine de rien, histoire de dire hello en passant à son vieux copain de l'Élysée ?

– La ficelle était un peu grosse. Le président français n'est pas son vieux copain. Nous devrions arrêter de ne prendre les Français que pour des imbéciles !

– On a commencé, Jake, tu n'as pas vu les menus au comptoir ? La punition est levée, les frites de la liberté sont redevenues des frites françaises. Si nous passons à Defcon Trois d'ici là, je t'en offre une portion avec les œufs et le bacon au petit déjeuner.

– Je préférerais un double-cheeseburger.

– Tu as juré de prendre ta retraite dans ton cercueil les coronaires bouchées avant l'heure, toi ! Tu as vu ton tour de taille ? L'Amérique vivra mieux et en paix quand elle aura enfin compris que le double-cheeseburger et le pop-corn caramélisé sont les seules véritables armes de destruction massive qui menacent son existence, crois-moi.

– Très drôle, Sam. Si je t'ai bien écouté, Air Force One rentre directement à la maison ?

– Le président français n'est visible pour personne aujourd'hui, a-t-il été répondu à la proposition d'escale parisienne impromptue.

– On a donné une raison, même vaseuse ?

– On a donné aucune raison, même très vaseuse.

Le général Dorlington mord dans son donut avec la délicatesse d'un pitbull à la diète forcée depuis un mois.

– Sam, il y a dans cette histoire quelque chose de pas clair qui ne me dit rien de bon. C'est comme à Vostok, en Antarctique, tu vois ? Quelle heure est-il, au fait ?

Samuel Hackerman lève les yeux vers la pendule murale sans réfléchir.

– Deux heures vingt.

– Il est donc pas loin de midi et demi là-bas.

– Où ça ?

– Vostok. Antarctique. C'est une base scientifique. Avec le décalage horaire, ils doivent être en train de déjeuner, mais ils n'ont pas pu manger dehors au soleil, s'il y en a.

– Si tu le dis, Jake...

– Dehors, il fait dans les moins soixante-cinq en ce moment, Sam. Tu imagines ? C'est à Vostok qu'on a enregistré le record des records de froid, à presque moins quatre-vingt-dix degrés sous zéro.

– Fahrenheit ?

– Celsius.

– Si tu le dis...

Le regard du général Jake L. Dorlington s'est fait soudain vaporeux. Ce n'est pas sans inquiéter son vis-à-vis, qui le regarde un peu par en dessous, redoutant une attaque subite de ses facultés cérébrales. Le général Samuel Hackerman serait navré de ne plus croiser son imposante silhouette dans les couloirs de l'état-major des forces armées américaines.

– Et tu sais ce qu'on fait à Vostok en Antarctique, Sam ?

– Non, mais tu vas me le dire, Jake.

– On fait des trous dans la glace avec des perceuses géantes. Ça s'appelle du « carottage » et ça permet d'étudier le climat de la planète depuis l'homme des cavernes. Une équipe de scientifiques russes en salopettes thermorégulées fore la banquise du matin au soir par moins soixante-dix degrés Celsius en moyenne, Sam, qu'est-ce que tu dis de ça ?

– Ben, tu sais, moi, au-dessous de moins vingt, je ne vois plus trop la différence ! Comment sais-tu tout cela, toi ?

– J'ai vu un reportage sur le câble, l'autre jour. Les Russes, ils ont atteint les quatre mille mètres de profondeur, et là ils sont tombés sur un lac subglaciaire de quatorze mille kilomètres carrés. Alors, ils ont arrêté de forer pour ne pas polluer cette eau pure et vieille comme le monde. C'est beau, pas vrai, Sam ?

– C'est... C'est très beau, Jake, mais... Mais pourquoi penses-tu à ça maintenant ? Tu te sens bien ?

Le général Samuel Hackerman craint pour la santé mentale de son ami. Une bonne santé mentale est indispensable pour travailler dans les niveaux inférieurs du Pentagone. Elle est cela dit fortement recommandée ailleurs dans le bâtiment.

– Je vais très bien et je pense à Vostok parce que pendant la guerre froide, des Popovs en train de faire des trous dans l'Antarctique, cela aurait foutu tout le Pentagone à Defcon Trois au minimum et en moins de deux ! Après avoir asséché la mer d'Aral, Moscou se préoccuperait de la pureté d'un lac sous la banquise ? Je rigole ! Tu vois, Sam, je me suis toujours demandé si cette histoire de carottes de glace ne cachait pas autre chose, une base militaire secrète...

– Je t'ai déjà dit que tu étais incorrigible, je crois ?

– ... et j'en suis aussi à me demander si aujourd'hui Paris n'essaye pas de nous mener en bateau, vois-tu. Autrement dit, cette mise en alerte Rouge résulte d'une bourde monumentale, les Français ne sont pas fiers d'eux et leur président se fait porter pâle pour ne pas avoir à s'expliquer.

– Personne n'a prétendu qu'il était malade...

– Ça revient au même, on ne peut pas le voir. Le Président ne peut pas le voir. Le Président des États-Unis en personne, Sam !

– Si tu veux. Mais à quel genre de bourde pensais-tu ?

– Le commandant d'un sous-marin lanceur d'engins qui ferait une crise de paranoïa aiguë, par exemple.

– Et c'est toi qui dis ça, Jake ? C'est moi qui rigole, là ! Tu sais bien que ton hypothétique commandant malade des nerfs ne peut rien faire tout seul, Dieu merci. Engager un combat naval si son bâtiment est menacé, oui, ça il le peut de sa propre initiative, mais pas lancer un missile balistique, non. Ou bien il faudrait imaginer que le chef de l'État français soit de mèche avec lui, le vrai complot...

– Pourquoi pas, Sam ? On dit qu'il n'est plus le même depuis que la capitale dont il a été longtemps le maire n'a pas obtenu les jeux Olympiques.

– Jake, ce n'est pas une raison suffisante pour déclencher la guerre thermonucléaire contre la Chine !

– Qui a parlé de la Chine, Sam ?

Le général Hackerman boit une gorgée d'eau gazeuse (à température ambiante) sans savoir quoi répondre au général Dorlington qui engloutit son deuxième donut en trois bouchées voraces.

Du brouhaha à l'entrée de la cantine « A » attire l'attention des deux généraux.

Un petit groupe de militaires en tenue accompagnés d'une poignée de civils prennent d'assaut le comptoir, un plateau sous le bras. Parmi les militaires, les généraux remarquent en majorité l'uniforme et la casquette de l'US Navy sur des officiers de grades élevés. Samuel Hackerman voit là un moyen opportun de faire diversion du complot atomique français évoqué par Jake Dorlington sur fond de banquise que trouent des Russes faux-jetons.

– Du beau monde, Jake.

– Ouais, en provenance directe de la galerie E. J'ai entendu parler d'une réunion extraordinaire chez le directeur des Opés, qui était ravi vu l'heure !

– C'est en rapport avec ce qui nous préoccupe ?

– Non. Cuba, Sam. C'est chaud en ce moment, à La Havane. Le camarade Castro est passé sur le billard.

– C'est vrai, j'oubliais. Qui sont les cravatés ?

– CIA ou NSA, peut-être même FBI exceptionnellement accrédités à ce niveau de la maison. Ils viennent briefer nos collègues sur la situation dans l'île. On s'attend à un exode massif par mer, d'où la présence de l'amiral qui prend comme toi une tarte aux pommes. Je reconnais aussi l'aide de camp du colonel dirigeant la base de Guantanamo Bay.

– Le camarade Castro ne se rétablit pas comme il faut ?

– Il est mort depuis une semaine, mais personne n'ose le lui dire !

– Sérieusement, Jake ?

– Aucune idée, Sam. Les bulletins de santé du barbu sont rassurants comme le sont toujours ceux d'un chef d'État tant que le palais n'empeste pas trop la charogne. Le frangin assure l'intérim, ce qui ne devrait pas changer grand-chose au sort des Cubains. Et personne n'a vu ni l'un ni l'autre ailleurs que sur les photos officielles prises à l'hôpital.

– Ils ne sont pas visibles, hein ? Comme le président français...

C'est au tour du général Samuel Hackerman d'avoir brusquement le regard ouaté.

– Le parallèle est intéressant à faire, Jake. Un président dans le cirage à l'hosto, voilà qui expliquerait son étrange absence pendant la crise majeure que vit son pays.

– Je ne sais pas, Sam. C'est quand même fou de ne pas savoir, tu es d'accord avec moi ? Avec les carottes glaciaires de Vostok, on peut étudier le climat de cette fichue planète sur les quatre cent mille dernières années, mais on ne...

– Merde, tu ne vas pas recommencer, Jake !

– Quatre cent mille ans, tu te rends compte ? On est capable de savoir quel temps il faisait quand les mammouths broutaient dans ton jardin, mais pas ce qu'il y a dans la tête d'un homme politique capable d'appuyer sur le bouton rouge. On ne peut pas prédire l'avenir, Sam...

Le général Jake L. Dorlington avale son expresso tiède d'une seule lampée avant de conclure.

– Autrement dit, c'est inquiétant, non ?

Le général Samuel Hackerman en convient bien volontiers, tout en étant capable de prédire que la surcharge pondérale de son interlocuteur rondouillard est autrement plus inquiétante pour l'avenir de ses artères coronaires.

À bord du SNLE Téméraire
Position : Très Secret Défense
Heure (en Temps Universel) : Très Secret Défense

Le capitaine de vaisseau Laurent de Saint-Lapray apprécie le silence qui règne sur sa passerelle, bien que cela soit le premier signe manifestant la situation particulière du bord.

Les puristes assurent que le terme de passerelle est impropre à l'usage pour désigner le saint des saints d'un submersible. La passerelle proprement dite doit qualifier l'espace à l'air libre situé au sommet du kiosque (que l'on doit appeler le massif pour montrer qu'on a des lettres sous-marinesques quand on est reçu au bal des officiers de l'Amirauté), d'où sont dirigées les manœuvres de surface du sous-marin. Le commandant du *Téméraire* ne répugne pas à utiliser le mot « passerelle », comme beaucoup de ses semblables dans la marine subaquatique, et il s'est fait une raison de ne jamais trouver de journaux dans le kiosque où il se fait remplacer par l'officier en second plus souvent qu'à son tour. De Saint-Lapray déteste les manœuvres de surface, qui ravalent son SNLE au rang de vulgaire cuirassé.

Le silence régnant donc sur la passerelle n'est troublé que par intermittence, échanges de paroles indispensables à la bonne marche du bâtiment au poste de pilotage ou raclements de gorge plus nerveux que naturels des opérateurs radars. Contrairement au cinéma, qui déteste le silence depuis l'invention du parlant, l'on n'entend jamais dans un submersible le *ping... ping...* sonore et régulier du sonar de veille active, qui est le meilleur bruit à émettre sous l'eau pour se faire repérer à coup sûr. En patrouille permanente, mais plus encore en mode Attente sous alerte à la dissuasion, cerclant patiemment dans son carreau de navigation, un sous-marin nucléaire lanceur d'engins se doit d'être discret, inaudible ; inexistant.

De Saint-Lapray est assis dans son fauteuil de commandement, un siège rotatif vissé au milieu de la passerelle qui est divisée en deux secteurs d'activités distincts, séparés par le bloc tubulaire du périscope. D'un côté, les équipements assurant la bonne marche du submersible : la barre, les contrôles de plongée et le poste de communication avec la salle des machines (le nom n'a pas changé pour nommer le compartiment du réacteur nucléaire assurant la propulsion) ; de l'autre, tout ce qui concerne le lancement des missiles et des torpilles, les écrans de surveillance des radars et des sonars, l'informatique d'analyse et les transmissions. Tout le monde travaille avec des gestes calculés. Le commandant n'a pas bouclé sa ceinture de sécurité, montrant bien par là qu'il n'y a rien à craindre pour le moment.

Le capitaine de corvette Jacques Chambéris revient d'un conciliabule avec l'aspirant Moreau. L'officier en second parle bas mais clair comme chaque membre de l'équipage apprend à le faire, du pacha au dernier matelot, sur la passerelle et au carré comme dans les coursives et les cabines.

– Confirmation du signal, commandant, le voisin était bien un sous-marin américain de classe Ohio.

– L'analyse informatique et Moreau sont d'accord ?

– Notre oreille d'or l'était avant l'ordinateur ! D'après Moreau, à écouter le bruit qu'il fait, cet Ohio n'est plus de la première jeunesse.

– Moreau ne connaît pas l'âge de son pacha, en plus ? ! Sans rire, Second, où se promenait-il, ce vieil Américain ?

– Il passait en limite extrême du carreau.

– Il passait ou il nous cherchait ?

– L'Ohio est un lanceur d'engins, commandant...

– Et alors ? Il pouvait patrouiller, ou avoir une autre mission cachée derrière cette patrouille. C'est facile à vérifier. Quelles étaient sa route et sa vitesse quand nous l'avons accroché, Second ?

– Vitesse estimée à vingt-cinq nœuds en croisière soutenue, il faisait route au sud.

– Tout droit ? Il n'a pas dévié d'un seul degré à notre approche, ni ralenti son allure ?

– Non, commandant. Route au sud, sans dévier ni ralentir, en suivant la périphérie du carreau, le sonar et l'aspirant Moreau l'ont suivi jusqu'à sa sortie.

De Saint-Lapray fait grise mine.

– Vingt-cinq nœuds, c'est rapide, pour une patrouille...

– Commandant, s'il nous avait repérés ou s'il avait seulement soupçonné notre présence dans les parages, je pense qu'il aurait modifié sa course pour venir se renseigner de plus près.

– Ou bien il nous a entendus et il ne veut pas que nous le sachions. Il nous laisse passer, puis il revient nous surprendre par derrière.

– Il n'a aucune raison de se méfier de nous.

– Un sous-marin se méfie toujours d'un autre sous-marin, par principe.

– Nous ne sommes pas en guerre, commandant.

– Nous sommes en alerte Dissuasion, Second. Cela doit se savoir dans le monde, à présent.

– Les États-Unis sont nos alliés.

– Non, c'est nous qui sommes les leurs. La différence n'est pas que sémantique.

De Saint-Lapray se redresse sur son siège.

– Silence plus que jamais. La propulsion au minimum. Assiette zéro zéro à immersion de lancement. On remonte en douceur. La barre au serré, bâbord ou tribord au choix du navigateur.

L'officier en second relaie les ordres en cascade. Jacques Chambéris a déjà lu la tactique du commandant : en niveau d'immersion d'action rigoureusement horizontal et en serrant au plus près l'axe de son pivot, le *Téméraire* va ainsi faire ses ronds sous l'eau en surveillant plus fréquemment la zone de ses arrières, le cône de silence où un submersible est sourd comme une douzaine de pots, tout en restant opérationnel au maximum en cas de mauvaise rencontre.

Un frémissement parcourt la coque épaisse du sous-marin comme ses ballasts se remplissent partiellement d'air comprimé chassant l'eau qui les lestait à profondeur de patrouille. Au poste de pilotage, on joue sur les barres de plongée avant et arrière pour assurer une remontée sans heurt au palier ordonné en conservant l'assiette du bâtiment.

– Commandant...

– Oui, Second ?

Jacques Chambéris parle encore plus bas qu'auparavant.

– Les messages continuent de nous parvenir sur la très basse fréquence. Les gars aux transmissions ne disent rien, mais je les sens de plus en plus troublés. Moi aussi je le suis, je dois l'avouer.

– Toujours les mêmes messages ?

– Toujours, « Arrêtez-tout-c'est-une-fausse-alerte-je-répète-etc-répondez-s'il-vous-plaît ». Je résume très vite, commandant.

– J'avais compris. Les messages émanent de la Force Océane Stratégique, ils sont signés du vice-amiral d'escadre mais ils ne sont pas formatés comme ils devraient l'être, rien de changé là non plus ?

– Rien de changé. Le rythme de réception est toujours le même aussi. Les envois sont rigoureusement espacés dans le temps, les intervalles entre chaque message ne varient pas. Cette précision est étonnante, vous ne trouvez pas ?

Laurent de Saint-Lapray n'est pas étonné.

– On cherche à nous faire comprendre que la démarche est pensée, réfléchie, donc volontaire. Vous agréez, Second ?

– J'agrée, commandant. Cela peut être un piège, vous croyez ?

– C'en est un tant que les messages ne sont pas formatés correctement.

– Ils ne...

– C'est bien ce qu'on nous apprend à l'école de guerre, n'est-ce pas ? Le PC de la FOST est passé sous le contrôle de l'ennemi qui nous intoxique avec de faux messages, il ne faut pas en tenir compte ni répondre quoi que ce soit. Même si c'est notre vieille mère ou une épouse affolée qui nous conjure de rompre le silence des communications !

– Mais...

– Mais quoi, Second ?

– S'il s'agissait vraiment d'une fausse alerte ? Le cas s'est déjà produit.

– Jamais aussi longtemps à ma connaissance.

– Un accident, alors ?

– Permettez-moi de vous rappeler que ce n'est pas n'importe qui qui peut déclencher l'alerte Rouge et que je ne vois pas comment il pourrait le faire par « accident »... En se prenant les pieds dans un tapis pour tomber sur le fameux bouton rouge qui n'existe pas ? !

– Je pensais à un coup de folie, commandant. Ce n'est qu'un homme, après tout. Et on murmure qu'il n'est plus le même depuis que le « Non » à son référendum sur la constitution européenne l'a emporté...

– Allons, Second, ce n'est pas une raison pour déclencher la guerre thermonucléaire !

Le capitaine de vaisseau Laurent de Saint-Lapray a failli hausser le ton.

Le capitaine de corvette Jacques Chambéris rougit comme un gamin pris en faute la main dans le compotier. Les barreurs au poste de pilotage et les opérateurs radars font ceux qui n'ont rien entendu.

– Rassurez-vous, Second, je partage vos doutes, mais je sais que s'il s'est produit quoi que ce soit d'anormal, on s'en occupe à terre, et on s'en occupe bien. Alors nous, pareillement, nous allons faire et bien faire ce pour quoi nous avons été entraînés, d'accord ?

– À vos ordres, commandant.

Un bruit caverneux se fait entendre à trois pas du siège de commandement. De Saint-Lapray et Chambéris tournent la tête avec un bel ensemble. L'enseigne de vaisseau de 1re classe Le Chifol toussote dans le creux de sa main avec un tact remarquable. Sur un signe du pacha, l'Officier principal des opérations s'approche. La contrariété se lit sur les traits crispés de l'Opo, qui fait pourtant des efforts pour n'en laisser rien paraître.

– L'aspirant Moreau vous demande, commandant.

Penché sur le pupitre de son sonar, le casque sur les oreilles, la fine ouïe du *Téméraire* a levé deux doigts de sa main droite, l'index et le majeur. Ce n'est pas pour faire le V de la victoire. L'index et le majeur de son autre main sont collés l'un à l'autre et appuient l'écouteur contre l'oreille gauche de Moreau, qui ferme les yeux quand il est concentré.

– Nous captons deux signaux différents, commandant. Je dis un Britannique et un Américain, venant de directions opposées. Ils évoluent comme à la parade.

– Ça commence à faire beaucoup de voisins qui piétinent dans notre arrière-cour...

– Et ils sont bruyants !

– Vous voulez dire qu'ils ne cherchent pas à cacher leur évolution, Moreau ?

L'aspirant Moreau rouvre les yeux en hochant la tête.

– Oui, commandant, ou alors c'est très bien imité. Je précise qu'ils nous ignorent magnifiquement l'un comme l'autre, pour le moment. Ils vont quelque part et ils y vont vite, sans prendre de précautions. Ils doivent avoir un rendez-vous urgent à ne manquer sous aucun prétexte ! À ce train-là, ils découvriront leur présence mutuelle avant la nôtre.

– Le Britannique ?

– Le représentant de Sa Très Gracieuse Majesté est un sous-marin d'attaque de classe Trafalgar. Un vieux débris asthmatique bon pour la casse qui s'entend de loin, si je peux me permettre.

– Comme l'Ohio de tout à l'heure ? C'est le rendez-vous des vieilles coques de noix, ce foutu carreau !

– Surtout qu'il avance comme une brute, il navigue au moins à trente nœuds. Il fonce tellement vite qu'il serait incapable de nous entendre à moins de nous rentrer dedans !

– Il est loin de nous, j'espère ?

– Rassurez-vous, commandant, il nous passera à côté très au large, sur un cap est-sud-est.

– Bien. L'Américain, c'est notre Ohio qui est revenu ?

– Non, commandant, cette fois c'est un Los Angeles. Celui-là, nous l'avons croisé d'assez loin il y a deux semaines, le matin si mes souvenirs sont bons, mais il était moins pressé. J'ajoute qu'il y a longtemps qu'il n'a pas fait de manœuvres avec ses petits camarades de l'US Navy.

Le pacha du *Téméraire* regarde l'aspirant Moreau avec un respect fortement teinté d'incrédulité superstitieuse.

– Vous êtes un magicien, vous !

– Oh, c'est trop facile, commandant, ce Los Angeles a un défaut d'axe sur sa turbine bâbord, elle fait un « clac-clac-clac » reconnaissable entre mille. S'il avait fait récemment des exercices avec d'autres sous-marins américains, je pense qu'ils lui auraient signalé la chose.

– Chapeau quand même, Moreau ! Où est-il ?

– Il est plus près de nous que le Trafalgar, et il marche presque aussi vite.

– Mais il ne nous a pas entendus non plus ?

– Il fait trop de bruit pour écouter quoi que ce soit !

– Quel est son cap ?

– Nord-ouest, commandant, route au trois cent vingt.

– Bien.

De Saint-Lapray quitte son siège de commandement. Il vient se pencher sur la table à cartes, à côté du bloc périscope. Chambéris l'a suivi, sans qu'il soit besoin de le lui dire. L'officier navigateur les y a précédés pour tracer les routes des submersibles britannique et américain sur un transparent que le patron du *Téméraire* lorgne sans émotion apparente. La position de son propre bâtiment est signalée par une simple barre noire avec un « T » blanc dessiné dessus.

– Nous ne changeons pas de carreau, mais faites encore réduire la vitesse au minimum pour continuer à cercler au serré sans perdre l'assiette

– À vos ordres, commandant.

– Second ?

– Commandant ?

– Faites vérifier l'antenne filaire régulièrement. Il serait stupide de rater des consignes importantes... correctement formatées, bien sûr !

Sans vouloir la mort de son prochain, le capitaine de vaisseau Laurent de Saint-Lapray apprécierait de recevoir du QG de la FOST l'ordre formel de tirer ses M45, à la fin, histoire de justifier le stress et l'adrénaline de la mise en alerte Rouge du SNLE et de son équipage. Le capitaine de corvette Jacques Chambéris espère plutôt ne pas rater le message y mettant fin, fausse alerte ou réel retour à la normale.

Un message correctement formaté, bien sûr.

Centre de contrôle « Jupiter »
Sous le palais de l'Élysée
Profondeur classée Très Secret Défense

Dans le centre de contrôle Jupiter, très profond sous le palais de l'Élysée, trois paires d'yeux masculins convergent en feux croisés sur l'informaticienne Caroline Laverda.

Philippe Vilniot, le capitaine John Lerain et le lieutenant Colin Dainet hésitent entre l'admiration béate ou la contemplation effarée d'une sorcière à l'ouvrage. ACCÈS AUTORISÉ clignote maintenant sur tous les écrans, la console centrale et tous les pupitres auxiliaires à l'unisson. Encore quelques secondes de clignotage, puis le sésame cède la place au portail d'accueil du système de gestion, qui lance ses applications les unes après les autres. Les icônes de la force de frappe sont les premières à s'afficher, rangées dans un dossier-colonne générique justifié à la gauche des écrans.

La responsable du miracle électronique se tourne vers le trio toujours médusé, en faisant pivoter son siège d'un petit coup de reins ferme. Caroline Laverda joue les faussement surprises avec un talent consommé.

– Ben quoi ? Ne me regardez pas comme ça, tous les trois ! C'est ce que vous attendiez de moi, non ?

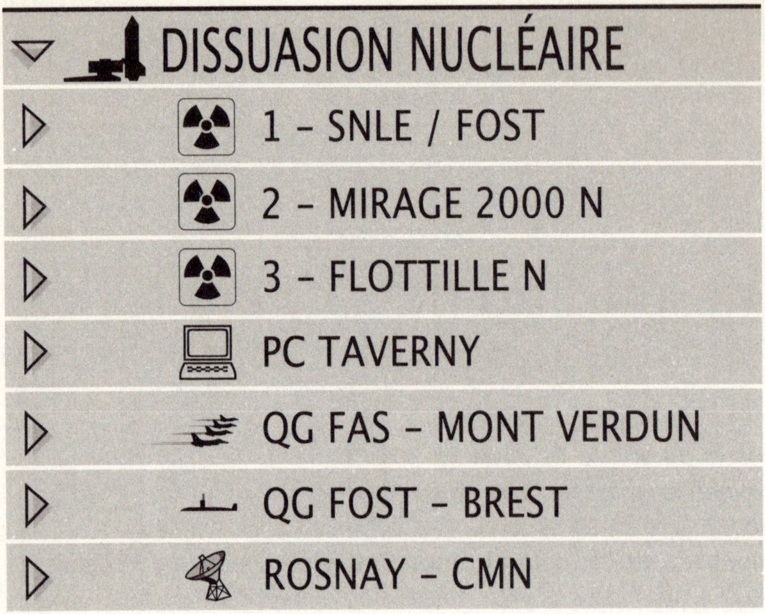

Philippe Vilniot est beau joueur.

– Chapeau, Caro. Quel était le secret ?

– Un Nuage Bleu ! Ce serait trop long à t'expliquer, mais ça a encore marché. Si je les avais connus, j'aurais peut-être essayé avant les kilos de sumotoris nécessaires au bon déroulement du tournoi annuel de Nagoya ou cumulés au grade de yokozuna depuis le début du dix-septième siècle. Mais j'ai tapé « coronas », au pluriel pour avoir les sept lettres, et voilà.

– Tu m'épates ! Comment as-tu trouvé le rapport entre les cigares et Véga ?

– En cherchant plutôt du côté des bières mexicaines, Philippe ! Une petite faiblesse dont personne ne se soucierait si tu n'étais pas le premier des Français... Hé, en parlant de cigares, je me demande quel était le code atomique en vigueur à la Maison Blanche à l'époque de Clinton, pas toi ?

Vilniot dégaine son téléphone portable.

– Je préviens la Dame de Fer. Tu peux déjà t'inscrire pour la Légion d'honneur l'année prochaine !

– Votre cellulaire ne passera pas, monsieur...

Le lieutenant Dainet a fait en signe dans sa direction.

– Vous oubliez que Jupiter est un site durci. Vous devez utiliser une des lignes internes, avec les appareils muraux ou les combinés des pupitres. Elles sont numérotées de un à neuf, vous faites le zéro puis la touche dièse avant.

L'un des appareils évoqués par l'officier est visible au mur, juste à côté de l'entrée de la pièce. Vilniot se dirige droit dessus quand la voix impérieuse de la sorcière des mots de passe le stoppe net dans son élan.

– Prématuré, Philippe ! Comme dirait l'autre, nous avons gagné une bataille mais pas la guerre !

– Qui parle de guerre ?

La voix inquiète du général quatre étoiles Hubert Pollard précède son retour physique dans le centre, les bras chargés de vêtements féminins. La vision des écrans enfin réanimés éclaire son visage d'un soulagement bien perceptible. **FAS/MONT VERDUN**, **PC TAVERNY, FOST/BREST**, des noms familiers qui, dupliqués en cinq exemplaires sur tous les pupitres, lui font chaud au cœur.

– Bravo, mademoiselle !

– Je vous en prie. Vous avez ma petite laine ? Il fait vraiment froid, chez vous !

– Heu... Je n'étais pas sûr, pour la taille, j'ai demandé et piqué un peu partout parmi nos collaboratrices...

L'œil averti de Caroline Laverda a déjà repéré le bon modèle dans la bonne taille et la bonne couleur – et de la meilleure des matières, au visuel. Elle montre une sorte de pull noir à manches longues qui luit comme une fourrure.

– Celui-là, général.

Son instinct ne l'a pas trompée : c'est bien du cachemire. Il dégage un parfum discret, pas trop fleuri, et fruité avec cette petite note d'acidulé qui trahit la femme de goût. Le pull est un poil juste question tour de poitrine pour mademoiselle Laverda, le regard des mâles autour d'elle en fait foi.

– On louche sur les écrans, merci !

Le spectacle aussi en vaut la peine : le système de gestion a fini de lancer ses applications ; le centre Jupiter a toutes les apparences du fonctionnement. Le pull odorant enfilé, l'informaticienne contemple le portail d'accueil au complet avec satisfaction et inquiétude – parce que voir des dossiers à l'écran est une chose. Pouvoir les ouvrir, les lire et/ou les modifier à loisir, en est une autre plus délicate.

– Où dois-je aller, maintenant ?

– Ouvrez le dossier « Dissuasion Nucléaire », c'est à partir de lui que l'on active l'état d'alerte Rouge.

– Et donc qu'on le désactive ! Allons-y...

▽ DISSUASION NUCLÉAIRE

Caroline Laverda amène le curseur sur l'icône du dossier. Elle double-clique dessus. Rien ne se passe. Laverda sent déjà le goût amer de l'échec lui agacer la langue. Elle double-clique sur la flèche renversée, puis sur les mots **DISSUASION** et **NUCLÉAIRE** successivement, avec un égal insuccès.

– Tu vois, Philippe ? Je te l'avais dit, une bataille mais pas la guerre...

– Tu es sûre ?

La suite de la démonstration ne demande que quelques balades de curseur sur les icônes des vecteurs de la dissuasion nucléaire. Caroline Laverda l'effectue en faisant claquer sa langue.

▷ 1 - SNLE / FOST

▷ 2 - MIRAGE 2000 N

▷ 3 - FLOTTILLE N

Elles refusent de révéler leur contenu, toutes sans exception. Le système de gestion accepte l'ouverture des applications à caractère utilitaire, mais seulement l'affichage plein écran des dossiers sélectionnés dans les fenêtres aux intitulés lisiblement sensibles. On peut dérouler les menus déroulables à volonté, faire des captures d'écran et les imprimer, les faxer ou les envoyer par courriel aux grands chefs des Forces Stratégiques et Tactiques, revenir au portail d'accueil, changer la couleur des icônes, mettre des petits chiens sautillants en fond d'écran, et c'est à peu près tout.

Caroline Laverda grince affreusement des dents.

– Oh putain... Non, ne dis rien, Philippe. Ne dites, rien, tous... La console centrale active-t-elle bien toutes les autres... Oui... Partage des fichiers et des applications... Oui aussi... Réseaux parallèles et synchrones, accès documents... Parfait ! John et Colin, asseyez-vous à côté de moi... John à gauche et Colin à droite, sans allusion politique !

Les deux officiers s'exécutent en prenant chacun possession d'un pupitre auxiliaire, de part et d'autre de la console présidentielle. Ils vérifient d'un rapide mouvement de la paume le libre jeu de la boule de commande, cliquant au hasard sur des fichiers autorisés à l'ouverture pour vérifier le bon fonctionnement du curseur, puis, les mains sur le clavier, ils attendent leurs ordres. Le capitaine Lerain et le lieutenant Dainet sont curieux de savoir quels pourront bien être ceux-ci.

L'index de Caroline Laverda titille une touche de son clavier sans l'enfoncer.

– Je suppose qu'on ne peut pas relancer tout le machin en faisant un bête redémarrage ? Je sais, cela va sans dire, mais ça va mieux en le disant, vous connaissez le refrain !

Colin Dainet esquisse son premier sourire.

– Redémarrer n'affecte que les utilitaires. Les parties vitales du système sont partagées en réseau avec tous les autres PC gouvernementaux. Ils se surveillent mutuellement en permanence. Ils possèdent des programmes automatiques de mise à jour, de défragmentation et d'autoréparation, qui se déclenchent à périodes fixes et d'autres plus aléatoires. Comme leur alimentation en énergie est indépendante et à triple sécurité, il est impossible qu'ils soient tous hors de fonction en même temps.

– Cela ne les empêche pas de bloquer tous ensemble !

– C'est l'inconvénient du réseau.

– Pourquoi les programmes d'autoréparation n'autoréparent-ils rien du tout ? C'est normal, ça ?

– C'est normal s'ils considèrent qu'il n'y a rien à réparer.

– Logique. C'est chiant, mais c'est logique... Et quand il faut remplacer des pièces, Colin ? Ne serait-ce qu'à chaque progrès technologique, vitesse d'exécution, mémoire vive et capacité de stockage des disques durs, hein ? On rajoute les barrettes par l'opération du Saint-Esprit ?

– La plupart des opérations de maintenance se font sous tension, nos électroniciens ont l'habitude. Sinon, ils travaillent par tranches consécutives, en dérivant celles qu'ils n'arrêtent que le temps nécessaire pour effectuer leurs travaux.

– Allez, Colin, vous ne me ferez pas croire qu'on ne coupe jamais le courant ici !

– Depuis le jour de sa mise en service, à ma connaissance, le courant n'a jamais été coupé dans le centre Jupiter. Il n'a pas été prévu ainsi.

– Colin a raison, mais il oublie un détail.

– Oui, John ?

– Jupiter peut redevenir un simple abri souterrain à condition de neutraliser les ordinateurs un par un en vidant toutes leurs mémoires fonctionnelles dans l'exact ordre inverse de leur installation. Cela revient à démonter le plus sûrement possible des machines qui ont été conçues pour fonctionner sur le principe d'intrusion-réaction, ce qui n'est quand même pas conseillé par le fabriquant !

– Intrusion-réaction ?

– Toute intervention extérieure qui n'est pas répertoriée comme un geste informatique conforme aux protocoles de fonctionnement du centre est considéré comme une agression.

– Pas bon pour nous, ça...

– Tant que nous restons dans les limites de ce que peut faire quelqu'un qui n'est pas autorisé à utiliser ou annuler le recours à la dissuasion, nous ne risquons rien. Le centre Jupiter est sensible, mais pas idiot. Vous comprenez ?

– Je comprends.

Caroline Laverda renifle, dépitée. Elle se retourne vers Philippe Vilniot et le général Pollard.

– J'ai un peu de travail à faire avant tout diagnostic. Avec l'aide de ces messieurs, ça ira plus vite. Donnez-nous une vingtaine de minutes, peut-être plus, d'accord ?

– D'accord.

Vilniot entraîne le général à l'écart, sans dépasser le seuil du centre Jupiter. L'informaticienne revient à son écran, qu'elle défie du regard comme son adversaire sur un court de tennis avant de servir pour le gain d'un jeu décisif.

– Colin, John, on commence par redémarrer et réinitialiser tout ce qui peut l'être ou qui voudra bien l'être. Les utilitaires, je sais, mais ça ne mangera pas de pain, et ça reste des gestes répertoriés comme informatiquement conformes, non ? Bien. Après, on lance tout ce qu'on a comme vérification du système, reconstruction de bureau, recherche de périphériques et d'extensions endommagés ou inutilement en activité parallèle. Ensuite, on vérifie, on reconstruit, on désactive et on redémarre encore un bon coup. Puis on fait le ménage, à fond, je commence et vous repassez derrière. On nettoie, on teste, on répare si on peut, on optimise, on dégraisse, on corrige, on élimine.

– On disperse et on ventile aussi ? glousse Lerain.

– Façon puzzle ? renchérit Dainet, presque hilare cette fois.

– Oh, mais mon capitaine et mon lieutenant connaissent leurs classiques, c'est bien ! Pour le moment, rien que du nettoyage, du doux et de l'inoffensif, on aura tout le temps de traquer le virus dans le puzzle quand on y verra plus clair. En se partageant le boulot, ce sera un jeu d'enfants...

Le général Hubert Pollard regarde les militaires et la civile au travail avec un petit pincement au cœur.

– Elle y arrivera vraiment, vous croyez ?

– Il y a déjà un avant et un après sa présence, mon général. Ce n'est pas rien.

– Oui, mais...

– Donnez-moi plutôt des nouvelles de là-haut. Véga est toujours dans le coaltar ?

– Toujours. Les toubibs du Val-de-Grâce ont fait connaître un nouveau bulletin de santé. Rien de changé, état stationnaire, ni bon ni mauvais.

– La Dame de Fer s'en sort comment ?

L'emploi du sobriquet de madame la ministre de la Défense ne paraît pas irriter le général quatre étoiles outre mesure. Il en sourirait presque, en fait.

– Elle parle sérieusement de revenir aux postes de commandement en doublés séparés, Taverny et Mont-Verdun pour l'aviation, Taverny et Brest pour les sous-marins.

– C'est le colonel Guillon qui doit être content. Cette crise aura au moins servi à quelque chose.

– Faut-il encore qu'elle finisse bien.

– Restons optimistes, mon général ! L'étranger s'est-il manifesté auprès du Quai d'Orsay ?

– Non. Mais d'après ce que j'ai compris, il y aurait eu de la lumière plus tôt que d'habitude dans les ambassades russe, américaine, chinoise et britannique.

– Les autres puissances nucléaires officielles, normal. Comme elles ne peuvent pas dire comment elles ont su, pour notre mise en alerte Rouge, la matinée ne leur sera pas de trop pour trouver une approche diplomatique convenable !

Penchés sur leur clavier, l'informaticienne et les deux officiers ingénieurs pianotent avec un bel ensemble. Le cliquetis des touches résonne en mille-pattes d'acier galopant sur un tambourin. Le général Pollard fixe la blondeur du lieutenant Dainet sans vraiment la voir : il pense à autre chose, qui fait comme un voile opaque devant ses yeux.

– J'ai aussi cru comprendre que le Premier ministre et le ministre de l'Intérieur ne savaient encore rien...

– Toute considération démocratique mise à part, on se passera très bien d'eux dans les heures à venir, mon général. Si la situation s'éternise, ce sera bien sûr une autre histoire.

– Mais ils ne savent toujours pas non plus, pour Véga !

– Ah ? Intéressant...

La Dame de Fer ne saurait mieux déclarer la guerre à ses rivaux candidats à la candidature. Elle pourra toujours arguer du manque de sommeil ou d'un oubli impardonnable de son chef de cabinet – non, pas lui, elle y tient, elle a eu assez de mal à le trouver – alors un quelconque sous-fifre du ministère trinquera – les sous-fifres sont faits pour trinquer sinon pourquoi les aurait-on inventés. Philippe Vilniot sait que le Premier ministre et celui de l'Intérieur ont quitté la capitale pour faire acte de présence à un congrès de leur parti qui se tient au bord de la mer. S'ils mangent beaucoup de poisson aux buffets entre deux harangues de militants, peut-être cela stimulera-t-il leur cervelle quand ils apprendront avec quel retard ils auront été mis au courant que les forces de dissuasion nucléaire du pays sont en alerte, et que la succession du grand chef pourrait bien être ouverte plus tôt que prévu. Reste à savoir si ce serait un bien ou un mal. Vilniot songe avec humour que cela pourrait être les deux à la fois, selon qui sera élu.

– Philippe !

La voix de Caroline Laverda a fusé comme une lame à travers le centre Jupiter.

– Oui ?

– Viens voir.

– Déjà ? Ce n'est pas bon signe...

– Arrive au lieu de discuter !

Philippe Vilniot rejoint les pupitres, le général Pollard sur ses talons. L'informaticienne est tournée vers eux, le visage impassible ou presque. L'écran derrière elle affiche un message d'erreur que Vilniot préférerait ne pas voir.

– J'ai une bonne et une mauvaise nouvelles.

– Commence par la bonne, ça nous en fera deux à la suite de l'autorisation d'accès au système.

– Je peux te dire que l'alerte Rouge a été lancée d'ici, du centre Jupiter. Pour faire simple, l'analyse des historiques ne laisse aucun doute là-dessus. John et Colin confirment. Mais savoir si cela s'est produit à cause d'une intervention humaine ou par accident, c'est impossible à déterminer maintenant.

– La solution est donc aussi ici.

– Oui. Enfin, c'est probable. Nous n'avons pas fini de...

– La mauvaise nouvelle ?

– Nous sommes de nouveau bloqués.

– Merde !

– Philippe, sans faire de mauvais esprit, peux-tu m'assurer que Véga n'est pas venu ici faire joujou avec sa console avant de péter son câble ? Véga ou quelqu'un d'autre ?

Philippe Vilniot prend quelques pas de recul sans rien dire. La vision des consoles récalcitrantes lui fait mal aux yeux.

– Je ne peux pas, non, mais je considère que c'est hautement improbable. N'est-ce pas, mon général ?

– Oui, oui, mais... Véga... Nous ne pouvons pas écarter un... Il n'est plus le même depuis les derniers déboires de l'équipe de France, vous savez.

– Ce n'est pas une raison pour déclencher la guerre thermonucléaire, voyons ! Mon général, vous connaissez les prouesses de Véga au mulot, alors vous le voyez à la place de mademoiselle, là, tout seul comme un grand, en train de programmer la mise en alerte Rouge de la Dissuasion, et à retardement en plus, avant d'aller se fabriquer un petit accident vasculaire cérébral pour bien finir la soirée aux urgences ! ?

– J'avoue que non.

– Dans ce cas j'ai une très mauvaise nouvelle à vous annoncer, soupire mademoiselle en pointant un doigt accusateur sur la console présidentielle.

– Je t'écoute...

– S'il n'y a eu aucune intervention humaine, nous avons affaire à une anomalie électronique, un bogue, oui, mais de taille grand garçon ! Cette saleté a déclenché l'alerte Rouge et barricadé les accès derrière elle. Je ne voudrais pas être alarmiste, mais ça ressemble foutrement à un virus venu de l'extérieur.

– Comment, « ça ressemble » ? Tu ne peux pas le savoir et remonter à la source ?

– Si je le pouvais comme ça, en un clin d'œil, le créateur du virus serait un nullard crasse, Philippe ! Ne perdons pas de temps à discutailler, aie confiance, je vais faire ce que je peux avec John et Colin, mais pendant ce temps-là trouve-moi le ou les concepteurs des moyens informatiques du centre Jupiter. Le superviseur en chef serait l'idéal.

– Et pourquoi donc ?

– Une chance providentielle serait qu'il existe une porte de derrière. Un accès caché et dormant, qui contournerait peut-être le bogue en se réveillant.

– Tu veux dire que...

– Ça me défriserait que pas un des programmateurs de ce fourbi n'ait inclus son petit mot de passe perso quelque part, rien que pour la beauté du geste. Un programmateur subalterne hésitera sans doute à le faire environné de militaires, certainement pas un superviseur digne de ce nom qui sait que l'avenir réserve toujours des surprises en matière informatique.

Philippe Vilniot a des défauts, mais il comprend vite quand il faut agir avant et argumenter ensuite.

– Je me renseigne, dit-il en ressortant son portable.

– Monsieur !

Le lieutenant Dainet a décroché le combiné du téléphone encastré dans son pupitre. Le numéro se compose sur les touches au dos de l'appareil. Vilniot s'écarte de la console aussi loin que le fil tirebouchonné le lui permet.

Le général Pollard est dubitatif.

– Vous êtes sûre de vous, mademoiselle ?

– Excusez-moi de vous poser la question, mais êtes-vous calé en informatique, général ?

– J'avoue que non. Quand je me suis engagé volontaire, ce n'était pas une condition requise pour. J'ai suivi des cours de rattrapage, mais pas de quoi égaler le savoir de ces deux jeunes officiers qui vous entourent.

Le capitaine Lerain et le lieutenant Dainet se regardent d'un air entendu. Depuis le passage à l'armée de métier et même avant pour certaines unités, les gros bœufs bas du front n'ont plus leur place sous les drapeaux, infanterie comprise. Électronique embarquée en l'air et sur mer, blindés et canons pilotés par ordinateur, bientôt le fusil à tirer dans les coins pour les fantassins, avec vision en trois dimensions du champ de bataille projetée en image virtuelle dans la masse de polymères transparents du viseur-écran pare-balles – la moindre pièce d'armement vaut aujourd'hui un sacré paquet de milliers d'euros. Elle ne saurait être confiée à des crétins analphabètes.

– Je ne voulais pas vous humilier, général. Remonter la piste d'un virus qui a tout fait pour qu'on ne la remonte pas, ça va nous demander du temps. Je pense que ce temps doit être mis à profit pour trouver une solution plus rapide.

– Je vois...

Philippe Vilniot revient vers le fauteuil présidentiel en tendant le téléphone au lieutenant Dainet, qui repose le combiné sur son socle.

– J'ai ta réponse, Caro, et elle te fera plaisir, je pense. Le dernier chef de projet connu du centre Jupiter était une femme, une certaine Marie-Reine de Beauchâtel.

Caroline Laverda ouvre des yeux ronds comme des billes – des soucoupes – des anneaux olympiques – au choix. À ses côtés, les officiers ingénieurs n'ont pas bronché.

– John ! Colin ! Ce nom ne vous dit rien ? Oh putain merde alors ! ! De Beauchâtel, Marie-Reine de Beauchâtel, mais c'était la crème de l'élite du dessus du panier en matière d'informatique il y a une trentaine d'années ! Vous n'avez jamais potassé des publications de Jacqueline de Belleneuve ?

– Mais si ! C'est elle ? s'étonne le lieutenant Dainet.

– C'est son nom de plume, vous ne le saviez pas ? Je le crois pas, ça ! Philippe, oh Philippe, dis-moi qu'elle est toujours vivante et nous sommes sauvés !

– Elle l'est. Je connais aussi son âge. Elle ne risque pas d'être un peu dépassée question matos, cette dame qui tient à sa particule jusque dans son pseudo ?

– Marie-Reine de Beauchâtel, dépassée ? Tu plaisantes ! ? La légende veut qu'elle ait fait sauter Bill Gates sur ses genoux, c'est tout juste si elle ne lui a pas donné le sein ! Elle est immortelle !

– Et on sait où elle habite, cette noble immortelle ? s'inquiète le général Hubert Pollard.

La mine de Philippe Vilniot qui s'allonge répond par l'affirmative, mais que son lieu de résidence n'est pas une excellente nouvelle. Ses yeux las se lèvent vers le moniteur vidéo central de la rangée au-dessus des pupitres, celui donnant l'heure à laquelle vivent le centre Jupiter, ceux qui sont dedans, et le reste du pays qui est dans l'ignorance de ce qui se trame sous le palais de l'Élysée en l'absence de son éminent locataire.

08 : 29 : 57

05 : 29 : 57

BOUM !

Le 21 janvier 1968, tandis qu'un certain Daniel Cohn-Bendit ne sait pas encore qu'il va bientôt devenir célèbre, un bombardier B-52 de l'US Air Force est traditionnellement en vol d'alerte préventive autour du cercle polaire, à la verticale du Groenland. Il transporte quatre bombes atomiques de type H. Il n'est pas interdit de penser que son pilote sifflote un petit air de country en tripotant son manche à balai.

Les bombes atomiques de type H détestent la promiscuité des incendies. Aussi, quand le feu se déclare accidentellement à bord de son appareil, le pilote du B-52 cesse de siffloter s'il le faisait et se prépare à un atterrissage d'urgence sur la base de Thulé. Malheureusement, en dépit d'extincteurs vidés rapidement sur le foyer, les flammes se propagent plus vite que prévu dans la carlingue : il devient alors évident que l'avion n'atteindra jamais la base groenlandaise entier ; l'équipage décide donc de sauter en parachute avant qu'il ne soit trop tard. Dans la précipitation de l'évacuation en catastrophe, personne ne songe à prévenir par radio le Quartier Général du crash imminent.

Le bombardier sans pilote atteint pourtant Thulé, qu'il survole majestueusement, et dépasse pour aller s'écraser sur la banquise une petite dizaine de kilomètres plus loin. Tout ce qui peut exploser explose à l'impact au sol gelé, sauf les charges nucléaires des quatre bombes H.

C'est plus qu'une chance, c'est un vrai miracle car, si une seule d'entre elles avait eu le malheur de produire une explosion atomique, les systèmes d'alarme américains l'auraient immanquablement détecté. Vu sa proximité des lieux du crash, la base de Thulé aurait été anéantie et, ne répondant plus, les États-Unis auraient conclu qu'une attaque nucléaire ennemie venait de détruire et la base et le bombardier dans la même apocalypse. Ils se seraient donc préparés à riposter sans mollir.

Personne, militaire ou civil, n'aurait pensé à une explosion accidentelle parce que les plans de navigation aérienne des B-52 en vol d'alerte préventive autour du cercle polaire, à la verticale du Groenland, ne prévoyaient aucun passage au-dessus de Thulé. Ces plans avaient été soumis au Président, qui les avait approuvés sans réserve.

En réalité, les plans de navigation avaient été modifiés sans que la Maison Blanche en soit informée.

Troisième partie

UN JOUR DES PLUS LONGS

BOUM !

Le 24 octobre 1973, le cessez-le-feu réclamé (et semble-t-il obtenu) par l'ONU pour mettre fin à la guerre du Kippour paraît menacé par un regain d'affrontements entre les troupes égyptiennes et l'armée israélienne dans le désert du Sinaï.

Les services de renseignements américains, toujours finauds et sur la brèche, recoupent leurs informations avec d'autres sources, ce qui les amène à soupçonner l'Union soviétique de vouloir intervenir pour protéger les Égyptiens. Les États-Unis ne sauraient le tolérer sans réagir ; il faut donc faire quelque chose, et déjà se réunir pour en discuter.

Pris dans les affres du scandale Watergate, le président Richard Nixon n'est pas vraiment disponible pour participer à une petite table ronde de réflexion, alors Henry Kissinger et quelques-uns de ses acolytes prennent sur eux d'en débattre sans lui, pour arriver à la décision de placer les États-Unis au niveau d'alerte DEFCON 3. L'idée n'est pas de préparer un conflit avec l'URSS, mais de signifier par là à ses dirigeants qu'ils ne doivent en aucune manière procéder à une intervention dans le Sinaï.

Les mouvements de troupes et d'avions de l'US Army qui résultent obligatoirement du passage à DEFCON 3 sont loin d'être discrets, et n'échappent bien sûr pas à la vigilance des services secrets soviétiques qui, pas moins finauds que leurs homologues américains, rendent compte aux dirigeants du Kremlin. Le message de Kissinger et ses gros malins semble avoir été compris comme il devait l'être : les Soviétiques n'interviennent pas au Moyen-Orient.

Les militaires à l'état-major du Kremlin auraient pu avoir une tout autre interprétation de la mise en état d'alerte des forces US le 25 octobre...

DEFCON 3 est toujours en vigueur aux USA. Sur la base de l'Air Force à Kinchole dans le Michigan, les ouvriers de la maintenance réparent une sirène d'alerte défectueuse avec une dextérité telle qu'ils déclenchent accidentellement tout le système d'alarme. Bien disciplinés et bien entraînés, les équipages des B-52 se ruent sans attendre dans leurs bombardiers et lancent les moteurs.

L'officier de permanence découvre que c'est une fausse alerte, heureusement, et les bombardiers sont immobilisés avant tout décollage intempestif.

Aujourd'hui toujours, pour de longues heures encore, avant l'interminable tunnel de la nuit et ses promesses d'un lendemain que tous espèrent enchanteur...

Île de la Guadeloupe
Grande-Terre – Le Gosier
08 h 15 heure locale (11 h 15 TU)

La camionnette de gendarmerie s'est arrêtée au bout de la rue des Flamboyants, qui est une petite impasse. Au-delà de la dernière villa, c'est le plongeon dans la mer des Antilles.

La dernière villa au bord de la falaise marque le fond du cul-de-sac en barrant la totalité de sa chaussée défoncée. La camionnette bleue repartira en marche arrière si son conducteur répugne aux manœuvres compliquées qui remettraient sa calandre dans le bon sens. Pour l'instant, après avoir coupé le moteur, il reste assis à son volant. Derrière lui, pas moins de six gendarmes en short et chemisette, le képi retourné sur les genoux, occupent les banquettes du véhicule, un peu endormis.

Un gradé descend de la place du passager à l'avant. C'est un métis au teint chocolaté, plutôt bel homme, de très haute stature, avec les insignes de maréchal des logis-chef cousus sur sa tenue « tropique ». Il est nu-tête : il a laissé son képi sur le tableau de bord. Il s'adresse au chauffeur d'une voix fatiguée.

– Prévenez-moi de l'arrivée de la jeep...

Le sous-officier se dirige vers le portail de la villa sans étage qui tourne un dos aveugle à la rue; toutes ses fenêtres ouvrent sur le grand large en façade, de l'autre côté. Le dernier cyclone n'a pas été tendre avec la toiture : elle est bâchée par endroits. Une antenne parabolique cabossée se raccroche comme elle le peut à une vraie cheminée d'âtre en pierre chaulée, incongrue sous ces latitudes.

Une plaque est vissée dans le portail : **BREUIL-CERVINA**.

Ceci explique cela. Le maréchal des logis-chef Achille Cartahou connaît l'histoire.

La villa de plain-pied appartenait autrefois à un citoyen suisse de Zermatt, élevé à l'ombre du Cervin mais qui avait préféré la douceur italienne et relative du versant valdôtain à la rigueur helvétique valaisane pour ses vieux jours. Des ennuis de santé l'avaient conduit à préférer l'extrême douceur des alizés, où pour rien au monde il n'aurait renoncé à ce qui constituait à ses yeux l'essence de son identité confédérale. À grands frais, sans se soucier des moqueries autochtones, à l'intérieur de la villa rebaptisée il avait fait construire une cheminée dans laquelle il faisait les röstis à la poêle en fonte et la raclette à l'ancienne : la demi-roue de fromage est mise à fondre direct devant la braise ; l'officiant a l'impression de travailler dans les soutes d'un cargo mixte au temps de la vapeur, mais le respect des racines n'a pas de prix – l'importation du fromage de Valais par avion-frigo en avait un, par contre. Et il frisait l'indécence, même en francs suisses.

Le portail de la villa **BREUIL-CERVINA** est entrouvert.

Cartahou se faufile dans l'ouverture, pour se retrouver dans une arrière-cour où stationne un petite voiture de marque japonaise qui a dû connaître le dernier shogun en poste à Edo. On pénètre dans la maison par une porte latérale située sur le côté droit, mais on peut aussi le faire par le côté gauche : si l'ancien propriétaire tenait à son fromage fondu comme on le fondait dans son canton d'origine, la nouvelle occupante des lieux voulait prendre ses repas dehors le plus souvent possible, aussi a-t-elle rajouté une terrasse-véranda sur le flanc de la villa le moins exposé aux ouragans. Elle y est présentement vautrée plus qu'allongée dans un transat, une tasse d'infusion fumante à la main, en compagnie d'une robuste Antillaise aussi grisonnante qu'elle-même qui beurre des biscottes, assise à une longue table en bois exotique.

L'arrivée du maréchal des logis-chef Cartahou trouble à peine la quiétude des deux femmes.

– Marie, Sophie...

Si Cartahou a la peau chocolat, la solide Sophie est plutôt café au lait avec beaucoup de café. Sa robe créole souligne tout ce que sa nature a de généreux. Sophie salue le gendarme d'un hochement de tête silencieux sans cesser de beurrer sa biscotte en cours, qu'elle tartinera ensuite de confiture de goyave. La prénommée Marie lève des yeux inquisiteurs vers le sous-officier dont la visite matinale ne lui dit rien qui vaille.

– Quel bon vent t'amène, Achille ? Pas une alerte cyclonique, j'espère ? On vient à peine de déclouer les volets !

– Non, Marie. Je...

– Tu as une petite mine, je trouve, Achille. Sophie, n'est-ce pas qu'Achille a une petite mine ?

Sophie confirme d'un de ces hochements de tête dont elle semble avoir le secret. Le gendarme Cartahou se pose sur un siège vacant en soupirant.

– Nous avons eu des nuits agitées, ces derniers temps.

– J'en ai entendu parler à la supérette, hier. Les émeutes à Carénage, hein ?

Le quartier « chaud » de Pointe-à-Pitre est en ébullition depuis le début du mois, dit-on. De mémoire de Guadeloupéen, on ne l'a jamais connu tiède, il faut dire. Carénage concentre toutes les erreurs de l'économie libérale post-coloniale qui, assaisonnées à la sauce tropicale, décuplent leur potentiel destructeur quand le mauvais rhum remplace la réflexion politique. Alors, comme trop souvent dans les quartiers populaires au mauvais sens du terme, le bon peuple se trompe de colère et marque contre son camp, au grand plaisir des élites qui comptent les points à bord de leurs yachts défiscalisés.

– Des histoires de filles et de fric, Marie, comme toujours au départ, puis ça dégénère quand les allocations n'arrivent pas en temps et en heure et que...

– Tu parles ! Pas avec moi, Achille, s'il te plaît. Tes filles, ce sont des putes, et le fric est celui que les macs se plaignent de ne pas voir rentrer en assez grande quantité. C'est la crise pour tout le monde, pas vrai ? Même le touriste est fauché, et il en a peut-être aussi un peu marre de se faire dépouiller quand il se promène en ville à la fraîcheur du soir ! Alors les barbeaux taxent leurs gagneuses plus que de raison, celles-ci ne peuvent plus payer la drogue dont les prix se mettent à flamber parce que les dealers compensent leur manque à gagner, ces feignasses, et donc les malheureuses putes se rabattent sur les allocs des vieux ou des gamins pour s'offrir leur dose au nouveau tarif en vigueur. Les mômes n'ont plus rien à bouffer, ils ne foutent plus rien à l'école parce que mal nourris ils sont bien sûr trop fatigués, et ils deviendront dealers histoire de s'en sortir, mais c'est la crise pour tout le monde, hein, et ça repart pour un tour, et donc la misère ne s'arrange pas à Carénage. Je me trompe ?

– Ben...

– Ben non, hein ? Mon pauvre Achille, tu n'as pas fini d'en avoir, des nuits agitées ! Parce que après les putes, les macs et les revendeurs de came, les chômeurs entreront dans la danse, je te le prédis pour bientôt, la marmite fuse de partout. Les chômeurs et les travailleurs pauvres de l'île, Achille, et il te faudra protéger les Dominicains qui seront accusés de venir manger les bananes plantains des îliens bon teint, je veux parler des Noirs pas trop noirs...

– Tu exagères, Marie.

– Je voudrais bien ! Je ne sais pas si tu as remarqué cette malédiction nord-sud, Achille ? Les pâlichons sont au nord, ils foncent de plus en plus au fur et à mesure que tu descends vers le sud, et bizarrement la peau foncée devient toujours synonyme d'infériorité. Tu sais quel est le canon de la beauté au cinéma pour un Indien du Tamil Nadu, un état de l'Inde du sud ? La peau claire des stars de Bombay, qui est au nord du pays ! Comme il faut toujours quelqu'un pour être le nègre de l'autre, les gens de couleur n'ont pas fini d'en chier, surtout s'ils commencent par établir une hiérarchie entre eux, pour la plus grande satisfaction des Blancs qui n'en demandaient pas tant.

– Je ne pensais pas vous trouver déjà debout...

Le maréchal des logis-chef Cartahou essaye de faire diversion. Son interlocutrice n'est pas dupe, il le sait. Il a grandi à Carénage et voudrait parler d'autre chose.

– Nous n'avons aucun mérite, on ne s'est pas couchées du tout. Pas vrai, Sophie ?

Le traditionnel hochement de tête affirmatif est accompagné d'un large sourire évoquant sans conteste une nuit plus agréable que celle du gendarme.

– Mais je suppose que tu n'es pas venu pour connaître notre emploi du temps nocturne, ni pour m'écouter radoter ?

– Non, Marie, pas du tout. On... On va venir te chercher, bientôt. En attendant, je... Je te garde.

– Tu me quoi ?

– Je te garde. Enfin, je m'assure que tu ne pars pas en excursion ou en croisière, voilà. On va venir te chercher, il faut que tu sois là. On a pensé que ce serait plus agréable avec moi qu'avec des inconnus...

Marie repose lentement sa tasse d'infusion sur une table basse jouxtant son transat. Elle scrute le visage du maréchal des logis-chef

Cartahou, sans jouer la comédie : elle est réellement stupéfaite. Sophie a pulvérisé sa dernière biscotte avec le couteau à beurre manié soudain trop brutalement.

– Qu'est-ce que tu racontes, Achille ?

– On vient de Paris, pour toi. J'ai des ordres. Ils viennent directement du ministère de la Défense nationale, je ne peux qu'obéir, tu comprends ?

– Non. Enfin si, je comprends que tu doives obéir, mais non, je ne comprends pas le reste. Qui vient de Paris ?

– Je ne peux rien dire. Je devais m'assurer que tu étais bien chez toi ou te chercher ailleurs si tu n'y étais pas. Nous sommes sur une île, tu ne risquais pas d'aller bien loin.

– J'ai une vieille tante au Canada, j'aurais pu être en voyage de par chez elle sans que personne ne le sache.

– Non, Marie. Je ne crois pas. Tu oublies ton passé, et ce que cela implique.

– C'est vrai, au temps pour moi. Et toi, tu oubl...

– Chef !

L'un des gendarmes assis à l'arrière de la camionnette bleue a surgi au seuil de la terrasse-véranda.

– La jeep arrive, chef.

– Merci, Francis.

Cartahou se lève, rajustant par réflexe la mise de sa tenue et le cran de son ceinturon.

– Vous êtes venus à combien, Achille ?

– J'ai six gars avec moi dans la bétaillère, plus le chauffeur, et deux autres dans la jeep. Elle vient de l'aéroport.

– Avec le « on » qui vient de Paris ?

Le « on » en question est un tout jeune quadra à tête de premier de sa classe. Il a le costume qui va avec.

– Marie-Reine de Beauchâtel ?

Il a aussi la voix poseuse qui va avec le costume.

– Vous commencez très mal, mon petit. Marie tout court, merci. Elle, c'est Sophie, ma compagne. Elle anime une formidable émission de radio sur Guadeloupe-FM quand elle n'est pas en vacances. Ça s'appelle « Ponton de nuit ». Musiques et lectures, un régal pour les oreilles. Vous vous en foutez, je suppose ?

– Heu...

– Aucune importance. Vous êtes joli garçon, mais ça ne nous intéresse pas, voyez-vous. Vu votre coupe de cheveux et votre complet veston tout à fait adapté à notre climat, vous avez fait l'ENA, bravo. Et vous étiez bon élève, je parie ?

– Oui madame, je...

– Pas madame, Marie. Ça commence pareil, ce sera facile. On ne vous a pas appris à vous présenter, à l'ENA ?

Le bon élève rougit et balbutie. Marie-Reine de Beauchâtel alias Jacqueline de Belleneuve est redoutable. On l'avait prévenu, avant son départ, mais pas assez. On n'apprend pas à dresser les dragons, à l'École Nationale d'Administration.

– Je... Je m'appelle Marc Lavalette, ma... dame. Je suis envoyé par Paris.

– On m'a dit. Le ministère de la Défense ?

– Non, madame. Je travaille pour l'Élysée, en liaison avec le chef d'état-major particulier de la présidence. Nous avons besoin de vous.

– Je suis à la retraite depuis un bail, au cas où la présidence l'aurait oublié.

– Nous le savons, madame. Nous comptons sur votre civisme pour que...

– Aïe, les grandes phrases ! Mon petit Marc Lavalette, quand vous parlez comme ça, c'est fou ce que vous ressemblez à notre ministre de l'Outre-Mer.

– Merci.

– Oh, mais ce n'est pas un compliment. Quand je vous regarde, je me dis que celui qui vous entarterait ne gâcherait pas sa crème fouettée ! Sans rire, vous êtes vraiment venu jusqu'à moi en Guadeloupe envoyé par l'Élysée ?

– Vous êtes difficile à joindre autrement en cas d'urgence. Pas de téléphone, pas de fax, pas d'adresse courrielle, il me fallait bien me déplacer, madame.

– Ouais, et j'aurais dû planter mon tipi plus loin pour avoir la paix ! Remarquez, je ne me cache pas.

– Vous auriez du mal. Vous êtes difficile à joindre, mais pas à localiser. Paris sait toujours où vous êtes, et le saura toujours. Vous êtes libre de vous déplacer comme vous l'entendez, cela dit.

– C'est vrai, Achille me l'a utilement rappelé tout à l'heure. Bon, que me veut-on, à Paris ?

– Je ne suis pas autorisé à vous le dire, je suis désolé. Je suis chargé de vous rapatrier en métropole, tout de suite. Un Concorde vous attend à l'aéroport de Pointe-à-Pitre.

– Un Concorde ? Mazette ! Je croyais qu'il ne volait plus, ce gouffre à kérosène ?

– Il vole rien que pour vous, madame.

– Ce doit être grave, alors ! Le Président a encore oublié son mot de passe ? Suis-je bête, il est mort, celui-là ! L'autre alors ? Qu'est-ce qu'il a fait, le grand menteur ?

– Le Prés... Véga n'est pas en cause. Nous sommes en alerte Rouge depuis trois heures du matin, heure de Paris, suite à un dysfonctionnement des systèmes informatiques de la dissuasion dont la gravité ne vous échappera pas, je pense.

– L'alerte Rouge ? C'est une blague !

– Non, madame. Vous comprendrez également pourquoi nous avons besoin de vos lumières, et ce dans les délais les plus brefs sans passer par des transmissions dont la sécurité n'est pas garantie à cent un pour cent, ce qui explique le vol supersonique. C'est tout ce que je suis autorisé à...

– ... me dire, d'accord, je vois ce que c'est, repos, vous pouvez fumer. Service-service, le manuel dans la poche et un costard-cravate pour aller aux Antilles, je ne suis pas de taille à lutter. Un ti-punch' pour vous décoincer, mon petit Marc ?

Un brin interloqué, Lavalette regarde sa montre. À l'heure de Paris, cela passerait pour un digestif. Il ignorait que la célèbre boisson locale se consommât aussi au petit déjeuner.

– Vous... Vous en prendrez aussi ?

– Dites donc, jeune homme, vous me prenez pour une poivrote ? Vous avez vu l'heure ?

– Mais vous me...

– Vous n'allez pas rester longtemps par chez nous, je voulais être polie et vous faire plaisir. Avec le décalage horaire, pour vous, un petit coup de rhum au citron vert n'a rien de déshonorant, blanc-bec ! Et un peu de respect, je pourrais être votre grand-mère, bordel à cul !

Le maréchal des logis-chef Achille Cartahou rirait bien sous cape s'il en portait une. La Marie qu'il connaît depuis son installation dans l'île est en pleine forme. Un peu à la dérive, l'œil torve, l'envoyé parisien quête l'appui du gendarme avec un désarroi poignant.

– Il faut y aller, Marie.

– Ça va, Achille, je sais que je ne peux pas refuser. Sophie ne vient pas avec moi, je parie ?

– Vous seule madame, dit Lavalette sur un ton d'excuse.

– Je m'en doutais. Vous avez envisagé la possibilité que je vous envoie aux pelotes tropicales, d'où la présence des gendarmes. Si je refuse de venir de mon plein gré, vous me faites embarquer, c'est ça ? Ils sont venus en force, je ne me savais pas si dangereuse à interpeller !

– Je suis désolé...

– Tiens, mon civisme a disparu, tout à coup ? Rassurez-vous, mon petit, je ne vais pas obliger nos gendarmes à me traîner par les cheveux jusqu'à l'aéroport, Achille en ferait des cauchemars jusqu'aux prochaines calendes moldo-slovaques ! Et je sais faire mes bagages rapidement, soyez sans crainte, c'est comme si nous étions partis.

– Inutile, madame. Paris s'occupe de tout pendant notre vol de retour. Nous avons d'ailleurs déjà perdu beaucoup de temps, le Concorde a largement eu le temps de refaire le plein, je vous demanderai de prendre juste votre sac à main et de me suivre.

Lavalette et Cartahou s'éloignent de quelques pas pour laisser les deux femmes se faire leurs adieux. Sophie sort de son mutisme habituel en embrassant Marie, qu'elle serre contre ses rondeurs avec une émotion difficile à cacher et une tendre énergie à broyer la cage thoracique d'un gorille adulte.

– Alerte Rouge, hein ? C'est la guerre ?

– Le village avant, ma beauté.

– Ce n'est pas le Président qui est censé la déclarer ?

– Si, justement. Le blanc-bec raconte n'importe quoi quand il dit que Véga est hors du coup. Véga, c'est un code pour dire le Président, Sophie.

– Alors, lui il ne va pas bien dans sa tête ?

Marie-Reine de Beauchâtel se fait songeuse et agacée tout à la fois.

– Je sais qu'il n'est plus le même depuis que la peur d'aller en prison à la fin de son mandat l'empêche de dormir, mais quand même... Ce n'est pas une raison pour déclencher la guerre thermonucléaire !

Centre de contrôle « Jupiter »
Sous le palais de l'Élysée
Profondeur classée Très Secret Défense

Philippe Vilniot n'a pas menti : bien que servi dans les alvéoles embouties d'un plateau-repas en inox, le menu du déjeuner est digne de la carte d'un restaurant gastronomique.

En entrée, le chef des cuisines de l'Élysée a préparé des médaillons de homard en gelée servis sur une petite salade de pois gourmands, tomates cerises et pignons, assaisonnée d'une vinaigrette à l'huile de noix et vinaigre de framboise. Le plat de résistance est composé d'aumônières de lapin et petits légumes croquants à la sauce chasseur, servies avec une purée de pommes de terre maison. Le chef a fait l'impasse sur le fromage, faute de pouvoir proposer un plateau digne de ce nom. Pour le dessert, il a fait simple, avec une mousse de crème au beurre saveur pur arabica montée sur une génoise fourrée de ganache au caramel et glacée chocolat noir piqueté de copeaux d'amandes grillées. Du café de Colombie est au chaud dans une bouteille thermos, ainsi que de quoi préparer du thé ou des infusions, hélas en sachets.

Caroline Laverda se régale, mais elle n'a qu'un seul regret : si les petits pains rôtis à la broche sont délicieux, il n'y a que de l'eau à boire, plate ou gazeuse.

– Avec la cave qu'il doit y avoir ici, c'est vraiment dommage, Philippe !

– Il est prévu de te nourrir, Caro, pas de t'offrir des cuites aux grands crus classés.

– Je sais apprécier avec modération.

– Ils disent tous ça avant la cinquième bouteille.

Vilniot et Laverda déjeunent en tête à tête sur une table pliante, dans une des chambres à coucher du centre Jupiter. La principale et la plus vaste, flanquée d'un petit salon et d'une vraie salle de bains (une suite, en fait), est réservée au président de la République ; il n'est pas question de l'utiliser. Deux autres, de dimensions moindres mais encore spacieuses, doivent accueillir les généraux coresponsables de la mise en œuvre effective de la dissuasion nucléaire. Une dizaine de pièces de la taille d'une cellule de moine trappiste sont pour le reste du personnel nécessaire au fonctionnement du centre en situation critique ; il est prévu de pouvoir les occuper en couple, sans aucune connotation maritale.

Le général Pollard mange avec les deux officiers ingénieurs dans ce qui sera sa chambre si la crise se prolonge. Il existe une sorte de réfectoire où les repas des reclus de Jupiter peuvent être pris en commun, s'ils le souhaitaient. Les actuel déjeuners séparés sont un ordre de Vilniot. L'idée sous-jacente de diviser pour régner n'échappe à personne.

Vilniot regarde sa montre.

– Le Concorde doit être arrivé en Guadeloupe. La vieille sera ici en fin de journée, si tout va bien.

– Un peu de respect pour les cheveux blancs de la mère à tous les informaticiens, Philippe ! Dis, si elle a vraiment prévu un sésame perso en porte de derrière, elle pouvait nous le téléphoner, non ?

– C'est cela, et il n'y aura même pas besoin de le faxer au Pentagone ou à la Cité Interdite !

– Les Américains nous écoutent comme les Chinois ?

– Méfie-toi dix fois plus de tes amis que de tes ennemis, Caro. Le Concorde pour la Guadeloupe, c'était la meilleure option. Une chance que nous ayons un supersonique commercial avec cabine pressurisée pour le confort des vieux os.

– Je suis impressionnée, tu sais ? Un claquement de doigts, et voilà un supersonique cloué au sol qui décolle en un rien de temps. Tu es plus fort que James Bond, toi ! Le homard est un peu salé, je trouve.

– Comme la foi, la raison d'État déplace les montagnes. La gelée a été travaillée à l'eau de mer, c'est pour ça. James Bond est un gros nul.

– Non, Philippe, la foi déplace l'intérêt légitime des êtres humains pour le bonheur terrestre immédiat vers un hypothétique mais surtout futur au-delà providentiellement meilleur. L'obscurantisme est un fléau qui...

– Stop ! Je ne me sens pas sur la théologie ou la philo, là, Caro. Si tu veux discuter d'autre chose que du problème qui nous prend la tête, dis-moi ce qu'est un « yokozuna ».

– Pour une fois que tu ne sais pas quelque chose ! Donnant donnant, je t'explique le yokozuna et tu me dis ce que c'est que de « durcir » un site. J'ai une petite idée, mais je voudrais être sûre. Si c'est une blague porno, je te pique ton dessert, okay ?

– Toi d'abord.

– Un yokozuna, c'est le champion des champions, en sumo. Il gagne toujours, même quand il perd. Cherche pas, c'est japonais. Sauf erreur de ma part, il n'y en a qu'un seul en activité avec droit au titre aujourd'hui. C'est un beau bébé mongol de cent trente-sept kilos.

– Il est limité intellectuellement ?

– Non, je voulais dire qu'il vient de Mongolie. De la capitale Oulan-Bator, je crois bien, mais je ne suis pas sûre.

– Tu aimes le sumo, maintenant ?

– Je suis insomniaque.

– Je ne vois pas le rapport.

– Je t'ai remplacé par un abonnement au câble et au satellite, Philippe. Toi et tous les mecs, en fait, alors je regarde la télévision à des heures improbables et je vois donc des choses improbables. Snooker, concours de chiens de berger, pêche à la mouche en eaux vives, tournois de golf miniature, championnats de tractopelles, et j'en passe. Je connais maintenant un tas de choses très mal, dont le sumo, et peu très bien ! À toi, le durcissement, je t'écoute.

Vilniot boit une gorgée d'eau plate avant de répondre.

– Durcir un site, cela veut dire protéger les lieux et donc ce qu'ils contiennent contre les effets de l'impulsion électromagnétique, un des effets d'une explosion atomique. Les circuits électroniques non protégés n'y résistent pas, tu imagines les conséquences d'une panne informatique totale, et je ne parle pas que des implications militaires. En gros, il s'agit de s'isoler de l'extérieur avec des conducteurs de déviation pour éliminer toute trace d'électricité statique à l'intérieur. On privilégiera en plus la fibre optique au câble métallique pour la circulation des informations de manière non électrique. Tu veux aussi la liste des fournisseurs ou ça ira comme ça ?

– Ça ira comme ça, merci, j'ai compris. Par exemple, ici, on pourrait dire que le centre Jupiter a été construit à l'intérieur d'une cage de Faraday.

– Améliorée, Caro. Très améliorée... Tu n'as pas appris ça, en Californie ?

– Je ne m'en souviens pas, ou alors on n'a pas employé les mêmes mots. Mais je te rappelle que je ne me destinais pas à pratiquer l'électronique appliquée à bord d'un sous-marin atomique ou dans un char d'assaut !

– L'électronique appliquée fait heureusement partie du peu de choses que tu connais très bien.

– Pour quel résultat, Philippe ? Avec John et Colin, on rame, on rame grave. Ce n'est la faute de personne, le bogue est vicieux. C'est la première fois que j'en vois un de ce genre...

– Vous ne faites aucun progrès, vraiment ? Passe-moi le pain, s'il te plaît.

– Si peu !

– Dis-m'en quand même un peu plus.

– Je croyais que le virus était venu de l'extérieur, j'en suis moins sûre. Il y a neuf chances sur dix que le problème vienne de l'intérieur des systèmes de Jupiter, ce qui ne serait pas trop mauvais quant à nos chances de dépannage, mais je préfère ne rien te dire de plus pour ne pas te donner de faux espoirs.

– Les vrais arrivent en Concorde, d'après toi...

– Attention, l'espoir d'accéder à toutes les fonctions informatiques sans restriction, pas celui d'en faire ce que nous voudrons ensuite, nuance. Identifier la panne est une chose, mais y remédier en est une autre. Comment trouves-tu le lapin ?

– Du moment que cesse cette situation stupide et dangereuse, c'est tout ce que je demande. La sauce est pas mal.

– À qui la faute, Philippe ? Si le principe du centre Jupiter n'existait pas, nous ne connaîtrions pas cette situation imbécile. Avons-nous vraiment besoin de bombes atomiques pour notre défense ? Qui voudrait nous anéantir, d'ailleurs, tu peux me le dire ?

– Nous avons besoin de bombes atomiques tant que d'autres pays en ont. C'est une question d'équilibre.

– L'équilibre de la terreur, hein ?

– C'est une vieille formule de la guerre froide, ça, mais elle dit bien ce qu'elle veut dire. Elle a fonctionné jusqu'ici, je te ferais remarquer, et elle continuera de fonctionner tant qu'il y aura des gouvernements assez fous pour vouloir développer un armement nucléaire. Tu imagines un monde où le moindre dictateur aurait la bombe et pas la France ?

– Je préfère imaginer un monde où personne ne l'a, cette saleté de bombe.

– Vision idéaliste. Tu veux quand même mon dessert ?

– C'est vraiment ce monde-là que tu défends, Philippe ? Je t'ai connu différent quand nous étions ensemble, ou c'est ma mémoire qui flanche ? J'aurais couché, et pas qu'une fois, avec un type comme toi, moi ?

– Mon dessert...

– Je passe, je n'ai plus faim. Réponds à ma question, Philippe. C'est ce monde-là que je dois t'aider à défendre ?

Philippe Vilniot se souvient d'une plage de carte postale, avec le sable blanc et les cocotiers de rigueur.

Le colloque informatique se tenait dans une station balnéaire d'un quelconque paradis tropical où il fait toujours beau. Aux frais de leur employeur, les participants avaient le choix entre siroter des noix de coco dans leur chaise longue, chasser le mérou avec palmes et tuba, ou écouter les orateurs (deux le matin, deux l'après-midi) pérorer dans le théâtre de verdure derrière l'hôtel. Le sujet du colloque était : *Le Silicium Et Ses Limites, Quels Microprocesseurs Pour Demain ?* – on ne se bousculait pas sur les gradins en hémicycle. Caroline Laverda s'était fourvoyée dans ce qu'elle croyait être de brillants exposés dont elle ferait ses choux gras, mais qui se résumaient à des litanies de grandeurs exprimées en nanochiffres et de formules opticochimiques promises à être complètement dépassées en moins de dix-huit mois ; Laverda s'ennuyait, mais respectait les deniers dépensés par son employeur en assistant scrupuleusement à toutes les communications. De son côté, Philippe Vilniot assurait la sécurité rapprochée d'un chercheur du CNRS dont les travaux intéressaient au plus haut point la Défense Nationale, un brave homme de savant qui détestait le lait de coco et la pêche sous-marine ; sans cela Vilniot n'aurait peut-être pas connu le coup de foudre un beau matin au théâtre de verdure derrière l'hôtel.

– Tu es avec moi, Philippe ?

– Hmmm ? Excuse-moi, des souvenirs... de notre rencontre, en fait. Et c'est bien ta mémoire qui flanche, Caro, désolé. Je n'ai pas changé. Je ne peux pas avoir changé car tu n'as jamais su qui j'étais réellement, donc qui je suis toujours aujourd'hui. Tu veux du café, ou tu préfères un thé ?

– Je veux une réponse plus détaillée, s'il te plaît. Et aussi du café, oui, merci. Le thé, c'est le matin.

Vilniot sert deux cafés. Il met un seul morceau de sucre dans la tasse de la jeune femme ; deux, c'est pour le thé. Sa mémoire infaillible est énervante. Laverda est énervée.

– Alors ?

– Caro, j'ai choisi de faire ce métier parce que je me fais une certaine idée de mon pays...

Caroline Laverda s'esclaffe sans se gêner.

– Pitié, Philippe ! Non mais, tu t'entends ? Ce n'est pas de toi, ça, et tu arrives à parler avec des accents bleu-blanc-rouge, je te jure !

– D'accord, je te fais la version courte, sans la fanfare et le drapeau. Je défends une certaine vision de l'ordre national et international. Les nouvelles menaces qui sont nées avec le troisième millénaire me confortent dans l'idée que j'ai raison. Ma vision n'est pas la tienne ? Tant pis, et je t'emmerde. Cela ne nous a pas empêchés d'être heureux ensemble, le temps qu'il fallait, mais pas plus.

– Ce ne serait pas plutôt celle des Véga et consorts, ta vision, Philippe ? Quand la Dame de Fer aboie, j'entends comme la voix de ton maître !

– Tu entends mal parce que tu ne me connais pas. Je te l'ai déjà dit, non ? Je fais partie d'une espèce qui survit aux ministres, quoi qu'il arrive. Elle survit aux gouvernements, aux députés et aux sénateurs. Et aux présidents, bien sûr...

– Quelle que soit la couleur politique de ces braves gens ?

– Bien, tu commences à comprendre ! Ça ne date pas d'hier, tu sais... Tu te souviens de tes cours d'histoire au lycée ? Durant l'occupation allemande, la police et la gendarmerie françaises font du bon travail, sans elles jamais les crématoires nazis n'auraient été aussi bien fournis en combustible. Ensuite, cette même police et ces mêmes gendarmes se couvrent de gloire en libérant Paris et la France, dont les habitants ont heureusement peu de mémoire et sont plus doués pour les travaux de coiffure que pour le plasticage des voies ferrées. Je ne blâme personne, je constate. Tu vois où je veux en venir ?

– Je vois. La continuité du système prime, quitte à s'autoriser des parenthèses peu glorieuses, et puis on passe l'éponge. Plutôt que la politique, c'est la couleur de l'argent qui a de l'importance ?

– Tu fais de plus en plus de progrès ! Le commerce déteste le désordre, mais il en a parfois besoin. D'accord, de temps en temps on épure le cheptel, par souci de montrer que la justice n'existe pas que dans les livres, et la tête d'un chef saute comme une coque de noix écolo pour faire plaisir à l'opinion publique ou s'il a vraiment trop tiré sur la corde de l'enrichissement personnel en truquant les appels d'offres sur les marchés publics...

– Ouais, rien de bien grave, il paraît que le Québec ne rechigne pas à employer les repris de justice, alors si on aime les voyages, hein ? Mais après, de retour au pays natal, cela doit être douloureux d'apprendre à retrouver du boulot avec un casier judiciaire !

– C'est bon, tu as fini ton petit numéro ? Je te signale que tu te moques d'un pauvre type qui a surtout payé les pots cassés pour les autres.

– Et alors ? Sous prétexte qu'il fait partie du sérail, il devrait retrouver tous ses privilèges les doigts dans le nez ? Je sais, il a purgé sa peine, mais va expliquer ça à d'autres qui ne finissent jamais de la purger, leur peine, eux, putain ! Deux mois ferme pour avoir volé une pomme à l'étalage, ça ne te rappelle rien ?

– Calme-toi, Caro. Tu as le droit de ne pas aimer le sérail, comme tu dis, mais tu dois aussi reconnaître ses réussites. Tout n'est pas négatif dans son action...

– Ses réussites ? Quelles réussites ? Le bourbier irakien, par exemple ?

– Mauvais exemple. Je te rappelle que Véga y était farouchement opposé, qu'il l'a fait savoir sans prendre de gants et que cela nous a coûté sur la scène internationale.

– C'est vrai, il n'a pas fait que des conneries.

– Merci pour lui. Écoute, Caro, je ne te demande pas de m'aider à sauver le monde tel que je souhaite le conserver, mais le monde tout court, parce que si nous ne... Tu ne m'écoutes plus, Caro... Caro ?

Le regard de l'informaticienne a filé par-dessus l'épaule de Vilniot, avec son attention. Vilniot se retourne : le capitaine John Lerain s'encadre dans l'ouverture de la porte, au seuil de la chambre.

– Oui, capitaine ?

– Le Concorde signale qu'il vient de décoller de Pointe-à-Pitre, monsieur. Il devrait se poser au Bourget dans trois heures et demie si les conditions météo se maintiennent.

– Bien.

– Et vous avez un appel. Vous pouvez le prendre sur l'appareil mural, ici. Décrochez, appuyez deux fois sur le zéro à la tonalité et la ligne vous sera automatiquement transférée.

Philippe Vilniot suit les recommandations du capitaine Lerain pendant que Caroline Laverda termine son café. Il est bon. La conversation téléphonique de Vilniot dure moins de deux minutes, formules de politesse incluses. Vilniot raccroche avec un drôle de sourire sur les lèvres. Laverda repose sa tasse vide, intriguée. Les Philippe Vilniot qui sourient sont plus à redouter que quand ils font grise mine.

– Des mauvaises nouvelles, Philippe ?

– Le Premier ministre a été mis au courant de l'état de santé de Véga. Il rentre à Paris.

– Ah ? Il n'y était pas ?

– Non, il était à un congrès de son parti. On lui a glissé le mot durant le déjeuner. Il s'est produit un incident bizarre en fin de matinée, une histoire de voleur de voiture... On a jugé bon de profiter de cette occasion pour lui passer l'info.

– Il a fait la gueule ?

– D'après le ton de mon interlocuteur, le chef du gouvernement a fait plus que la gueule d'apprendre l'hospitalisation de Véga une bonne douzaine d'heures après celle-ci ! Il écourte son séjour, un hélicoptère le ramène sur Paris dès qu'il a fini son café. On lui parlera de l'alerte Rouge à son arrivée à Matignon, pas avant.

– Il refera la gueule !

– Ça ! Il devient difficile de cacher plus longtemps cet état de fait, remarque...

– Ça te contrarie ?

– J'aurais bien aimé résoudre le problème en moins de vingt-quatre heures chrono.

– Plus fort que Jack Bauer !

– Jack Bauer est une tarlouze.

– Et le ministre de l'Intérieur ?

– À ma connaissance, non.

– Idiot ! Je voulais dire, est-ce qu'il a été mis au courant, lui aussi ?

– Lui aussi est au congrès. Il sera mis au courant après le départ du Premier ministre.

Caroline Laverda fait la grimace.

– Histoire d'avoir un train de retard sur lui ? Vindicatif comme il est, il ne va pas apprécier, et il fera plus que « plus que la gueule », lui !

– Je crois que c'est le but, Caro.

Le drôle de sourire de Philippe Vilniot s'accentue.

– Je crois aussi savoir que les hélicoptères sont rares dans la région où se tient le congrès.

La grimace de Caroline Laverda se fait plus amère.

– Je vois, tous les coups sont permis. Les attaques personnelles et les bilans ministériels négatifs ne suffisent plus. Dis-moi, Philippe, poser son cul dans le fauteuil de Président à l'Élysée, ça vaut vraiment le coup ?

– Il faut croire, Caro. Certains et certaines sont prêts à tout pour. À ma connaissance, personne n'a encore tué pour y arriver, mais on ne sait jamais, il y a un début à tout.

– Tu exagères !

– Peut-être. Mais moi, tu vois, si j'étais candidat, je ne me soucierais pas trop des hélicoptères ou de la couverture des magazines, mais je ferais très attention avant de traverser la rue, même quand le petit bonhomme est vert...

Washington D.C. – États-Unis
Salle « Oppenheimer », galerie E du Pentagone
08 h 12 heure locale (12 h 12 Zoulou)

La salle « Oppenheimer » est une petite pièce attenante au bureau du directeur des opérations du Pentagone, qui chaperonne tous les chefs de l'état-major des forces armées américaines.

Elle lui sert principalement pour certaines rencontres informelles sans grande envergure du point de vue stratégique, comme par exemple recevoir une fois l'an les cols blancs du Congrès venant vérifier l'emploi judicieux des fonds du Trésor par les militaires dépensiers, et parfois pour accueillir des membres de la presse dûment accrédités auprès du Secrétariat à la Défense. La réunion qui s'y tient est d'une tout autre nature et pourtant Freddy Fishbates, l'actuel directeur des Opés (comme on l'appelle familièrement dans toutes les unités), n'a pas cru bon de réunir les participants dans l'une des *war rooms* sécurisées des niveaux inférieurs du bâtiment. La paranoïa naturelle du général Jake L. Dorlington le déplore.

Le général Samuel Hackerman s'en moque : les murs de la salle « Oppenheimer » sont suffisamment farcis de ferrailles électroniques décourageant toute tentative d'écoute extérieure. Les écoutes intérieures étant pour ainsi dire inévitables, Hackerman est philosophe ; il aurait été difficile de réunir tous les participants dans un *booth*, vu leur nombre. Le général Hackerman s'en moque d'autant plus que ce qui est en train de se raconter autour de la table (où par deux fois dans le passé Freddy Fishbates a déplié une carte de l'Irak pour montrer aux présidents père et fils où se trouvait Bagdad), les différents services secrets des États-Unis le savent déjà, surtout ce qui a trait à leur incompétence qui est de plus en plus notoire.

Autour de la table d'acajou, longue et vernie par un spécialiste du bois venu tout exprès de San Francisco, outre les deux généraux en charge de la crise française un observateur attentif (mais de présence totalement improbable en ces lieux) remarquera aussi l'uniforme d'un amiral des Affaires Maritimes Internes et les galons d'un colonel de l'Aéronavale, assis à côté d'un civil au costume de bonne coupe avec la cravate assortie. Il s'agit de Martin M. Sherano, conseiller à la Maison Blanche pour les affaires diplomatiques, qui n'était pas du voyage en Russie.

– Le Président est consterné.

Le conseiller Sherano a résumé en une seule et courte phrase le sentiment de tous – qui n'ont pas attendu l'opinion du chef de l'Union pour se faire la leur. Le colonel de l'Aéronavale ne peut s'empêcher de ricaner dans son coin, tandis que le général Dorlington écarte les bras en signe d'impuissance autant que son embonpoint le lui permet, en faisant des efforts pour ne pas rugir dans la pièce.

– C'est dingue, non ? Cela fera, si je compte bien, plus de dix heures qu'un putain de pays allié doté de l'arme atomique est en alerte Rouge, avec tout ce que cela implique, et nous ne savons toujours pas pourquoi ?

– Nous ne savons pas non plus si Fidel Castro est mort ou vivant, murmure Fishbates avec lassitude.

– C'est bien ce que je voulais dire, Freddy ! Cuba, la France, et quoi demain ? Mais qu'est-ce qu'ils branlent, à la CIA, merde ? !

– La CIA n'est plus ce qu'elle était, Jake. Le « 11 septembre » leur a foutu un coup au moral, ils n'avaient rien vu venir...

– Ouais, et ça s'aggrave, Sam. Nos agents ne seraient même pas foutus de repérer un imam dans une mosquée à l'heure de la prière !

– Alors coincer Ben Laden, c'est pas demain la veille, soupire Sherano.

Dorlington tape du poing sur la table.

– Mais je me fous de Ben Laden, moi ! Je veux savoir ce qui se passe de l'autre côté de l'Atlantique avant mon départ à la retraite, c'est trop demander ? !

Le directeur des opérations intervient, conciliant.

– Ne nous énervons pas, messieurs, cela ne sert à rien. À ce sujet, l'amiral Mooringline a une communication à nous faire qui éclairera notre lanterne, je crois... Tony ?

L'amiral Tony Mooringline est un vieux de la vieille. À ses débuts dans l'US Navy, il commanda longuement sur la passerelle du porte-avions *Nimitz*, avant que des problèmes de rhumatismes ne le clouent dans les bureaux, loin de l'humidité. Il a transformé son dépit de ne plus naviguer en érudition poussée de toutes les choses militaires qui flottent sur l'eau salée ou qui naviguent dessous.

– Merci, Freddy. D'après les derniers relevés de nos satellites, il y a eu un peu de mouvement en mer de Barents voici une paire d'heures. Vous savez tous ce qu'il y a là-bas près de Mourmansk, n'est-ce pas ? Et si j'ai dit « un peu » de mouvement, c'est parce que les lanceurs d'engins russes de classe Typhon ou Oscar n'ont pas bougé de la base de Polyarny. Mais deux de leurs sous-marins d'attaque classe Akula qui étaient au mouillage en escale technique ont appareillé dans la précipitation. Ils ont plongé profond dès qu'ils ont été en eau libre.

– Les grosses coques n'ont pas bougé... C'est bon ou mauvais signe, Tony ?

– Cela ne veut rien dire, Freddy, les Russes ont toujours plusieurs lanceurs d'engins à la mer en patrouille, comme nous avec nos Ohios. Ils ont des Akulas aussi, mais il semblerait que les camarades du Kremlin jugent qu'ils ne sont pas sous l'eau en nombre suffisant. On m'a signalé d'autres appareillages imprévus au sein de la flotte du sud, des sous-marins d'attaque à chaque fois. Il faut ajouter à cela des bâtiments de surface équipés pour la lutte anti-sous-marine, mais aussi de grosses unités puissamment armées, qui s'agitent anormalement.

– Autrement dit, Poutine ne se prépare pas à des représailles massives en riposte de dissuasion, mais il envoie des chasseurs, fait le général Dorlington.

– Je te vois venir, Jake, tu en déduis que l'agitation de la France ne vise pas la Russie.

– Mais les Russes ne restent pas les bras croisés au cas où, Sam. Je ne dis pas que j'ai la vérité, mais c'est la conclusion qui me paraît le plus logique avec les éléments que nous savons.

– Le mot magique a été prononcé, « logique ». Il rime avec « diplomatique », je crois.

Tony Mooringline a souri. Martin M. Sherano esquisse une moue contrariée. Il déteste parler à des militaires, surtout à l'intérieur de leur fief, le Pentagone, comme tous les diplomates de la Maison Blanche.

– Le problème, c'est qu'on dirait bien que la France ne vise personne. Sa conduite ne rime à rien, si vous m'excusez la facilité du mot. Personne ne se plaint vraiment, savez-vous ? Pékin joue les belles indifférentes, l'Inde et le Pakistan font semblant de ne pas être au courant de la situation, et Londres demande poliment si nous savons quelque chose. Ça ne va pas plus loin. Les puissances qui ne reconnaissent pas officiellement la possession de l'arme atomique optent évidemment pour le silence radio, je n'y suis pour personne, profil bas et bouche cousue...

– On appelle ça un secret de polichinelle, monsieur Sherano, en coréen comme en hébreu !

– Vous appelez ça comme vous voulez, général Dorlington, mais vous devez savoir que Pyongyang et Tel-Aviv ont d'autres chats à fouetter en ce moment. Reste le fait incontournable que la France menace quelqu'un de ses missiles balistiques, mais qui ? Nous n'avons pas de réponse satisfaisante, à moins d'envisager la volonté d'agresser un pays dépourvu de l'arme atomique, ce que je crois impensable de la part des Français, même en réponse à un acte terroriste de grande ampleur... qui ne s'est pas produit chez eux. Est-ce que nous savons seulement où se trouvent leurs sous-marins nucléaires, amiral ? Parce que le danger viendra de là, si j'ai bien compris.

– Nous ne le savons pas, bien sûr, mais nous pouvons facilement le deviner.

– De quelle manière, s'il vous plaît ?

– Les Français ne sont pas riches en submersibles lanceurs d'engins. Ils ne possèdent que quatre bâtiments qui marchent par roulement, un en révision pendant que les trois autres sont opérationnels. Sur ces trois-là, au minimum un est toujours en plongée de patrouille permanente afin de garantir l'efficacité de la dissuasion française. Les trois lanceurs d'engins opérationnels sont actuellement en mer, sans surprise. Le patrouilleur s'y trouvait déjà, comme je vous l'ai dit, les deux autres ont donc appareillé au signal de l'alerte Rouge. C'est d'ailleurs une chance qu'ils aient été à leur base, ces deux-là.

– Pourquoi donc ?

– Parce que cela réduit les probabilités de leurs présences sous-marines ici ou là, monsieur Sherano. Les lanceurs d'engins français sont basés à la pointe de la Bretagne, face à l'océan Atlantique qu'ils peuvent gagner en un minimum de temps, il est alors inutile que le patrouilleur permanent y soit déjà, n'est-ce pas ? Celui-là, il doit rôder dans le Pacifique ou l'océan Indien. Je pencherais assez pour l'océan Indien, en croisant sous le tropique du Capricorne pour avoir le sud du Pacifique et de l'Atlantique à portée de navigation.

– Je suis d'accord avec vous.

– Vous êtes trop bon. Maintenant, sachant que les deux autres sous-marins sont partis de Bretagne, vous serez également d'accord avec moi pour dire que l'un des deux est allé se perdre le plus rapidement possible dans l'Atlantique Nord pendant que son petit camarade prenait la route de l'Arctique la plus courte...

Sans rien dire, dans sa tête Jake Dorlington approuve aussi l'amiral Mooringline. Quand l'on ne dispose que de trois sous-marins nucléaires lanceurs d'engins, les déployer au mieux dans les principaux océans du globe relève du simple bon sens.

– J'ajoute, monsieur Sherano, qu'il nous faut tenir compte des intérêts français sur la scène internationale, hier comme aujourd'hui, ce qui m'amène à penser sans trop de risques de me tromper que le lanceur d'engins atlantique doit croiser à proximité du détroit de Gibraltar, avec la Méditerranée en ligne de mire et un sous-marin d'attaque de couverture pour lui faciliter le passage en cas de besoin.

– Pourquoi votre lanceur n'irait-il pas se positionner directement en Méditerranée si l'intention de la France est bien d'en découdre par là, amiral ?

– Parce que cette mer est fermée, monsieur. C'est un cul-de-sac. Il y a le canal de Suez, je sais, mais il n'est pas taillé pour le passage incognito des sous-marins. Nous avons beaucoup de submersibles, lanceurs ou d'attaque, comme les Russes, alors nous pouvons nous payer le luxe d'en laisser un ou deux coincés dans ce cul-de-sac. Avec seulement trois sous-marins à capacité dissuasive, voire quatre s'ils estiment nécessaire d'envoyer toute leur cavalerie atomique, les Français doivent gérer une sorte de pénurie. Nous patrouillons déjà près de Gibraltar et nous surveillons la route du pôle Nord, si cela vous intéresse, monsieur Sherano...

Les mâchoires de monsieur Sherano se crispent. Le directeur des opérations se hâte d'intervenir.

– Merci, Tony. Douglas ?

Freddy Fishbates s'est tourné vers le colonel de l'Aéronavale Douglas Lanvallée, muet jusque-là.

– Quelles sont les nouvelles du ciel, Douglas ?

– Au prix du litre et avec les hausses successives du baril, j'arrêterais mon alerte Rouge au plus vite, moi, si j'étais les Français !

Le général Samuel Hackerman rit de bon cœur. Hackerman apprécie Lanvallée, avec qui il partage la fierté des minorités qui réussissent. Ils ont en commun quelques racines africaines, crochées aux chaînes de la traite négrière. Douglas Lanvallée est originaire de Louisiane (sa maman est la reine du poulet frit à Quartier Pont-de-Bois, sur les bords du lac Ponchartrain), descendant d'esclave et de missionnaire jésuite cajun. Cette histoire avec la France titille certains de ses gènes ancestraux, concernant le colonel Lanvallée plus qu'il ne le voudrait.

– Leurs avions brûlent du kérosène pour des prunes depuis la nuit dernière sans bouger du sol, chasseurs-bombardiers et ravitailleurs. Réjouissons-nous, tant qu'ils font du sur-place, ils coûtent cher mais ils ne sont pas méchants.

– Pourquoi donc ? s'étonne Martin M. Sherano, confirmant par là ses probables compétences diplomatiques et sa réelle ignorance du reste.

– L'aviation nucléaire française est équipée de missiles air-sol puissants mais de portée limitée, monsieur. Il faut qu'ils s'approchent de leur cible pour être dangereux, à la différence des sous-marins lanceurs stratégiques qui ont été conçus pour tirer de loin.

– Et même de très loin, appuie l'amiral Mooringline.

Fishbates se tasse un peu sur son siège. Il regarde en coin le téléphone encastré dans la table d'acajou, une ligne directe et protégée avec le Président où qu'il se trouve. Quand la lampe orange clignote sur le socle du combiné, ce n'est jamais bon signe. Quand c'est le directeur des Opés qui appelle en premier, c'est encore pire.

– Bon, c'est vraiment le cirque en France...

Le directeur des opérations étouffe un bâillement avant de pouvoir finir sa phrase.

– Pardon, mais j'étais toute la nuit entre La Havane et Paris... Douglas, à ton avis et du point de vue militaire, que se passe-t-il en réalité à l'état-major de ces emmerdeurs de Français ?

– Je crois qu'il y a vraiment du mou dans la chaîne de commandement, Freddy, et au plus haut niveau, si tu vois ce que je veux dire. Les prétendants à la succession du patron se bouffent le nez et leurs adversaires ne sont pas foutus de voir qu'ils leur goudronnent une avenue... Si je ne peux pas gagner, toi non plus, je préfère encore voir gagner les autres ! Entre « préférer » et décider de donner un sérieux coup de pouce, la frontière est mince. Le truc a déjà très bien marché il y a plus de vingt ans, si vous vous souvenez.

– Vous confirmeriez cela, monsieur Sherano ?

– D'une certaine manière, oui, mais pas avec les mots du colonel, monsieur Fishbates. Il est étrange de constater que le gouvernement français accumule comme à plaisir les bourdes et les gaffes, les projets de lois iniques, les déclarations fracassantes qui le coupent de sa jeunesse ou de ses fonctionnaires aux régimes de retraite avantageux... mais il est encore plus étrange de voir les partisans du même bord s'entredéchirer à belles dents, sans craindre d'étaler les aspects les plus intimes de la vie privée des gens.

– Ouais, les Français veulent bien d'un grand sachem coureur de jupons au palais, ils aiment les chauds lapins, ce truc-là a aussi très bien marché, mais les cocus, c'est au balcon !

– Je ne crois pas que l'on t'ait demandé ton opinion, Jake.

– Je la donne quand même, Sam.

– Merci, Sam, mais je peux faire la police moi-même ici ! Monsieur Sherano, il y a quand même un fossé qui sépare les affaires de politique intérieure et la menace atomique extérieure. Le chef de l'État français ne saurait jouer avec ça pour des raisons purement partisanes, j'espère ?

– Je ne pense pas, non, monsieur Fishbates... Oui, colonel Lanvallée ?

– D'après une source plus ou moins fiable en provenance des gros malins de Sugar Grove, le président français actuel pourrait mettre tout le monde d'accord en retournant une troisième fois au charbon.

– Ce n'est pas une raison pour déclencher la guerre thermonucléaire, colonel. Et il aurait tort, n'en déplaise à nos amis de Sugar Grove. Comme à Indianapolis, il faut savoir ne pas faire la course de trop.

– Peut-être, monsieur.

Le colonel de l'Aéronavale Douglas Lanvallée soupire.

– En résumé, Freddy, il se passe des choses en France, personne ne saurait dire exactement quoi pour l'instant, mais la situation n'est pas normale.

– Parce qu'un supersonique de combat prêt à décoller avec des armes de destruction massive sous les ailes, vous appelez ça une situation normale, colonel ?

– Vous m'aviez très bien compris, monsieur Sherano ! Par contre, si je vous parle d'un autre supersonique, mais civil et en vol, celui-là, et qui n'est plus censé voler depuis bientôt quatre ans, aurai-je employé le mot « anormal » à bon escient ?

– Le... Le Concorde ? Vous parlez du Concorde ?

– Je parle du Concorde, oui.

– Il revole, celui-là ?

– Je ne sais pas s'il revole, mais un Concorde français aura fait l'aller et retour aujourd'hui entre Paris et la Guadeloupe. L'appareil est sur le retour en ce moment. Il ne sera pas resté dans l'île plus que le temps nécessaire pour refaire le plein de carburant. Il a stationné en bout de piste, à l'écart, assez loin de l'aérogare.

– Était-ce vraiment très légal, du point de vue de la réglementation aérienne internationale ?

– Il s'agirait d'un vol spécial, à la demande des compagnies d'assurances qui s'occupent de la catastrophe du charter Paris-New York, si vous vous rappelez ? L'appareil n'a fait que survoler son territoire national et l'océan Atlantique, ce qui est une façon de parler quand on fait bang-bang tout seul dans un couloir aérien à plus de dix mille mètres d'altitude.

– Il est allé chercher quelque chose, c'est ça, Doug ?

Le colonel Lanvallée sourit au général Hackerman, sourire ponctué d'un clin d'œil complice.

– Quelque chose ou quelqu'un, Sam.

– Si c'est quelqu'un, nous ne savons pas qui ?

– Désolé, Freddy, n'accablons pas la CIA, pour une fois, mais comment aurions-nous pu prévoir ? Cela dit, nous avons un peu de monde dans le coin, on est en train de se renseigner...

Samuel Hackerman se penche sur Jake Dorlington, une main en paravent devant la bouche.

– En parlant de se renseigner, je me suis renseigné, Jake... En ce moment, à Vostok, il fait dans les cinquante-quatre sous zéro, pas plus. Enfin, je veux dire, pas moins.

– Foutre, mais c'est la canicule, là-bas !

Freddy Fishbates fait les gros yeux aux deux généraux, comme un instituteur à des galopins au fond de sa classe. Le directeur des opérations du Pentagone meurt d'envie de clore la discussion pour aller prendre une copieux breakfast et, repu, quelques heures de repos.

– Qu'est-ce que je raconte au Président si je l'ai en ligne, Douglas ? La dernière fois qu'il a téléphoné depuis Air Force One, il m'a demandé si ça devait durer encore longtemps, cette histoire avec la France, parce qu'il a un barbecue de prévu demain dans son ranch avec d'importants bailleurs de fonds texans, et il...

– Tu es sérieux, Freddy ?

Le général Jake L. Dorlington se frappe la bedaine.

– Et si nous passions à Defcon Trois juste pour le faire chier, eh ? Il jouera aux petits chevaux dans le bureau ovale avec ses conseillers au lieu de faire griller des travers de porc tex-mex à Crawford !

– Jake...

– Quoi, Sam ?

– Monsieur est conseiller à la Maison Blanche.

Du menton, Samuel Hackerman désigne Martin M. Sherano qui, de l'autre côté de la table, a légèrement blêmi à la proposition du général Dorlington. Celui-ci le jauge d'un œil bovin.

– C'est vrai, j'avais oublié, pardon. Savez-vous jouer aux petits chevaux, monsieur le conseiller ?

– Heu... Je... Il... Il faut faire un double pour sortir de l'écurie, c'est ça ?

– Vous savez jouer aux petits chevaux.

Centre de contrôle « Jupiter »
Sous le palais de l'Élysée
Profondeur classée Très Secret Défense

Le moniteur central de la rangée des petits écrans située en hauteur au-dessus des pupitres de contrôle égrène le temps de la capitale seconde par seconde, lentement.

PARIS

16 : 02 : 47

Caroline Laverda balaye les différents horaires du regard, effectuant un voyage d'est en ouest d'un seul coup d'œil panoramique. Les villes sont les mêmes que lors de son arrivée dans le centre Jupiter. Malgré ses efforts et ceux de ses deux acolytes ingénieurs militaires, il leur a été impossible de modifier cet état de fait. Le capitaine John Lerain assure que c'est possible ; il a même affiché le menu renfermant les autres capitales, villes principales ou sites d'importance stratégique sur l'écran de son terminal, mais c'est tout. On peut voir, mais pas changer ce qui est à l'image. Pour la première fois de sa vie, la jeune femme s'aperçoit qu'il y a très exactement douze heures d'écart en été entre les capitales américaine et chinoise. C'est le genre d'information primordiale à ranger avec les champions de tractopelles toutes catégories confondues et le yokozuna mongol en activité.

WASHINGTON D.C. **PÉKIN**

10:02:47 **22:02:47**

Les petits Américains doivent se goinfrer de sucreries et de sodas pour leur dix-heures dans les cours de récréation, pendant que les petits Chinois sont déjà au lit depuis longtemps s'ils ont été bien éduqués.

– Vous avez apprécié le déjeuner, John ? Colin ?

– Il aurait fallu être difficile, fait le lieutenant Dainet avec un soupir nostalgique et gourmand.

– Oui, mais il manquait un coup de vin avec le lapin, si vous voulez mon avis ! assure le capitaine Lerain.

– C'est bien ce que j'ai dit à Philippe, mais... Tiens, au fait, où est-il passé, celui-là ? Je ne l'ai pas vu partir ou il est allé faire un somme ?

– Il s'est absenté. Il a dit qu'il revenait tout de suite.

– Le général Pollard aussi ?

Dainet pointe du doigt le plafond du centre Jupiter.

– Convocation au rez-de-chaussée, je crois qu'il y a du ministre qui veut savoir des choses. Il était question du PC de Taverny, également. Le général reviendra bientôt, lui aussi. Mais si j'osais...

– Oui, Colin ?

– Un petit blanc très sec.

– Pardon ?

– À midi, avec le lapin, un vin blanc très sec. Un Bergerac ou un Buzet. Mariage osé, mais...

– ... arrosé ? Et mariage pluvieux, mariage heureux, oui ! Vous cuisinez, Colin ?

– Heu... Ça m'arrive. Je me débrouille.

– Marié ? Des enfants ? John a un fils, je me souviens, mais vous ?

– Je suis célibataire.

Caroline Laverda l'aurait parié : elle-même en manque de partenaire, ce qui commence à lui peser sur la libido les soirs où la solitude se fait trop envahissante sous la couette, elle doit constater que les beaux mâles de rencontre sont déjà en main, comme John Lerain, ou bien gays, et que les nettement moins attractifs (pour rester polie) comme Colin Dainet sont bien entendu hétéros et disponibles. Cela dit, ceux qui en plus cuisinent sont rares.

L'informaticienne reporte son attention sur l'écran de la console présidentielle.

Elle n'a pas menti à Philippe Vilniot pendant le déjeuner : les progrès sont minces. L'après-midi n'a apporté qu'une seule bonne nouvelle : la confirmation effective que le bogue n'a pas été initié par un virus extérieur, malgré les apparences. C'est une piètre consolation. Le grand nettoyage a seulement permis de pouvoir accélérer la navigation dans les applications autorisées et l'ouverture des dossiers non classés. Les fichiers sensibles persistent à refuser de livrer le secret de leur contenu, comme les commandements de la force de frappe.

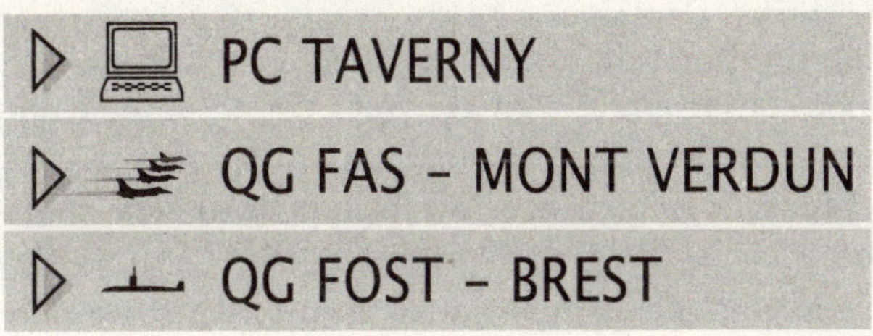

– À propos, Colin, il y aurait du nouveau avec Taverny ?

– Je ne sais pas. J'ai cru comprendre que le général Pollard devait aussi en parler là-haut, après son entretien ministériel. Tu en sais plus que moi, toi, je crois...

– Ils ont essayé des communications visuelles depuis les ordinateurs du ministère de la Défense, dit Lerain.

– Comment ça, John ?

– Ils ont filmé des pancartes genre « Fausse Alerte Arrêtez Tout » avec des webcams et ils ont balancé le résultat sur tous les circuits de télévision internes, vous voyez ? Ils ont aussi envoyé, ces messages-images sur les téléphones portables du personnel dont les numéros leur étaient connus.

– Pas bête, comme idée. Tout à l'heure, en réunion, j'ai entendu que celui qui commandait le PC à Taverny était un colonel Dausane ou Lausane, quelque chose comme ça...

– Saudane ? Le colonel Roland Saudane ?

– Oui, Colin. Vous le connaissez ?

Le lourd silence de l'officier vaut toutes les réponses. Dépitée, l'informaticienne clique sur l'icône d'accès au quartier général de la Force Océane Stratégique, un fier vaisseau amiral qui ne lui ouvre bien sûr pas ses cales.

– Cette belle idée des messages-images ne marcherait pas avec les sous-marins, je suppose ?

– Un submersible en plongée a du mal à recevoir des messages tout court, alors des images ! Je sais que Brest envoie des choses sur la très basse fréquence, mais ça marchera encore moins qu'avec Taverny.

– Et pourquoi ?

– Parce que si le colonel Saudane ne connaît que le manuel et rien que le manuel, un commandant de sous-marin nucléaire lanceur d'engins le connaît par cœur et trois fois, à l'endroit comme à l'envers, de gauche à droite et de droite à gauche ! À supposer qu'un pacha nous croie sur parole et nous obéisse, il carboniserait de facto son avenir dans la Marine.

– Il ferait pourtant ce que nous lui demandons de faire...

– Oui, la situation redeviendrait normale, mais cet héroïque capitaine aurait prouvé par sa conduite heureuse qu'on ne peut pas lui faire confiance puisqu'il a obéi à des ordres non formatés, alors adieu la dissuasion !

– D'accord, mais les équipages ? Il n'a aucun moyen de les prévenir ? Eux, ils auraient moins à perdre, non ?

Le lieutenant Colin Dainet secoue négativement la tête.

– Il n'existe aucun moyen de les joindre ? insiste Laverda.

– En patrouille permanente, un sous-marin ne dit rien, n'envoie rien, personne ne sait où il est, mais chaque homme du bord peut recevoir ce qu'on appelle un « familigramme », une fois par semaine en temps normal, c'est vrai.

– Des nouvelles de la famille ?

– Elles sont limitées à vingt-cinq mots.

– Quelle générosité !

– Mais je pense que ce serait une mauvaise idée que d'essayer de circonvenir l'équipage, de vouloir le dresser contre ses officiers... Une mutinerie à bord d'un sous-marin nucléaire sous alerte Rouge, je déconseille !

– Vous êtes calé en la matière, dites-moi, Colin. Vous travaillez où d'ordinaire, dans l'armée ?

– Je pense que je n'ai pas le droit de vous le dire.

Caroline Laverda se retient de tirer la langue au lieutenant frileux. Il est plus à l'aise qu'au début, mais il a encore des progrès à faire.

– Eh bien moi, j'ai le droit, et ça fait donc deux ans à peu près que j'ai embauché chez Blackshores & Saibottain après que mon employeur précédent, une start-up jeune et dynamique comme il se devait, nous a fait un stop-down remarquable. On appelle aussi ça une faillite frauduleuse. Maintenant, je gagne ma vie au sein d'une multinationale d'informatique spécialisée en communications, téléphonie classique, filaire ou portable, réseaux Intra et ressources Inter pour le Net.

– Avec vos qualifications ? C'est plutôt du gâchis, non ? s'étonne Lerain.

– Ne croyez pas ça, John, je bosse plus particulièrement sur l'encodage des protocoles d'échanges courriels pour mettre au point des filtres efficaces contre le courrier indésirable... Vous mesurez l'ampleur du marché ? Je suis très bien payée pour inventer des logiciels qui seront revendus très cher aux internautes à bout de nerfs de recevoir huit messages inutiles sur dix... Bon, le revers de la médaille, c'est que je passe mon temps à savoir comment agrandir mon pénis !

Le capitaine Lerain rigole sans se gêner. Le lieutenant Dainet rit aussi, en rougissant un peu, égal à lui-même.

– Rigolez toujours, messieurs, mais je vous conseille de suivre le traitement en anglais. En français, vous allez gagner dix malheureux centimètres, alors qu'en mesure anglo-saxonne c'est du quatre pouces assurés, soit seize millimètres de mieux si je convertis bien, et tout ça rien qu'avec des herbes !

Le revers de la médaille a le dos large : Caroline Laverda se coltine aussi les propositions d'achats de pilules miracles pour renforcer l'érection ou éjaculer façon chutes du Niagara, la fourniture de médicaments à prix cassés et de diplômes universitaires en tout genre, sans oublier les montres de luxe et de marque plaquées or 18 carats au tarif de l'article de bazar en solde, l'hormone de croissance panacée en bidons de vingt litres et les placements boursiers à des taux défiant toute concurrence – et pour cause : à ces taux-là, les concurrents ne sont pas assez stupides pour vous garantir des dividendes juteux mais chimériques sur des marchés inexistants.

Colin Dainet se dégèle soudain comme un surgelé dans une friteuse, méconnaissable.

– Les herbes, ça ne marche pas, vous savez, tous les nouveaux messages vous le disent ! Ce qui marche, maintenant, c'est le patch !

John Lerain rigole de plus belle.

– En tout cas, ça marche au Texas et dans le Rhode Island, s'il faut en croire le courrier des clients satisfaits signé Bob ou Peter !

– Je vois qu'on ne s'ennuie pas...

L'air narquois dissimulant mal une pointe de jalousie, Philippe Vilniot achève de pénétrer dans le centre Jupiter.

– La situation aurait-elle évolué de façon comique ?

– Ça va, Philippe, ce n'est pas en pleurant à chaudes larmes que les ordinateurs se débloqueront plus vite. Rire un peu fait du bien, ça déstresse. Tu devrais essayer de temps en temps.

– Si tu crois que c'est le moment...

– Ça ne fait jamais de mal de décompresser, je t'assure, on repart d'un meilleur pied après. Fais pas cette tête, on s'en sortira, j'ai confiance, et tu passeras pour un héros si cela peut te rassurer ! Où avais-tu disparu ?

– Les héros aussi vont aux toilettes.

– Tout ce temps ? C'était vraiment la grosse commission !

– Idiote. J'en ai profité pour faire surface avec Pollard et aller aux informations.

– Bonne pioche ?

– RAS du côté de Taverny, c'est toujours bunker autiste et compagnie, le colonel Saudane meurt mais ne se rend pas, voilà. Les escadrons aériens ne bougent pas, les sous-marins ne répondent pas, tout va bien ! Je suis inquiet, Caro.

– Nous aussi, qu'est-ce que tu crois ? Tu as des nouvelles de notre espoir supersonique ?

– Il est au-dessus de l'Atlantique. Le vol se passe bien. La météo se maintient. Atterrissage à l'heure prévue, sauf incident technique d'ici là.

– Véga ?

– Léger mieux, d'après les toubibs. Il ne s'est pas encore réveillé, mais il montre des signes cliniques d'activité cérébrale encourageants. Savoir si sa cervelle est toujours celle d'un chef d'État responsable ou s'il a présentement le QI d'un protozoaire, c'est un peu tôt pour le dire.

– Et les ministres ? Il faut t'arracher les infos, toi ! Le général Pollard devait les voir, d'après Colin. C'était pour se faire remonter les bretelles, ou juste les mettre au courant ?

– Les ministres, ils sont presque tous là, mais ils ont d'autres soucis en tête, figure-toi... Capitaine, lieutenant, ne le prenez pas mal, la planète continue de tourner pendant que vous vous escrimez ici, et le gouvernement doit affronter une sorte de crise internationale, alors l'alerte Rouge est mise de côté pour l'instant. Que cela ne vous empêche surtout pas de bosser !

– Téhéran, c'est ça ? dit John Lerain.

– Oui, capitaine. Vous vous en doutiez ?

– L'ultimatum sur le nucléaire arrivait à terme hier ou aujourd'hui, je ne sais plus. J'avais oublié avec ce...

– Vous êtes tout excusé, capitaine. Téhéran a fait savoir il y a un peu moins de deux heures qu'il n'était pas question pour l'Iran de renoncer à son programme d'enrichissement d'uranium, et que les Nations unies pouvaient se carrer leur ultimatum bien profond. Le président iranien ne s'est pas exprimé tout à fait dans ces termes, mais il y avait l'idée dans l'ensemble.

Caroline Laverda s'ébroue comme une jument énervée.

– Ce monde marche vraiment sur la tête ! Philippe, ils veulent vitrifier qui, les Iraniens ? Israël ? Tu crois qu'ils y arriveraient sans toucher de façon collatérale les pays voisins, des alliés et des amis, des frères en religion, et pour ne pas dire eux-mêmes si le vent tourne ? !

– Ce n'est pas la question, Caro. Tu raisonnes comme au temps de la guerre froide. L'antagonisme des blocs est définitivement obsolète, il ne s'agit plus de vouloir anéantir l'autre, les armes mégatonniques sont abandonnées les unes après les autres au profit de missiles à puissance limitée, mais toujours de longue portée pour affirmer le principe que la dissuasion peut frapper n'importe où sur la planète, en infligeant à l'ennemi des dégâts tels que ça ne vaut pas la peine qu'il prenne le risque de s'y frotter, d'accord ?

– Les Chinois ne sont pas considérés comme le nouveau bloc d'en face, Philippe ? Tu m'étonnes...

– Pourquoi veux-tu que les Chinois s'exposent à des représailles nucléaires quand ils connaissent une croissance de plus de dix pour cent par an ? S'ils avaient dû nous attaquer, ils l'auraient fait il y a trente ans, quand ils crevaient de faim ! Les Russes, du temps où ils étaient les méchants ogres soviétiques, ont hésité, ils n'étaient pas sûrs de sortir gagnants d'un échange de bombes à hydrogène avec l'Oncle Sam... et ils avaient raison, si tu veux mon avis. Ce qui a sauvé le monde à l'époque, Caro, c'est la prolifération des armes atomiques qui mettait les possibles belligérants sur un pied d'égalité, et le pragmatisme qui les empêchait d'y avoir recours.

Le capitaine Lerain se fend d'une moue appréciative.

– Analyse intéressante, monsieur. On ne vous a jamais proposé d'enseigner à Saint-Cyr ?

– Si, plusieurs fois. Mais on me réclamait un polycopié de mon cours avant. J'en ai envoyé plusieurs exemplaires où j'exposais mes théories géopolitiques, et je n'ai jamais foutu les pieds à Coëtquidan.

– Cela ne me surprend pas !

Vilniot reprend le fil de sa pensée.

– Le problème, Caro, c'est qu'aujourd'hui tout le monde veut développer des armes tactiques les plus performantes possibles, mais les moins polluantes du point de vue radiations, les grandes puissances comme les petites. Il est difficile de pénétrer certaines défenses superblindées avec d'autres munitions. Sinon, je m'excuse de me répéter, à quoi bon bombarder massivement son adversaire et conquérir ensuite des terres irradiées à mort pour des dizaines de siècles...

– Tu es en train de me dire qu'il n'y a jamais eu d'armes de destruction massive en Irak, Philippe ?

– Ce n'est pas un scoop ! Il y avait peut-être pire, quoique j'en doute.

– Pire ? Je ne comprends pas.

– Quel est l'encombrement d'une charge nucléaire d'une kilotonne, soit l'équivalent de mille, je dis bien mille tonnes de TNT, à ton avis ?

– Si j'en crois ce que j'ai vu au cinéma, un petit sac à dos suffit.

– Quand même pas, les scénaristes exagèrent et les réalisateurs veulent de la photogénie dans les cascades ! Non, il te faudra une bonne valise pour tout transporter, charge explosive, matière fissile et dispositif de mise à feu. Je pense que le capitaine et le lieutenant confirmeront mes dires, oui ?

Un double hochement de tête affirmatif de la part des officiers était inutile. Philippe Vilniot enchaîne.

– Depuis la dissolution de l'empire soviétique, l'armée russe ne sait pas où sont passées une bonne centaine de leurs armes atomiques de très petite puissance, mises au point comme je l'ai dit. Il y a donc dans la nature de quoi fabriquer l'équivalent de tout un camion rempli de valises terroristes. En moins d'une demi-heure, un gars seul dans son coin est capable de la préparer, de l'armer, et de... boum ! Tu ne détruis pas Moscou, mais tu n'es pas près de remettre les pieds de sitôt sur la place Rouge, si c'est là que tu as fait péter ta valoche.

– Tu cherches à me faire peur ? Je ne...

– Oh, tu veux avoir peur, Caro ? Tu veux avoir, mais alors vraiment peur ? Alors intéresse-toi de près à la frontière entre l'Inde et le Pakistan, parce que si ça doit péter grave quelque part, ce sera là et pas ailleurs, à cause du Cachemire. Et tu sais pourquoi ça pétera là et pas ailleurs ?

– Les Pakistanais ou les Indiens sont moins pragmatiques que nous ?

– Tout juste. Ce n'est pas une question d'intelligence, mais de religion. Tu peux menacer de destruction quelqu'un qui sait ce que ça veut dire, mais comment veux-tu dissuader celui qui est persuadé qu'il sera réincarné quoi qu'il arrive, ou l'autre qui ne craint pas les retombées parce ce que son dieu est le plus balèze et qu'il le protégera ? ! Comment fais-tu avec les fous intégristes, hein ? Tu rajoutes des vierges dans ton paradis à toi pour les convaincre de se rallier à ta cause ?

– Et les filles, elles font ceinture ? C'est toujours les mêmes qui se font avoir, les gars !

Caroline Laverda a dû produire un gros effort pour lancer sa boutade ; elle n'a plus le cœur à rire. Philippe Vilniot voulait lui faire peur : il a réussi au-delà de ses espérances. Et il enfonce le clou.

– Tu ne peux pas lutter contre l'irrationnel de la foi avec des arguments pratiques. Je t'ai dit que la menace avait changé, Caro. Elle a changé comme tu n'as pas idée...

L'informaticienne fait pivoter le fauteuil présidentiel. Le mouvement l'amène à faire face au mur d'unités informatiques qui paraissent ronfler en sourdine sous l'effet sonore diffus de la climatisation. L'incident technique qui bloque toute la machine est situé quelque part au cœur de ces circuits imprimés qui commandent des armes devenues sinon inutiles, du moins hors de proportions pour l'emploi que l'on voudrait ne pas en faire – s'il faut en croire la démonstration de Philippe Vilniot, qui n'a pas relevé ses propres contradictions. Caroline Laverda et les deux officiers ingénieurs se cassent les dents sur un problème qui ne devrait pas exister, en fait.

– Putain...

– Tu dis, Caro ?

– En gros, tout ce qui nous entoure ici ne sert à rien, Philippe... Sauf à foutre une merde bleue quand il y a une panne quelque part !

BOUM !

Depuis des lustres, le 9 novembre est toujours une date riche en naissances de personnalités hors du commun, promises à de grands accomplissements, et faste d'événements majeurs de l'histoire du monde moderne, mais qui aurait pu prendre une tout autre saveur en cette année 1979...

À huit heures cinquante ce matin-là, les officiers de permanence de quatre centres de commandement des forces de défense américaines (dont ceux du NORAD et du SAC) découvrent sur leurs écrans de contrôle le schéma d'une attaque à grande échelle des États-Unis, par un nombre impressionnant de missiles soviétiques. Il en arrive de partout ; un nuage de sauterelles aurait des allures d'averse automnale en comparaison.

Pendant les six minutes suivantes, la riposte est préparée dans l'urgence. Des avions de l'US Air Force décollent sans attendre, même le Poste de Commandement Volant présidentiel est de la partie, mais sans le Président à son bord : celui-ci ne saurait être informé de la situation car il semble introuvable. Le fait qu'il ne dorme pas, alors que l'Amérique est nucléairement menacée, devrait mettre la puce à l'oreille de l'état-major. Or il n'en est rien : les préparatifs de rétorsion continuent et montent en puissance.

Mieux : au Pentagone ou ailleurs, personne ne songe à utiliser le fameux « téléphone rouge » pour appeler Moscou et réclamer des éclaircissements sur les intentions soviétiques, ou à la rigueur expliquer pourquoi les USA se mettent sur le pied de guerre au risque d'affoler les stratèges du Kremlin. La chose est regrettable, car cette ligne téléphonique spéciale a justement été créée pour ce genre de situation.

Cela dit, dans un délai raisonnable et avant que l'irréparable ne soit commis, les radars de détection balistique des bases avancées signalent qu'il n'y a aucun missile actuellement en l'air, nulle part au-dessus de la planète ; le ciel est pur, pas un nuage, ce que confirment les satellites d'observation qui ne signalent aucun lancement d'engin stratégique ou tactique, en Union soviétique ou ailleurs. Il s'agit bel et bien d'une fausse alerte : la tension retombe aussi vite qu'elle est montée dans les centres de commandement américains.

Cette fausse alerte était due à une simulation, un exercice de défense regardé par des stratèges sur un ordinateur dans une salle d'étude au Pentagone, et malencontreusement dupliqué à leur insu dans tout le système informatique des opérations militaires des USA.

À bord du SNLE Téméraire
Position : Très Secret Défense
Heure (en Temps Universel) : Très Secret Défense

Le changement d'équipage de quart met toujours de l'animation dans les coursives d'un submersible. Officiers, sous-officiers et matelots au repos ont du mal à trouver le sommeil.

En mission de patrouille, le quotidien d'un sous-marin nucléaire lanceur d'engins ne dépare pas de celui d'une entreprise. Les quarts se succèdent normalement et chaque homme à bord travaille ses huit heures en moyenne, comme n'importe quel salarié dont l'employeur n'est pas un négrier. Le pacha n'est pas mieux ni moins bien traité que les autres : en mode Attente sous alerte Rouge, le respect des horaires de bureau est un peu compromis; le commandant décide pour sa part de dormir ou de ne pas dormir selon son humeur et l'évolution de la situation. En mode Combat et Lancement, les mots tels que « temps de travail » ou « convention collective » sont d'infâmes grossièretés indignes d'être prononcées à bord d'un SNLE.

Le capitaine de corvette Jacques Chambéris a refusé d'aller s'étendre dans sa cabine, ne serait-ce qu'une heure. Les messages non formatés qui émanent de la Force Océanique Stratégique continuent d'arriver par transmission très basse fréquence avec la même régularité. Ils obsèdent l'officier en second au point de le laisser scotché auprès du pacha sur la passerelle, ignorant la fatigue.

– Vous croyez que les autres sous-marins reçoivent des messages identiques, commandant?

– S'il s'agit bien d'une fausse alerte comme vous le pensez, Second, la réponse est affirmative. Il n'y a pas de raison que le

Téméraire connaisse un quelconque traitement de faveur. Maintenant, n'oublions pas que nous pouvons être le seul, et donc le dernier submersible français encore intact. L'ennemi peut vouloir nous récupérer sans casse, et nos missiles avec. Je ne lui ferai pas ce plaisir !

– Si ennemi il y a.

– Têtu, Second ? J'aime ça, mais il ne faut pas en abuser.

– Les familigrammes devraient nous parvenir au prochain quart si tout va bien...

– Avec l'alerte Rouge en cours, cela m'étonnerait.

– Mais s'ils arrivent quand même ? Qu'ils racontent la même chose que les messages du vice-amiral ?

– Cela prouvera que l'ennemi a tout prévu.

– Et la revue de presse ? Si elle...

– Elle n'aurait pas déjà dû nous parvenir, au fait ? Oui, n'est-ce pas ?

– Oui, elle aurait dû nous...

– Il n'y a donc plus de presse en surface !

Le capitaine de vaisseau Laurent de Saint-Lapray s'empresse de redevenir jovial.

– Je plaisante, Second, mais vous me ferez le plaisir de prendre un peu de repos au prochain quart, justement. Je me reposerai moi-même au suivant, sauf imprévu bien sûr.

– À vos ordres, commandant.

– Ce n'était pas des ordres, Second, mais un conseil. Je...

– Alarme sonar. Je répète, alarme sonar.

La voix de l'aspirant Moreau a résonné sur la passerelle. Il a parlé haut et clair, sans crier. De Saint-Lapray et Chambéris font mouvement vers lui.

– Encore ? C'est les heures de pointe ou le retour de vacances des voisins ?! Qu'est-ce que nous annonce Poséidon Futé ?

L'aspirant Moreau sourit. Le sobriquet du pacha va lui rester collé au pompon. Il n'y a qu'à regarder la mine goguenarde de l'Opo et des barreurs au poste de pilotage.

– Un sous-marin russe, classe Akula. Il est assez loin. Si nous ne tournions pas en rond, je pense que nous n'aurions jamais su qu'il était là.

– Jolie manœuvre au serré, commandant.

– Merci, Second. Nous le connaissons, ce camarade ?

– C'est la première fois que je l'entends.

– Un petit nouveau ?

– Ou un ancien que nous croisons pour la première fois. Les Russes disposent d'une soixantaine de submersibles toutes catégories confondues, je ne peux pas les connaître tous !

– Je ne vous reproche rien, Moreau.

De Saint-Lapray se tourne vers Chambéris.

– C'est donc le quatrième sous-marin à croiser dans les parages de notre carreau d'attente, n'est-ce pas, Second ?

– C'est trop pour n'être qu'une coïncidence, commandant. Je n'aime pas ça.

– Moi, je n'aime pas ça du tout ! Il bouge comme les autres, celui-là, Moreau ? Droit devant et à fond de turbines vers un rendez-vous connu de lui seul ?

– Non, commandant. Il va beaucoup moins vite, dix à quinze nœuds estimés en croisière irrégulière. Il pointe cap au no... une minute, il... il change de route... Oui, je confirme, il change de route ! L'Akula vient de modifier son cap ! Je répète, l'Akula vient de modifier son cap !

– Nous sommes à côté de vous, Moreau. Inutile de crier, et surtout de répéter.

– Oh, pardon, commandant, l'habitude, je...

– Repos, Moreau ! Quel est le nouveau cap de l'Akula ? Il revient sur nous ?

– Négatif. Il routait plein nord au trois cent soixante, par notre travers, et maintenant il est plein ouest au deux cent soixante-dix. Il s'éloigne. Il n'a pas modifié sa vitesse, c'est à peine si sa manœuvre l'a ralenti.

– Il a tourné à angle droit ?

– Cap pour cap, oui. Nous sommes dans son arrière. Il nous tourne le dos. S'il nous avait repérés, il n'agirait pas ainsi, non ?

– Nous sommes derrière lui...

– En plein dans l'axe de son hélice ! Il n'entendrait pas une torpille avant qu'elle ne lui rentre dans le cul ! Heu... je voulais dire que...

– La métaphore était très claire, Moreau, merci.

Le pacha du *Téméraire* réfléchit à s'en faire éclater la tête. La meilleure défense est souvent l'attaque, préconise le manuel. De Saint-Lapray meurt d'envie d'engager le sous-marin russe pour se débarrasser de sa menace potentielle avant que celle-ci ne devienne une réalité. Son bâtiment en est capable, il a l'avantage sur l'adversaire qui ne l'entendra pas venir, ou alors bien trop tard – mais les règles d'engagement sous alerte Rouge sont strictes concernant un sous-marin nucléaire lanceur d'engins, mis à part le fait que le Russe ne montre aucun signe d'hostilité (et que la France n'est pas en guerre avec la Russie jusqu'à plus ample information) : la sauvegarde du feu atomique est une priorité absolue. Un SNLE est le premier, mais aussi le dernier garant de la Dissuasion ; sauf agression directe, il doit préserver la capacité de lancer ses missiles coûte que coûte.

De Saint-Lapray n'a qu'une étroite marge de manœuvre.

La voix soudaine du pacha fait sursauter son officier en second, qui repensait aux messages désespérés de la FOST.

– Sonar !

– Je suis à côté de vous, commandant, inutile de...

– Mille pardons, Moreau. Estimez-moi la vitesse et la profondeur d'immersion de l'Akula. Et soyez aussi précis que possible je vous prie.

– À vos ordres, commandant.

– Navigation !

– Commandant ?

– Nous venons au deux cent soixante-dix en calquant notre allure et notre palier sur le Russe, Moreau vous donnera bientôt les coordonnées au poil près. Nous calons notre vitesse à cinq nœuds de moins dans un premier temps, vitesse décroissante ensuite de trois en trois par tranche de dix minutes. Il s'agit de coller aux basques de ce camarade dans son cône de silence en le laissant nous distancer.

– À vos ordres, commandant.

– Opérations !

– Commandant ?

– Par mesure de précaution, déterminez-moi une solution de tir sur cet Akula. Ce n'est pas évident en mode passif, je sais, mais nous n'avons pas le choix. Deux torpilles au but, charges actives en sortie de tube. C'est risqué, mais je pense que nous n'aurons pas l'occasion de remettre ça si nous devons tirer.

– À vos ordres, commandant.

Chambéris a tiqué.

– Aux postes de combat, commandant ?

– Non, Second, nous prenons seulement des précautions, au cas où. Silence total à bord, toutes les activités qui ne sont pas indispensables sont suspendues.

L'Officier principal des opérations est allé se camper devant les modules d'acquisition de cible. Une fois les coordonnées de l'Akula entrées dans la console, les calculateurs établiront les paramètres de mise à feu des torpilles ; le sous-marin russe deviendra alors un « but ». L'enseigne Le Chifol passera le relais à l'officier de tir à la console des armements de protection, et c'est ce dernier qui torpillera l'Akula, sur l'ordre du commandant, l'Opo restant disponible pour le lancer des missiles comme le veut la procédure à bord d'un SNLE sous alerte Rouge.

L'officier de tir du *Téméraire* se nomme Julien Friguet. Il a demandé a être affecté sur un SNLE à la suite d'un chagrin d'amour. Les femmes étant interdites de séjour à bord des sous-marins, Friguet songeait panser plus facilement ses plaies en l'absence de tout élément féminin. Si cet échec sentimental le faisait douter de son pouvoir de séduction, les yeux doux que lui fait le quartier-maître Boulière devraient le rassurer.

Jacques Chambéris se porte à hauteur des consoles du poste des opérations. D'un signe discret, Alain Le Chifol vient d'attirer son attention à l'insu du pacha. L'officier en second et l'enseigne de vaisseau se connaissent depuis longtemps ; ils entretiennent des relations d'amitié qui dépassent le seul cadre du service une fois à terre. Chambéris a été témoin au mariage de Le Chifol, et c'est le parrain de son aînée.

– Un souci, Alain ?

– Avec les transmissions, pas avec les sonars.

En reculant d'un pas pour s'éloigner des consoles, Le Chifol a parlé si bas que Chambéris croit avoir rêvé de l'entendre.

– Les transmissions ?

– Des messages du Quartier Général, Jacques. Ne me dis pas que tu ne sais pas de quoi je parle...

– Je sais de quoi tu parles. Quel est le problème ?

– Mes gars en discutent un peu trop à mon goût. Il y a eu des fuites vers l'équipage, tu t'en doutes, c'était inévitable. Les quartiers-maîtres maintiennent la discipline, mais je te suggère d'en toucher deux mots au pacha. Une annonce générale pour clarifier les choses ferait taire les rumeurs, ce qui ne serait pas du luxe, à mon avis.

– Je sais. De Saint-Lapray applique le règlement, tu t'en doutes aussi. Tant que les messages ne sont pas formatés correctement, nous supposons que l'ennemi a neutralisé nos moyens de communications.

– Arrête, Jacques, tu n'y crois pas toi-même ! Tu imaginerais vraiment que toute la Brenne a été vaporisée et qu'on nous enfume depuis ailleurs ? !

Le capitaine de corvette Jacques Chambéris doit avouer que la disparition totale des infrastrucures-relais de transmissions du centre de la Marine Nationale sis à Rosnay, dont les antennes géantes sont nichées au cœur des étangs berrichons, lui est une hypothèse difficilement envisageable.

– Tu connais la Brenne, toi ? Je te croyais Breton pur beurre salé des Côtes-d'Armor...

– Et alors ? On peut se baigner par tous les temps, aimer faire du kayak de mer, et avoir un cousin dingue d'ornithologie. Pascal, mon cousin donc, il habite à Toulouse, mais il passe toutes ses grandes vacances en Berry, le nez dans la flotte, à guetter le héron pourpré ou la guifette moustac.

– La quoi ? Ça existe vraiment, ça ?

– Je veux ! Chlidonias hybridus, ordre des charadriiformes et familles des sternidés, la guifette moustac ne doit bien sûr pas être confondue avec la guifette leucoptère qui est facile à reconnaître de par ses...

– Je te crois sur parole, Alain, tu sais bien ta leçon et ton cousin est un excellent professeur, tu pourras le lui dire de ma part ! Il ne s'est jamais fait ramasser par les gendarmes ?

– Lui, non. Mais de temps à autre, dans la zone interdite, on chope un soi-disant ornithologue qui prétend observer le grèbe à cou noir en plein hiver.

– Laisse-moi deviner... C'est un migrateur ?

– Bingo ! Dis, Jacques, ce n'est pas que la discussion m'ennuie, mais pour en revenir aux transmissions, tu devrais dire au pach...

– L'Akula change à nouveau de cap !

Le timbre aigu de l'aspirant Moreau claque soudain sur la passerelle du *Téméraire* comme un coup de tonnerre tant le silence y était plein, pas même troublé par les messes basses ornithologiques des deux officiers. Chambéris rejoint le pacha sans attendre tandis que Le Chifol revient devant sa console pour modifier les paramètres de la solution de tir, le but ayant changé sa trajectoire. Friguet a déjà préparé l'électronique de guidage de ses torpilles pour de nouveaux chiffres.

– L'Akula fait quoi, Moreau ?

– Commandant, il a de nouveau changé de cap pour revenir au trois cent soixante. Je ne comprends pas ce...

– La barre au trois cent soixante ! coupe de Saint-Lapray.

– La barre au trois cent soixante, répète-t-on au poste de pilotage.

– Nous restons derrière lui. Vous confirmez le retour au cap plein nord, Moreau ?

– Je confirme, capitaine. Il a bu ou quoi ?

– Venez voir, commandant...

Sur la table à cartes, l'officier navigateur a tracé sur un transparent la route du sous-marin russe depuis son signalement, notant le temps heure-minutes-secondes correspondant en regard de chaque changement de cap. L'intervalle est le même à chaque fois, à quelques secondes près. Le transparent est superposé au carreau d'attente du *Téméraire*. L'officier navigateur ronchonne revêche.

– C'est trop géométrique pour être honnête.

– Azimétrie passive ?

– Contre qui ? Il n'y a que lui et nous dans la région. Et puis ses changements de cap sont trop marqués pour être efficaces, et les temps sont trop longs entre chaque pour déterminer une solution de tir dans un délai raisonnable. À moins que...

– Votre idée ?

– Il couvre du terrain. Il brasse beaucoup d'eau, commandant. On dirait qu'il veut quadriller le carreau dans sa totalité, aux quatre points cardinaux, à immersion de lancement réglementaire.

– Conjecture intéressante.

– Merci, commandant, mais s'il continue à manœuvrer ainsi, nous aurons du mal à rester cachés derrière lui en vitesse décroissante. Je crains que nous ne finissions par nous retrouver nez à nez, à la longue.

– Très bien vu. Nous allons donc ajuster notre vitesse sur la sienne jusqu'à nouvel ordre. Transmettez au poste de pilotage, Second. Quant à savoir si le camarade va continuer son petit jeu des quatre coins, nous serons fixés...

De Saint-Lapray baisse les yeux sur sa montre-chronomètre de précision.

– ... dans quatre minutes et des poussières.

Jacques Chambéris lève son poignet devant ses yeux comme un réflexe conditionné. Sa montre à lui est un petit bijou d'horlogerie helvétique, cadeau paternel datant de son entrée dans la Marine après l'École Navale.

Les poussières sont à peine envolées que l'aspirant Moreau annonce un nouveau cap pris par le sous-marin russe : plein est au quatre-vingt-dix cette fois, à immersion identique et vitesse toujours constante. Sa trajectoire sur le transparent s'imprime en gras sur la rétine de l'officier en second décontenancé. Le submersible se déplace en suivant ce qui ressemble au tracé des courbes fractales utilisées dans les mathématiques appliquées à la théorie du chaos.

– Il évolue bizarrement, non, commandant ?

– Cet Akula n'évolue pas bizarrement, Second...

Le capitaine de vaisseau Laurent de Saint-Lapray a les mains moites malgré lui. Il les croise dans son dos, doigts mêlés. Le pacha du *Téméraire* fait craquer ses jointures, comme si cela pouvait assécher ses paumes.

– Il nous cherche, le fils de pute !

Centre de contrôle « Jupiter »
Sous le palais de l'Élysée
Profondeur classée Très Secret Défense

Caroline Laverda fixe son écran sans rien faire depuis un bon moment. À sa gauche, le capitaine John Lerain n'est pas plus actif. Le lieutenant Colin Dainet rêvasse sur sa droite.

– On abandonne, Caro ?

– Occupe-toi de tes chaises et de tes fesses, tu veux ? grommelle l'informaticienne.

– Donne-moi au moins une bonne nouvelle...

– Le jeu de solitaire est de nouveau accessible à partir des contrôles de la dissuasion nucléaire, ça te va ?

Philippe Vilniot bat en retraite sans insister.

Il a fait apporter des sièges supplémentaires en prévision du proche surpeuplement du centre Jupiter. Des agents de la DOG ont apporté des chaises à roulettes, faisant ouvertement montre de l'indignation d'être employés comme de vulgaires manutentionnaires. Vilniot leur a fait remarquer qu'aucun métier n'était vulgaire, sauf peut-être celui de publicitaire, et que ce n'était pas lui qui avait décrété que la sécurité du palais de l'Élysée devait passer sous le contrôle exclusif des agents de la Direction des Opérations Générales, au détriment des gardes républicains. Pour en rajouter, il a ostensiblement compté les chaises tel un maquignon suspicieux. Vilniot a réclamé des modèles à l'assise rembourrée et munis d'accoudoirs ergonomiques en prévision d'une longue durée de séjour dans le centre Jupiter, avec une petite pensée pour le confort du général Pollard qui se plaint de lourdeurs dans les jambes depuis le déjeuner.

Le Concorde spécial s'est posé sans encombre sur l'aéroport du Bourget. Une voiture rapide est train d'acheminer son unique passagère vers l'Élysée, précédée par une escorte de motards toutes sirènes dehors. Le général Pollard est remonté en surface pour aller l'accueillir – la passagère unique, pas l'escorte de motards. L'agent Mainard ou sa remplaçante prépare ses gants de latex pour une nouvelle fouille à corps.

Le poste de travail le plus proche de l'entrée du centre, sur la droite du lieutenant Dainet, a été transformé en une sorte de boîte à nouvelles. Les ordinateurs permettant les échanges de courriels dans une certaine mesure, et les téléphones portables étant inutilisables, Philippe Vilniot converse avec l'extérieur par le truchement du pupitre qui porterait le numéro 5 si les pupitres étaient numérotés depuis le fond de la pièce. Il sait ainsi que tous les efforts pour contacter et ramener à la raison les sous-marins nucléaires lanceurs d'engins restent vains, et que la facture de kérosène des Forces Aériennes Stratégiques aura du mal à passer sans heurt l'inscription au prochain rapport de la Cour des comptes ; une sérieuse argumentation est à prévoir au ministère de la Défense.

Vilniot peut également suivre l'actualité grâce à des liaisons privilégiées avec les moyens d'information gouvernementaux. Il a pu constater que l'annonce de l'hospitalisation de Véga a provoqué une retentissante indifférence internationale, les déclarations fracassantes de Téhéran monopolisant le devant de la scène médiatique. La protestation énergique d'un groupe de pression écologiste canadien auprès de l'Agence pour l'Environnement des Nations unies, à propos du vol transatlantique d'un Concorde français, l'a fait sourire ; il ignorait que le Canada se trouvât sur la route des Antilles. Le coup des assurances n'est pas passé. Cela ne le surprend pas. Philippe Vilniot s'en moque complètement. L'essentiel est que le supersonique ne soit pas revenu bredouille de la Guadeloupe.

Le téléphone de pupitre sonne devant le lieutenant Dainet qui décroche. Il regarde en direction de Vilniot après avoir échangé quelques mots avec son interlocuteur.

– Le général et notre visiteuse de marque sont devant l'ascenseur au rez-de-chaussée, monsieur.

Cinq minutes plus tard, précédée du général Hubert Pollard, Marie-Reine de Beauchâtel dite Jacqueline de Belleneuve fait son entrée dans le centre Jupiter, un sac de ville format besace en bandoulière. N'ayant eu droit qu'à un seul bagage, en soute comme en cabine, elle l'a choisi de taille conséquente et bourré jusqu'à la gueule. Sa chevelure poivre et sel ébouriffée tient de la crinière qu'une lionne coquette ferait entretenir par le meilleur coiffeur de la savane. Au-delà de l'aura légendaire du personnage, l'empathie est immédiate avec Caroline Laverda.

Philippe Vilniot s'interpose le premier, main tendue.

– Je vous souhaite la bienvenue, madame de Beauchâtel. Avez-vous fait bon voyage ?

– Excellent, merci. Laissez tomber le « madame » et le reste, voulez-vous, et appelez-moi Marie. Ma famille de nobles crétins consanguins m'a reniée depuis des lustres à cause de mes mœurs, alors adios le patronyme et la particule !

– J'esp...

– Mon éditeur m'a forcée à la remettre quand j'ai commencé à publier, pour mon pseudo. C'était plus vendeur, prétendaient les flèches du service commercial.

– J'esp...

– Enfin, comme je n'écris plus, je veux dire plus pour cet éditeur, je les emmerde tous, je suis Marie, et voilà. Oui, vous vouliez dire quelque chose ?

Il en faut plus pour décontenancer Philippe Vilniot.

– J'espère aussi que les formalités d'accueil ne vous ont pas été trop pénibles.

– Vous plaisantez ? Cela dit, votre adorable petite fouilleuse gaspille ses talents digitaux en de vilaines besognes, si vous voulez mon avis.

– Nous nous en passerons, merci. Bien, vous avez fait connaissance avec le général Pollard, voici le capitaine Lerain et le lieutenant Dainet, ingénieurs informaticiens, ils sont d'habitude en uniforme, et je vous présente mademoiselle Laverda, spécialiste des systèmes intégrés. Je dois dire que c'est grâce à, ou à cause d'elle, que vous êtes là...

– Grâce à, dans ce cas ! Vous avez un prénom, ma belle ?

– Caroline.

– Homosexuelle ?

– Non, désolée.

– Pas de quoi. Même pas un peu bi ?

– Non plus.

– Dommage...

Il en faut moins pour impatienter Philippe Vilniot.

– Excusez-moi de vous bousculer toutes les deux mais le temps presse, mad... Marie ! Vous connaissez la situation, j'espère ? Lavalette vous a parlé pendant le voyage ?

– Le petit Marc m'a tout expliqué dans l'avion, oui. Ce jeune fonctionnaire sera charmant quand il aura retiré le balai qu'il a dans le cul, à mon avis. Ne vous inquiétez pas, Alzheimer ne m'a pas encore frappée, mes facultés mentales sont intactes, vous saurez ce que vous voulez savoir.

– Vous m'en voyez ravi.

– Ce n'est pas pour autant que nous serons tirés d'affaire, nous sommes bien d'accord ?

– Je sais, Caro me l'... Mademoiselle Laverda me l'a dit.

– Sinon, comment va le malade ?

– Un léger mieux aux dernières nouvelles, mais pas de quoi vous remettre dans l'avion de sitôt, j'en ai peur.

– J'ai comme dans l'idée, oui, parce qu'il y avait du beau monde au rez-de-chaussée du palais quand j'ai débarqué, des ministres comme s'il en pleuvait, même mon général en était tout retourné... Ça sent la fin de règne ! Mais au fait, pourquoi le petit gars de l'Intérieur tirait-il la gueule ? La place Beauvau n'est pas loin, même s'il a dû venir à pied, ce n'était pas la mer à boire ! Ou alors c'est la Pomponette qui est repartie ? Ça ne m'étonnerait qu'à moitié !

Le général Pollard s'empourpre. Les limites de la patience de Philippe Vilniot ne sont pas loin d'être atteintes.

– Chacun a ses soucis du moment, Marie. Il faudrait que...

– Bien dit, l'ami, moi c'est l'envie de faire pipi ! Désolée, c'est la pressurisation, ma vessie déteste. Les toilettes n'ont pas changé de place, à Jupiter ?

– Je ne pense pas, vous savez donc où... Oui, mon général ?

L'évocation ministérielle semble avoir rappelé quelque chose au général qui vient de tirer Vilniot par la manche.

– J'allais oublier, on m'a donné ça pour vous là-haut. À remettre en main propre. Dans la confusion de l'arrivée de madame, j'étais en train d'oublier, je m'en excuse...

– J'espère que ce n'était pas urgent, mon général !

Le général tend une enveloppe scellée avec *Ph.Vilniot* écrit dessus au recto. Philippe Vilniot recule d'un pas en la décachetant. Il prend connaissance de son contenu, quelques lignes imprimées sur une feuille de papier à en-tête du service des soins intensifs de l'hôpital des Armées. La qualité d'impression trahit la photocopie d'un fax.

Vilniot achève sa lecture comme Marie-Reine de Beauchâtel revient des toilettes et sous l'œil inquiet du général Pollard qui espère n'avoir pas trop gaffé.

– Était-ce urgent ?

– Oui et non, mon général... Véga a repris conscience voici une petite demi-heure, pour un moment très bref hélas.

Le silence qui suit ne doit rien au talent d'un défunt compositeur autrichien.

Philippe Vilniot le rompt sans attendre, repliant son message avec soin, comme on range une carte routière en révisant mentalement les étapes de son futur trajet.

– Je dois prendre certaines dispositions. Caro, je pense que vous pouvez commencer à travailler avec Marie sans moi...

– Aucun problème.

– Appelez-moi tout de suite si vous obtenez des résultats.

– Ce n'était pas la peine de le préciser, tu nous prends pour qui ? ! À plus tard, Philippe... Prenez ma place, Marie, je vous en prie.

– Merci, ma belle.

Marie-Reine de Beauchâtel se laisse aller dans le fauteuil de la console présidentielle, embrassant le décor du regard.

– On a fait des changements ici, depuis ma dernière visite.

– À quand remonte-t-elle ?

– Facile ! Le redouté bogue du passage au nouveau millénaire, vous vous souvenez ? Mieux que la peste de l'an Mil ! Il fallait remettre les pendules internes des machines anciennes à l'heure du futur, sous peine de les voir retomber en enfance informatique, alors on est allé rechercher tous les vieillards comme moi qui savaient encore parler certains langages cybernétiques antédiluviens que les jeunots ne savent plus reconnaître, même écrits dans les livres d'histoire. Fortran, Cobol, Basic, ça vous dit quelque chose, les garçons ?

Le lieutenant Colin Dainet et le capitaine John Lerain n'en reviennent pas de se voir appelés ainsi. Cela ne leur était pas arrivé depuis la fin du lycée, et encore.

– Le centre Jupiter n'a pas échappé au grand nettoyage d'hiver. Ma venue précédente, c'était pour reparamétrer tout le système à cause du Véga qui logeait au-dessus de nous pour quelques mois encore, il ne se souvenait absolument plus de son mot de passe. La chimio ne lui réussissait pas, le pauvre chou, et comme l'accès à la force de frappe n'est pas précisément le genre d'information qu'on note dans son calepin pour ne pas l'oublier... À quoi tient la paix, hein ?

– D'autres choses ont dû changer depuis, Marie, et pas seulement du point du vue des seuls ordinateurs.

– Je m'en doute. Par exemple, ça, là, c'était moins sophistiqué de mon temps, comme on dit quand on est vieux !

Marie-Reine de Beauchâtel désigne le terminal secondaire de la console centrale, l'âme de la dissuasion.

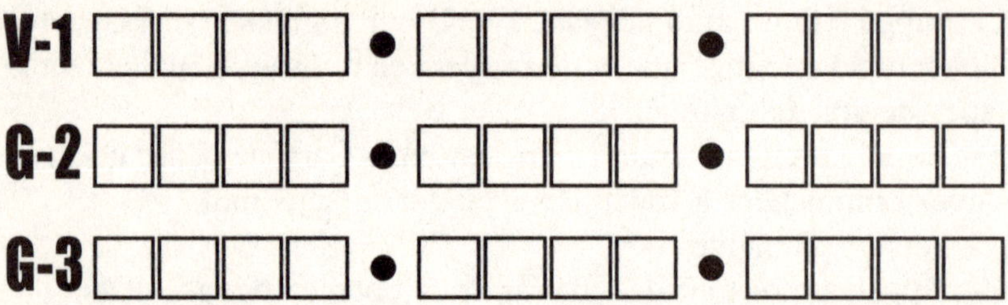

– C'était bêtement A-B-C sans les chiffres, avant. Bon, aujourd'hui, le « V » est pour Véga, et les deux « G » pour ses assesseurs galonnés. Ça, ça existait déjà, la décision finale partagée, comme les jolis noms d'étoiles pour les participants ! Moi-même, superviseur en chef de Jupiter, j'étais Cassiopée. Vous avez un joli nom d'étoile, mon général ? Vous avez une tête d'Aldébaran, je trouve. Mais vous êtes quel « G » là-dessus, au fait ? Le deux ou le trois ?

– Le numéro deux. Les noms d'étoiles ont été abandonnés, sauf pour le chef de l'État, madame.

– Marie, je vous ai dit. Je ne me souviens pas de vous. Vous avez été nommé après l'accession au trône de l'actuel Véga, je suppose ?

– Six mois après son élection, oui, et un peu avant votre... départ.

La curiosité de Caroline Laverda ne manque pas d'être titillée. Celle des officiers ingénieurs l'est également, mais ils sont trop bien dressés pour poser la question que l'informaticienne s'empresse de formuler.

– Vous êtes partie, Marie ? Vraiment partie, ou...

– J'ai dit crotte à la reprise des essais nucléaires dans le Pacifique, une ânerie inutilement coûteuse et écologiquement désastreuse. Il était content à se pisser dessus, mais il y avait d'autres moyens de célébrer une élection qui n'a surpris personne, surtout pas son adversaire ! La République revue et corrigée a profité de l'occasion pour me conseiller de prendre une juste et méritée retraite, à taux plein avec une prime exceptionnelle pour services rendus. On me faisait gentiment grâce de mes trimestres manquants, mais on pouvait changer d'avis si je m'entêtais à vouloir rester...

– Personne n'est irremplaçable, maugrée Pollard.

– Mais je n'ai jamais prétendu l'être ! J'ai commencé dans le métier quand mon général, l'autre, le grand, a lancé le premier programme de dissuasion nucléaire, puis j'ai grimpé les échelons presque jusqu'en haut. Je fais partie des concepteurs de Jupiter à plus d'un titre, j'ai supervisé l'ensemble de son assemblage, à quelques détails près, je sais donc des choses sur son fonctionnement. On ne noie pas les concepteurs dans le béton en démocratie comme on emmurait jadis la mémoire des architectes dans leurs pyramides, mais on sait s'en débarrasser quand ils deviennent encombrants, soit en les récompensant, soit en les menaçant d'une manière ou d'une autre. Vous noterez mon traitement de faveur, j'ai eu les deux... Bon, Véga faisait des saletés à retombées dans le Pacifique, je me suis donc exilée à l'opposé dans l'Atlantique !

– Vous êtes sûre d'être toujours à la hauteur de votre réputation, madame ? À vous entendre, je commence à en douter...

– J'ai fait sauter Bill Gates sur mes genoux, mon général, je ne vous permets pas de douter de mes capacités ! Et cessez de m'appeler « madame », crénom, c'est Marie, je vous ai dit !

– Je vous appellerai Marie si vous cessez de m'appeler *mon* général. Vous n'êtes pas sous mes ordres. Enfin, pas au sens où on l'entend dans l'armée.

– Comme tu veux, Hubert.

Le général Pollard rougit jusque sous ses épaulettes. Caroline Laverda regrette de ne pas être homosexuelle, ni même juste un petit peu bi. Marie-Reine de Beauchâtel se tourne vers elle, l'œil de velours et la lippe gourmande, mais les narines froncées, reniflant comme un chien de chasse.

– C'est moi qui rêve ou ça sent le chaud ici ?

– Il y un moment qu'on y travaille, Marie. Je vais vous raconter tout ce qu'on a déjà fait. John et Colin me reprendront si j'en oublie...

– Inutile, je vois les écrans et je me doute que vous avez fait au mieux, et à quels résultats vous avez abouti. J'ai eu le temps de réviser dans l'avion. À propos, chapeau pour le mot de passe de Véga. Qu'est-ce qu'il avait choisi, l'animal ?

– Une marque de bière.

– Mexicaine, je parie ?

– Il fallait mettre au pluriel.

– Tu parles d'une difficulté ! Bordel d'enfer, je ne serai jamais présidente, si on est obligé de ne boire que des bibines locales pour ne pas froisser l'électeur. Question bière, pas de chauvinisme, on n'est pas les meilleurs ! Allez, ma belle, faisons ce pour quoi on est venu me chercher si loin...

Les mains de la vieille dame pas si indigne que ça se posent sur le clavier de la console principale du centre Jupiter. Ses doigts agiles courent sur les touches. Elle délaisse la boule de commande pour n'utiliser que les raccourcis manuels, sans doute un réflexe de travail à l'ancienne d'avant le temps des souris et des surfaces de déplacement tactilosensibles, songe le lieutenant Dainet. En moins de quinze secondes, de Beauchâtel a ouvert le menu des **TABLEAUX DE BORD** pour y sélectionner le dossier **DATE ET HEURE**, l'ouvrir et cliquer sur l'option **FUSEAU HORAIRE**, puis faire défiler le choix des villes jusqu'à faire surbriller Paramaribo, au Suriname, le plus petit pays d'Amérique du Sud après la Guyane française. Sur le clavier, l'ex-Cassiopée maintient alors enfoncée la touche **9** du pavé numérique et confirme son choix de fuseau horaire.

Au lieu de régler son horloge, la console centrale affiche à l'écran :

Entrez un code : *******

– Et voilà le travail !

Caroline Laverda sifflote entre ses dents, rien moins qu'impressionnée. John Lerain l'imite à retardement. Comme toujours, Colin Dainet est un peu à la traîne.

– C'est tout ?

– Ça ne valait pas le coup de faire revoler le Concorde, vous ne trouvez pas ? ! Je pouvais vous le télégraphier si on n'avait pas supprimé le Morse !

– Très ingénieux, Marie. Il fallait penser à s'accrocher sur quelque chose qui existera toujours dans l'ordinateur quoi qu'il arrive, donc le chercher dans les fonctions élémentaires, mais essentielles.

– Bien raisonné, petite fille. Un sous-marin peut être rebaptisé ou être mis à la casse, une application est susceptible de disparaître en étant absorbée avec d'autres pour être exploitée sous une nouvelle forme monologicielle, mais je ne connais aucune machine qui puisse fonctionner sans une horloge interne, et un système dévolu aux moyens de défense militaire ne saurait se passer du réglage des fuseaux horaires. Les mémoires grossissent et la vitesse d'exécution des programmes accélère chaque année, mais la Terre est ronde pour l'éternité, Galileo, Galileo !

S'il ne voyait pas ce qu'il voit sur l'écran de la console principale du centre Jupiter, le général Hubert Pollard serait persuadé d'avoir affaire à une folle furieuse. Le capitaine et le lieutenant commencent à apprécier le personnage – John Lerain surtout. Caroline Laverda s'interroge sur le choix de cette ville particulière.

– Pourquoi Paramaribo, Marie ?

– Pour deux raisons. La première, c'est que dans la ville de Paramaribo, il y a une rue qui monte et qui ne descend jamais...

– Ah bon ? J'ignorais, fait le général Pollard.

– Tout le monde sait cela, Hubert ! La seconde raison, c'est que Paramaribo vient juste avant Paris dans l'ordre alphabétique du fichier des fuseaux horaires, c'est facile de s'en souvenir. Les intrusions accidentelles ne sont pas à craindre, il faudrait une sacrée coïncidence de probabilités pour que quelqu'un sélectionne la capitale du Suriname tout en appuyant sur le chiffre neuf du pavé numérique, non ?

– D'accord, mais les capitales peuvent changer, comme le nom des petits pays valse parfois au gré de l'histoire et des bouleversements géopolitiques, objecte Colin Dainet.

John Lerain fait claquer ses doigts.

– Donc, la ville n'a pas d'importance, c'est sa place dans le fichier qui en a ! Il faut cliquer dans la case juste au-dessus de Paris, la serrure de la porte de derrière est là. Pour que Paris ne soit plus la capitale de la France, un bouleversement géopolitique ne serait pas suffisant, Colin, à moins d'une véritable révolution !

– Bravo ! Donc, lui c'est Colin. Et vous, votre prénom ?

– John. Et je ne suis pas homosexuel, ni même un peu bi sur les bords. Je ne voudrais pas parler pour mon camarade, mais je crois que c'est pareil pour lui.

– Je ne vous aurais posé la question ni à l'un ni à l'autre ! Fais pas cette tronche, Huberounet, on rigole, mais on avance...

Le général Pollard refoule un juron qu'il déguise en hoquet d'indignation. Les doigts de Marie-Reine de Beauchâtel pianotent sept fois sur les touches du clavier. Dans la fenêtre rectangulaire de la serrure défendant la porte de derrière, les astérisques s'effacent un à un pour n'être remplacés par rien – mais les lettres composant le mot de passe **M-A-R-Y-V-O-N** n'ont pas échappé au regard inquisiteur de Caroline Laverda. L'informaticienne n'a pas lâché le clavier des yeux.

– Vous êtes sûre que votre sésame marche toujours, Marie ?

– Il marchait la dernière fois que je suis venue.

– Et il ne faut pas le mettre au pluriel, mais au féminin...

– On ne peut rien te cacher, ma belle, à une lettre près. Le Véga d'avant nous avait fait le même coup, il était même prêt à faire un caprice pour que les mots de passe présidentiels soient de huit lettres afin que le prénom de sa fille rentre dans la machine !

– Vous n'avez donc pas cédé...

– Hé, mademoiselle la surdouée, vous imaginez le boulot pour reparamétrer toute une chaîne d'encodage à cause d'une seule malheureuse lettre de plus ? C'est le foutoir à la puissance dix assuré ! Le vieux dragueur a fait comme moi, il s'est contenté de la version raccourcie...

La voix de Marie-Reine de Beauchâtel descend d'une octave.

– Une douce et tendre histoire, beauté... Des nuits et des nuits d'amour à Paramaribo, justement... Un voyage, une rencontre, et le bonheur jusqu'à ce que... Non... C'est ça, les rues qui montent et ne descendent jamais, petite fille, il ne faut pas se souvenir des vilaines choses... Mais il faut croire aux signes, alors quand j'ai cherché mon mot de passe, il était tout trouvé. On peut le deviner si on me connaît bien, ça oui, mais si on n'a pas la procédure pour s'en servir correctement, on reste à la porte de derrière !

– Cent pour cent Nuage Bleu...

Caroline Laverda a murmuré. La mélancolique de Beauchâtel a néanmoins l'oreille fine, et le tutoiement lui chatouillait le bout des lèvres.

– Hé, tu es allée à Caltech ? J'y ai donné des cours, jadis. Le professeur Woodford commençait à se faire un nom. Tu as quel diplôme ?

– Une équivalence, seulement. Je n'ai pas pu... Je n'ai pas terminé mon cursus.

– Mauvaises notes ou manque de fric ?

– Vous êtes devin ?

– Non, mais je connais les États-Unis.

– Je viens d'une famille aisée, Marie, sinon je n'aurais pas pu étudier en Californie. Mais mes parents pensaient racheter mon affection en payant mes études... Ils m'ont coupé les vivres quand ils ont compris que ça ne marcherait jamais.

– Pas grave, ma belle, tu n'es pas bête, tu as su profiter au mieux de Caltech, j'en suis sûre. Pas de diplôme ? Aucune importance, la carte n'est pas le territoire. Bon, tu n'as qu'un seul défaut, c'est de préférer les hommes !

– Marie...

– Je rigole, petite fille ! Je l'avais deviné tout de suite, j'ai un sixième sens pour ça, un don, ma Sophie t'en parlerait mieux que moi. Je me répète, mais toi... Toi, c'est quand même dommage ! achève Marie-Reine de Beauchâtel en écrasant la touche **ENVOI** d'un index décidé.

Tous les écrans des consoles de commande du centre Jupiter s'éteignent en même temps.

Petit salon des visiteurs
*Palais de l'Élysée – Paris 8e*
Rez-de-chaussée (côté cour)

Le salon des journalistes étrangers n'a pas désempli : militaires et civils à dégaine martiale y débattent toujours sous la bienveillante houlette de madame le ministre de la Défense.

Profitant de l'entrée furtive d'un retardataire ou d'un nouvel arrivant (voire d'un messager), Philippe Vilniot a pu s'en rendre compte en passant dans le couloir qui le ramenait vers la pièce où Caroline Laverda était passée entre les mains expertes de l'agent Mainard. Avant demain, la Dame de Fer finira par se sentir dans ses meubles à l'Élysée, comme chez elle, au point d'envisager définitivement que cela soit bientôt le cas, gagerait Vilniot.

Un agent de la DOG montait la garde devant le petit salon des visiteurs.

– Ils sont là ?

– Deux seulement, monsieur. Le troisième a fait savoir qu'il arrivait dans les cinq minutes.

Depuis un appareil mural, Philippe Vilniot avait passé une série de coups de téléphone avant de prendre l'ascenseur pour remonter des profondeurs du centre Jupiter. S'il se savait attendu à destination, il ignorait qui serait là, quoiqu'il s'en doutât un peu – le fruit de ses déductions n'est pas désagréable à regarder, en partie du moins. Vilniot marque un temps d'arrêt involontaire au seuil du petit salon.

Une blonde à reflets miel sauvage et plastique irréprochable, moulée juste ce qu'il faut pétasse dans un tailleur pied-de-poule trop cintré, est assise sur une de ces affreuses chaises du mobilier national à montants dorés et coussin grenat.

– Agnès...

L'interpellée se contente d'un bref mouvement de tête pour rendre son salut à Vilniot. Elle s'est levée à son entrée. Il la connaît bien : Agnès Guérot-Moury est attachée parlementaire au cabinet du Premier ministre. Elle est coiffée à son habitude, les cheveux en chignon roulé bas sur la nuque et retenu par deux longues épingles de bois incrustées de turquoises, plantées dans la coiffure comme des baguettes chinoises dépassant d'un bol de nouilles froides. Agnès Guérot-Moury est toujours très peu maquillée; à peine s'autorise-t-elle un trait d'eye-liner pour souligner le regard d'une femme qui sait jouir des années du bon côté de la trentaine. Elle préfère les lentilles de contact aux lunettes pour corriger une myopie qu'elle a longtemps refusé d'admettre par coquetterie mal placée. Songeant à la chevelure argentée de l'informaticienne Caroline Laverda et à sa quarantaine épanouie bien sonnée, Philippe Vilniot trouve que c'est la blonde trentenaire accro aux tailleurs qui fait vieille avant l'âge.

– Tu étais déjà présente à l'Élysée, je suppose ?

– Depuis notre retour du congrès, oui. Cela n'a rien d'étonnant, vu mes fonctions et l'évolution de la situation.

– Je ne suis pas étonné, Agnès...

– Du café, monsieur Vilniot ?

Un homme au physique et au costume de notaire provincial se tient près de la table où le petit déjeuner qui avait accueilli Caroline Laverda a été remplacé par des fontaines-thermos de thé et de café, à boire dans de simples tasses en plastique. Le sucrier est resté. Les viennoiseries ont cédé la place à une grande boîte de biscuits secs genre galettes sablées, enveloppés sous cellophane.

– Sans façon, j'en bois des litres depuis la nuit dernière, ce n'est pas bon pour mes nerfs.

– Celui-là ne vous fera pas de mal.

– Inutile d'insister, merci.

L'homme est l'un des chefs de la Direction des Opérations Générales; son matricule figure dans les dix premiers du service. Arborant des tempes ayant fini de grisonner et un début de ventre qu'aucun régime raisonnable ne pourrait faire disparaître, il paraît plus proche de la retraite que de la sélection d'embauche après un parcours du combattant dans le désert marocain. Il se fait appeler Joël Berthillon.

– Vous allez bien, monsieur Berthillon ?

– Très bien, monsieur Vilniot.

– Vous savez que je ne taris pas d'éloges sur l'agent Mainard ? C'est une perle !

– Merci pour elle.

– Vous en avez d'autres, des chiennes de garde comme elle, à la DOG ?

– Quelques-unes, oui.

Joël Berthillon (nom de code Morpho, numéro 2 sans aucun espoir d'être un jour numéro 1) pense à l'une de ses subordonnées tout particulièrement, un beau papillon de nuit qui veille sur le coma présidentiel aux soins intensifs du Val-de-Grâce. Comme lui-même, elle est dévouée corps et âme au locataire de l'Élysée quel qu'il soit. Si Véga meurt, la Direction des Opérations Générales se mettra à la disposition de son successeur – quel qu'il puisse être. Berthillon partage avec Vilniot le principe de survivance aux êtres et aux fonctions pour la pérennité sinon d'une certaine idée de la France, du moins de ses institutions.

Le troisième personnage annoncé par le cerbère portier de la DOG entre dans le petit salon, respirant un peu fort, le visage écarlate. Un condamné à mort gravissant les marches de l'échafaud a une mine plus réjouie.

– Ah, François, te voilà enfin ! Comment va la vie aux Renseignements Généraux, mon bon commissaire ?

Le commissaire François Montollon est carré d'épaules autant que d'opinion. Il a l'art de répondre le plus brièvement possible aux questions qui l'embarrassent, à savoir la plupart, et de ne jamais appeler quelqu'un par son prénom. Les gens à qui il dit « monsieur » ou « madame » se comptent sur les doigts de la main d'un manchot lépreux. Il est passé au travers du récent remaniement des cadres aux Renseignements Généraux, accusés de n'avoir pas su prévoir la dernière flambée de violence des banlieues. François Montollon passe au travers de tous les remaniements depuis qu'il a obtenu son grade de commissaire parce qu'il sait trop de choses sur trop de monde, quelle que soit la couleur politique de l'individu. Il a un poster de J. Edgar Hoover encadré au-dessus de sa cheminée.

– Elle va. Salut, Agnès.

– Salut, François. Tu vas bien ? Je t'ai connu en meilleure forme, il me semble...

– J'irai beaucoup mieux quand je n'aurai plus aucune raison d'être ici.

Philippe Vilniot sourit en reculant pour se placer au centre du petit salon des visiteurs de façon à focaliser l'attention sur lui.

– Quelque chose me dit que nous partageons tous ce sentiment dans cette pièce, François. Tu nous arrives de la place Beauvau, je parie ? Il ne fallait pas courir, je t'aurais attendu ! C'est donc moi qui ai initié cette petite réunion, dans l'urgence je dois le confesser. J'ai fait sonner chaque ministère concerné par ce que vous savez, sauf celui des Affaires étrangères qui a trop de pain sur la planche en ce moment, vous le comprendrez.

– Je suis ravie d'apprendre que nous n'aurons aucun ravi de la crèche du Quai d'Orsay pour pleurnicher dans nos bottes, susurre Agnès Guérot-Moury en bonne copine.

– Tu as initié au nom de qui, on peut savoir ? grogne François Montollon.

– Cela n'a aucune importance. Je ne savais pas qui on m'enverrait, même si je m'en doutais un peu, mais croyez bien tous que l'on vous tient en haute estime, que l'on sait que vous ferez de votre mieux en des circonstances particulièrement difficiles, et qu'il vous en sera tenu compte dans la progression de vos carrières respectives.

Il n'y a rien à faire contre la flatterie employée à mauvais escient, surtout devant témoins. Joël Berthillon se retient de faire remarquer que sa carrière à lui ne risque pas de monter plus haut.

Le commissaire Montollon ricane sec.

– Moi, je dis que ça pue son Matignon, cette histoire ! Tu es certaine que ça ne vient pas de chez ton patron, Agnès ?

La blonde attachée parlementaire se renfrogne, accusant dix ans de plus en un clin d'œil. L'imprimé pied-de-poule est sans pitié pour qui fait la gueule.

– Si c'est lui, il ne me l'a pas dit.

– Allons donc ! Prendre les devants, à son poste et en ce moment, c'est de bonne guerre. C'est bon pour l'image, ça, donc bon pour l'avenir.

Agnès Guérot-Moury hausse les épaules. La fonction d'attachée parlementaire est assez large pour permettre d'y inclure d'autres activités. Les siennes sont plutôt orientées vers la communication politique. Avec le budget adéquat, Guérot-Moury se fait fort d'asseoir un chimpanzé dans le fauteuil présidentiel, et avec une marge de voix d'avance confortable. Avec le même budget, elle est capable de fermer au nez de n'importe qui la route aux cinq cents signatures d'élus nécessaires pour entrer dans la course à la magistrature suprême.

Montollon a le rictus carnassier.

– D'accord, ça ne vaut pas un beau jogging en bermuda sur la plage, comme l'année dernière pendant ce séminaire sur l'emploi en Normandie. C'était beau comme l'antique, et j'ai bien reconnu ta patte, ce qui était le cas de le dire !

– Si tu veux parler du chien...

– Très bel effet « Gros-Nez », ma chère, chapeau bas !

Rien de tel qu'un bon gros toutou avec une bonne grosse truffe pour attirer la sympathie, les publicitaires usent et abusent du procédé dans leurs campagnes de masse, comme les scénaristes de films catastrophes hollywoodiens : quand les extraterrestres ou le torrent de lave menacent les héros, la situation n'est jamais désespérée si le chien s'en tire.

– Non, je t'assure, voir un chef du gouvernement au torse d'athlète courir crinière au vent, dans la lumière rasante d'un petit matin ensoleillé, avec un magnifique labrador noir sur les talons, on en oublie les chiffres du chômage et l'aspect positif de la colonisation, mais on ne peut pas s'empêcher de faire des comparaisons d'allures ! Ah, un petit bémol quand même, Agnès...

– Oui, François ?

– L'effet « Gros-Nez » est plus efficace avec le labrador dans sa version sable.

– On fait avec ce qu'on a sous la main.

– C'est bien ce qui me semblait. Tu as eu une promotion, suite à ce coup de génie ?

L'attachée parlementaire Agnès Guérot-Moury a les dents qui rayent tellement le parquet que ses voisins du dessous se plaignent d'avoir des trous dans leur plafond. On lui prête des ambitions ministérielles catégorie poids lourd au cas où le Premier ministre investi candidat par son parti remporterait haut la main les prochaines échéances électorales.

– Qu'est-ce que ça peut te foutre, commissaire ? Je te dis qu'à ma connaissance ce n'est pas Matignon qui a initié cette rencontre !

François Montollon a reçu son titre comme une fiente de pigeon sur son chapeau.

Agnès Guérot-Moury ne lui laisse pas le temps de répliquer. Elle contre-attaque, en bonne politicienne.

– Et si on allait plutôt voir du côté de la place Beauvau, hein ? Il faut redorer le blason du boss, non ? Ça ne va pas fort en ce moment, question image, puisque le sujet t'intéresse...

– C'est bien vrai, ça ! intervient Philippe Vilniot, mutin.

Montollon volte comme un buffle rageur.

– Tu roules pour qui, Vilniot ?

– Tu n'as toujours pas compris que je ne roule pour personne, François, comme monsieur Berthillon ici présent ?

– À d'autres !

– Tu te trompes. Je désespère de te convaincre un jour, tu es indécrottable. Berthillon et moi, nous ne sommes que des observateurs, ou des gardiens si tu préfères.

– C'est ça, je te vois bien dans le rôle du berger, toi ! Et tu observes quoi, exactement ?

Vilniot redevient sérieux, limite glacial.

– Puisque tu me le demandes, j'observe que chaque fois que le patron d'Agnès s'en prend une dans la poire, qu'elle lui soit destinée ou qu'il fasse son office de gilet pare-balles présidentiel, ton boss s'en ramasse une autre peu après, par exemple. Ça part du fond du court, mais ça revient toujours par-dessus le filet. Étrange, non ?

La partie de tennis-média a connu de beaux échanges.

La révélation bien sûr purement fortuite du monstrueux loyer payé pour un appartement géant occupé par un ministre (et sa très nombreuse famille, il faut quand même le préciser) aux sympathies proches de l'Élysée : coup droit – revers brossé au petit poil en retour : les déboires conjugaux d'un futur concurrent à la candidature sont étalés sur la place publique peu après, du chaud et du croustillant – tentative d'amorti vicieux à suivre avec les bonnes feuilles d'un livre à paraître qui circulent par hasard là où il faut, et qui sont assassines sur un projet de loi (d'une rare stupidité il est vrai) du gouvernement retoqué par les jeunes dans la rue – passing le long de la ligne avec des fuites providentielles relatives à une liste de comptes bancaires occultes confessant un irrépressible amour pour la douceur de vivre des établissements luxembourgeois, liste où les pseudonymes réels ou fictifs ont plus de transparence que les appels d'offres des marchés publics en Île-de-France – égalité. Balles neuves. La partie est loin d'être finie.

L'attachée parlementaire revient à la charge.

– Tu vois, François, je serais toi et les RG, je mettrais la cabine téléphonique au coin de la rue sur écoute. Elle est à mi-chemin de l'Élysée et du ministère de l'Intérieur, ça pourrait être rigolo... Mais je ne suis pas sûre que tu coffrerais quelqu'un de l'opposition dedans !

– Ce n'est pas drôle, Agnès.

– Je me suis laissé dire que c'est aussi l'opinion des électeurs, surtout quand on les prend pour des cons. Sérieusement, François, l'idée du voleur de voiture étranger ayant échappé à la double peine sur intervention émue de ton boss, voleur normalement repenti qui récidive à proximité de mon patron en visite officielle, donc mieux protégé que la Reine d'Angleterre en pareilles circonstances, elle est de toi ?

– Tu me prêtes des pouvoirs que je n'ai pas, comme celui de lire dans la boule de cristal. Tu fais chier, à la fin !

Joël Berthillon s'interpose, magnifique. Il ne lui manque que le seau et une éponge.

– Restons courtois, je vous en conjure !

– Monsieur Berthillon a raison, François, sois haineux mais pas vulgaire, dit Philippe Vilniot en frappant dans ses mains pour marquer la fin de la récréation.

– Je...

– Non, tu te tais, s'il te plaît, et Agnès aussi, merci ! Nous revenons à nos moutons, d'accord ?

Le commissaire Montollon ne trouve plus de repartie cinglante à formuler dans l'immédiat, même en cherchant bien. L'attachée parlementaire Guérot-Moury applique à retardement un vieil adage de la politique avertie : celui qui la ferme ne dit pas de conneries (adage quelque peu négligé aux Affaires Étrangères ces derniers temps à son avis). Joël Berthillon campe sur sa neutralité en regardant sa montre : le temps file en pure perte dans le salon des visiteurs.

Vilniot a remarqué son attitude. En d'autres temps, il s'en vexerait.

– Je ne perds pas mon temps, monsieur Berthillon, puisque j'ai appris ce qu'était l'effet « Gros-Nez »... D'accord, j'arrête ! Bon, vous savez tous que Véga a repris brièvement conscience il y a peu. Le mot clé de cette phrase est hélas l'adverbe « brièvement », et il ne présage rien de bon pour l'avenir. Les médecins sont pessimistes.

– Pessimistes à quel point ? s'enquiert Agnès Guérot-Moury.

– Véga a ouvert les yeux. Il n'a pas parlé. Il n'a pas fait mine de reconnaître quelqu'un à son chevet. Il n'avait pas l'air d'avoir conscience de l'endroit où il se trouvait, et par conséquent de pourquoi il s'y trouvait. Il a replongé dans le potage au bout d'une minute et demie. Nouvel état végétatif stationnaire depuis lors. À toi de tirer tes conclusions, Agnès.

– C'est quoi l'idée, ici, Vilniot ? dit François Montollon, soudain très radouci.

– Il faut se préparer à toutes les éventualités, même la pire de toutes. Dans ce cas, je risque de naviguer à vue, et je dois pouvoir joindre Matignon ou l'Intérieur sans qu'on me réponde que le chef est en conférence ou que ça sonne occupé pendant un quart d'heure ! Il me faut donc des interlocuteurs privilégiés, disponibles totalement et en ligne directe sur mon poste de travail au centre Jupiter...

Philippe Vilniot a besoin de ces liaisons avec le ministère de l'Intérieur pour d'évidentes questions de sécurité et d'ordre public ne souffrant aucun délai d'exécution, et avec l'hôtel Matignon parce que c'est de là que se fera au mieux le relais avec les autres ministères dont Vilniot ne se soucie pas pour l'instant. Madame le ministre de la Défense ayant posé ses pantoufles et son rond de serviette à l'Élysée, l'interlocuteur militaire est déjà dans la place. Au service exclusif de la présidence, la Direction des Opérations Générales est dignement représentée par son numéro 2, Joël Berthillon.

– Donc, François se fait apporter un sac de couchage place Beauvau, et le principal souci d'Agnès sera de choisir le canapé le plus confortable de Matignon. Comme elle les a déjà tous essayés, son choix sera vite fait.

L'attachée parlementaire Guérot-Moury rougit violemment. Le commissaire Montollon rit bêtement. Philippe Vilniot dresse un index docte et préventif.

– Mais attention, n'enterrons pas Véga tout de suite, voulez-vous ? Il est toujours là, pas brillant mais là, sa succession n'est pas encore ouverte, bien que vos échanges verbaux de tout à l'heure en fassent douter !

– Vous en êtes où, à Jupiter ? Vous progressez ? questionne Berthillon pour désamorcer un éventuel retour de flammes verbales.

– J'aimerais être plus affirmatif. Il ne faut pas compter sur une passation de pouvoirs pour récupérer la clé du champ de tir nucléaire, car vous savez que le président du Sénat n'a plus accès aux codes de la dissuasion...

– Nous le savons tous, monsieur Vilniot.

– Depuis l'hospitalisation de Véga, l'officier nucléaire campe à son chevet au Val-de-Grâce avec la valise magique entre les cuisses. Au moindre signe de conscience lucide, il la lui fourre dans les mains et l'alerte Rouge ne sera plus qu'un mauvais souvenir. Vous savez peut-être aussi que j'ai avec moi là-dessous le général Hubert

Pollard, l'un des deux quatre étoiles coresponsables de la force de frappe avec Véga. Son alter ego viendra le relever pour la nuit, Pollard reprendra la main demain, et je ne veux pas penser plus loin.

– Le président du Sénat ?

– Je l'ai fait enchaîner près d'un ordinateur relié à Jupiter avec du café fort. C'est une image, monsieur Berthillon ! S'il y a la plus petite chance de l'introduire dans le système pour neutraliser tout le merdier, nous ne perdrons pas une minute à le chercher partout. J'ai bétonné au mieux, mais ne nous voilons pas la face, voulez-vous...

Philippe Vilniot hoche douloureusement la tête.

– Pour résoudre cette crise de façon réellement idéale, pour sortir ce pays de la merde, il faudra voir à réveiller un Président en pleine forme !

Centre de contrôle « Jupiter »
Sous le palais de l'Élysée
Profondeur classée Très Secret Défense

L'atmosphère s'est nettement refroidie dans le centre Jupiter depuis que Marie-Reine de Beauchâtel a introduit son sésame dans le système pour ouvrir sa porte de derrière.

Déjà, Caroline Laverda et les trois militaires ont eu une sacrée frayeur en voyant tous les écrans s'éteindre en même temps. Pendant une poignée de secondes, de Beauchâtel n'avait rien dit, ni fait mine de montrer un quelconque sentiment d'inquiétude. Assise bien droite dans son siège, elle était l'image vivante de la confiance assurée, sereine. Personne ne pouvait remarquer son pied gauche qui battait la mesure sous le pupitre central avec un tempo un peu trop rapide pour être honnête – puis les images revinrent comme elles étaient parties. En apparence il n'y avait rien de changé sur les écrans. Un triple soupir de soulagement se fit entendre : les trois militaires respiraient soudain plus librement. Caroline Laverda gardait la tête froide. Suivant ses avis, Marie-Reine de Beauchâtel effectua quelques opérations qui refusaient d'aboutir jusque-là, et qui se mirent à obéir docilement aux injonctions du clavier.

Le sésame de Cassiopée n'était pas un vain rossignol.

Mais ce n'est pas non plus la clé de tous les problèmes. Une bonne demi-heure plus tard, pour répondre aux interrogations de Philippe Vilniot, redescendu dans les profondeurs de l'Élysée, Caroline Laverda doit avouer que l'apport de la nounou de Bill Gates n'est pas à la hauteur du prix de deux allers-retours d'un Concorde aux Antilles.

– Deux allers-retours, Caro ?
– Il faudra bien ramener Marie chez elle, Philippe.
– Un vol régulier suffira dans ce sens-là.
– La République lui offrira la classe Affaires, au moins ?
– La soute, si elle ne nous sort pas de ce merdier ! Excuse-moi, j'ai des messages a envoyer...

Vilniot n'a aucune envie de discuter plus avant. Il recule à pas lents pour se laisser choir sur le siège de son pupitre favori, le plus proche de l'entrée du centre. L'écran affiche une image de veille devenue familière.

19 : 48 : 06

16 : 48 : 06

Seize heures que l'alerte Rouge est en vigueur ; bientôt dix-sept. Philippe Vilniot a une pensée émue pour les sous-mariniers qui mijotent dans leurs mégaboîtes de sardines en se demandant s'il reste encore un immeuble ou un pavillon de banlieue debout au pays en surface. Les aviateurs le savent et continuent toutefois de griller des tonnes de coûteux carburant au ras des pâquerettes pour rien, avec l'obéissance aux ordres qui fait les grandes nations et les génocides accomplis. Vilniot active la messagerie de sa console en essayant de penser à autre chose.

Marie se penche vers Caroline en complicité toute féminine.
– Un ex, je parie ?
– Je ne joue jamais d'argent, Marie...
– Gagné ! Je n'ai aucun mérite, j'ai aussi un don pour ça. C'était bien ?
– Si vous parlez du lit, c'était très bien. Philippe a beaucoup de défauts, mais ce n'est pas un macho égoïste. Et il ne considère pas qu'une femme qui refuse la fellation et la sodomie le premier soir soit frigide ou bêcheuse par principe. Pour le reste, comme disait l'autre, qu'il crève !
– On n'en fait plus, des comme ça. Enfin, c'est ce que me disent mes amies qui préfèrent les hommes... Il fait quoi au juste, dans la vie ? Pas vraiment flic, visiblement franc-tireur mais un doigt sur chaque levier du pouvoir, j'ai du mal à le situer, ton ex pas macho.

– Moi aussi, Marie. Moi aussi...

L'informaticienne est assise à la droite de l'ancien superviseur en chef du centre Jupiter, qui trône toujours à la place centrale. Le lieutenant Colin Dainet occupe le pupitre suivant, créant un écran sonore involontaire mais très pratique avec Vilniot derrière lui. Dainet a très bien fait semblant de ne rien entendre, mais il n'a pas pu s'empêcher de rougir à l'écoute de certains mots.

Devant les yeux de Caroline Laverda, le contenu tant espéré du dossier **DISSUASION NUCLÉAIRE** lui meurtrit la rétine.

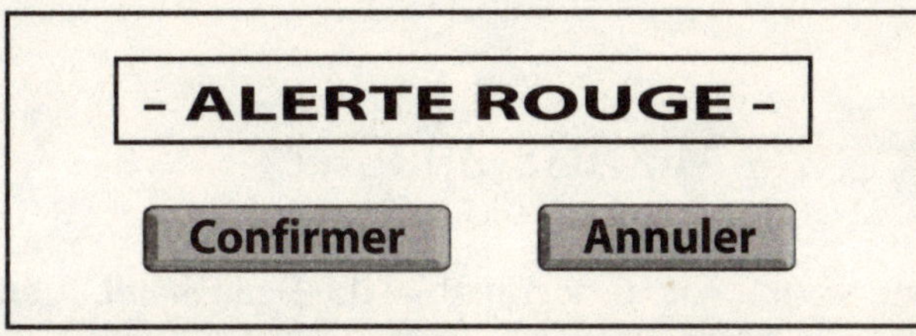

L'annulation de l'alerte Rouge a autant d'effet qu'un cachet d'aspirine sur les maux de tête d'un guillotiné. L'ouverture aisée de tous les dossiers autres que le premier n'en est que plus agaçante par comparaison. Le dossier **1-SNLE/FOST** ouvert, la vision des sous-marins nucléaires lanceurs d'engins de la Force Océanique Stratégique semble en fait souligner l'impuissance de l'informaticienne. Le premier submersible s'est affiché en surbrillance avec un signet différent.

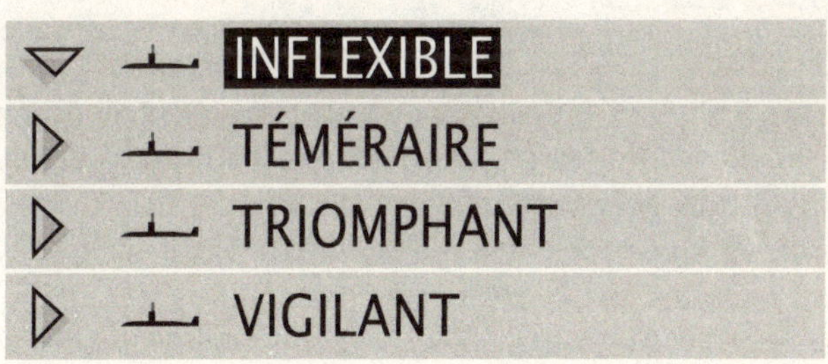

– Il a coulé à pic, celui-là ?

– Non, il est en radoub. Chaque sous-marin y passe à son tour pour un entretien courant pendant que les trois autres sont en patrouille, en tout cas au moins l'un d'entre eux, pour quatre-vingt-dix jours au maximum. C'est la...

– ... dissuasion, merci, John, je commence à le savoir. Trois mois sous la flotte, putain, il faut aimer !

– En plus des nouvelles de la famille, même si ce n'est pas grand-chose, les équipages reçoivent une revue de presse tous les jours, cela leur permet de ne pas avoir l'impression d'être complètement coupés du monde.

– Une revue de presse non censurée, John ? Ne répondez pas, ça vous évitera de dire un mensonge ! Vous vous en sortez mieux que moi avec les avions ?

Au pupitre immédiatement situé à gauche de Caroline Laverda, le capitaine Lerain s'est intéressé aux Forces Aériennes Stratégiques, laissant le lieutenant Dainet se débrouiller avec le PC de Taverny.

▷ 2 - MIRAGE 2000 N

Grâce au sésame de l'inestimable de Beauchâtel, Lerain a pu ouvrir le dossier. Mais comme pour les sous-marins, le capitaine est bloqué ensuite au niveau des fichiers.

▷ Escadron ALPHA

▷ Escadron BETA

▷ Escadron GAMMA

Lerain ne peut pas connaître le nom des pilotes de l'escadron Alpha, par exemple, ni les caractéristiques techniques de leurs appareils si d'aventure cela l'intéressait.

– Pas mieux que vous. La porte de derrière s'est ouverte sur beaucoup de choses, mais hélas pas sur l'essentiel.

– Vous m'en voyez tous navrée...

– Je ne vous le reprochais pas, Marie, je vous assure. Vous aviez mis un allié dans la place, mais il ne reconnaît pas complètement celle-ci parce que quelque chose d'imprévu en a modifié certains aspects sans qu'il le sache, il est un peu perdu et vous n'y pouvez rien. Ce qui me chiffonne, c'est que je ne sais pas comment lui redessiner le plan de la maison !

– Un allié dans la place ? Un allié dans la... Mais voilà un capitaine qui parle d'or... ça sent bizarre... un allié dans...

– Pardon ?

– Rien, John, je réfléchis à voix haute. Vous ne trouvez pas que ça sent bizarre, vous ? Donnez-moi quelques minutes...

Caroline Laverda tapote son écran d'un ongle énervé.

– John, sans parler de l'alerte Rouge, si Véga voulait entrer en contact avec le commandant du *Triomphant* par exemple, à partir d'ici, il ferait comment ?

– Il cliquerait sur le nom du bâtiment, je pense...

Assis en retrait des pupitres sur l'une des chaises à roulettes apportées par la DOG, le général Hubert Pollard s'avance en se faisant rouler comme un gamin en patinette.

– Oui, capitaine, il cliquerait sur le fichier que vous voyez là. Le fichier s'ouvrirait. Véga aurait accès au rôle de l'équipage et à d'autres informations relatives au submersible, mais surtout il pourrait adresser des messages particuliers à son pacha en les signant de manière indiscutable.

– Ce que nous ne saurions faire, quand bien même ce foutu fichier daignerait s'ouvrir. Inscrivez zéro pour la question et retour à la case départ !

– Vous vous trompez, mademoiselle. Nous avons quand même fait du progrès.

– Ah bon ?

– Oh oui ! Maintenant, le président du Sénat ayant aussi la signature, il pourrait env...

– Il pourrait rien du tout puisque tout est fermé !

– Hep, mon général, vous pouvez répéter ?! Le président du Sénat pourrait quoi ?

Philippe Vilniot a levé le nez de sa messagerie.

– Il peut signer comme Véga, monsieur. C'est normal, puisqu'il le remplace si...

– Vous ne pouviez pas le dire plutôt ?!?

– Vous ne me l'avez pas demandé, et je pensais que vous le saviez. Vous ne le saviez pas ? L'alerte Rouge ne serait pas désactivée pour autant, mais tous nos sous-marins sauraient qu'il ne faut pas en tenir compte.

– Seigneur !

Vilniot décroche le téléphone de son pupitre. Il compose fébrilement un numéro. Vilniot appelle l'endroit où le sénateur en chef est métaphoriquement ligoté devant un ordinateur. Vilniot ne met pas en doute la parole du général Pollard, mais il veut s'assurer que la machine du Sénat est bien branchée en permanence sur le dossier de la FOST et pas sur un jeu de patience, de flipper ou de circuit automobile, ou le site *www.grosnichons.com* avec l'option plein écran.

Marie-Reine de Beauchâtel a pianoté une série de données sans rien dire, toujours plongée dans cette espèce d'hébétude qui l'a saisie en écoutant le capitaine Lerain parler d'or. Elle relève enfin la tête après une ultime pression de la touche ENVOI dont le résultat à l'écran paraît la satisfaire au plus haut point. Sa main se pose avec douceur sur le bras de sa voisine, sans équivoque aucune.

– Dis, ma belle, tu as fait du cheval quand tu étais petite ?

La question désarçonnerait Caroline Laverda si elle était en selle.

– Oui, Marie, ma famille est riche, vous vous rappelez ? Coller ses mômes au manège le mercredi après-midi est un signe extérieur de richesse !

– Donc, tu connais le double-poney ?

– J'en ai fait, oui. C'est rigolo, comme bestiole, ça a une bonne bouille.

– Tu as une sorte d'équivalent en informatique, le double-poulain... Dis, tu ne trouves pas que ça sent le poil de cochon grillé ?

– Nous avons tous besoin d'une bonne douche ! C'est quoi, le double-poulain ?

– Tu sais ce qu'est un cheval de Troie, ou alors les cours ont bien baissé à Caltech ?

– Il en existe de trois sortes. Le cheval de Troie classique est un fichier inoffensif qui véhicule un virus caché, activé quand on ouvre son porteur. Le cheval de Troie masqué crache son venin quand on cherche à détruire le fichier de transport sans même l'avoir ouvert. Et le cheval de Troie vicieux, un malin qui débarque son chargement de saleté à la seconde même où il arrive dans la machine, chargement se cachant aussitôt quelque part sur le disque dur et qui ne s'active que plus tard, selon comment son réveil a été programmé. J'ai tout bon, là ?

– Vingt sur vingt, ma belle ! Mais comme tous ces bourrins commencent à être un peu trop connus, même les vicieux, un hacker soi-disant californien a inventé le double-poulain. C'est plus petit qu'un cheval de Troie, donc plus facile à envoyer, et ça te fait chocolat quand même parce que comme son nom l'indique l'attaque virale se fait deux fois très rapprochées. On traque la première et on oublie la seconde.

– C'est un double-poulain qui a déclenché l'alerte Rouge ?

– Blocage du système à l'accès des dossiers, puis re-blocage au niveau des fichiers, alors que les mots de passe sont corrects, porte de derrière ou pas. Ça y ressemble tellement que... Non, cette fois, ça sent vraiment le brûlé ! Il y a quelque chose qui crame ici...

– Là !

Le général Pollard a bondi sur ses pieds en montrant les énormes unités informatiques qui tapissent le mur opposé aux postes de travail. Au ras du sol, un peu de fumée en filet mince s'échappe à la base de l'une d'entre elles. Dans le centre Jupiter, tous ceux qui ne sentaient rien ont soudain l'odeur chaude de grillé évoquée par de Beauchâtel qui leur chatouille désagréablement les sinus.

Les deux officiers sont les premiers auprès des unités informatiques. Celle d'où provient la fumée odorante est divisée en trois parties égales empilées sur toute sa hauteur. Elles s'ouvrent comme des tiroirs indépendants. John Lerain tire à lui celui du bas. Le tiers d'unité contient de nombreuses plaques de circuits imprimés rangées côte à côte avec une rigoureuse géométrie, comme des barres d'immeubles. Vu de dessus, l'assemblage n'est pas sans évoquer la photo aérienne d'un pâté de buildings dans une grande ville américaine, sauf que les rues n'y sont pas tapissées de câblage électrique multicolore.

La fumée filtre maintenant à la jointure de deux plaques au milieu de l'assemblage, s'élevant verticale et toujours mince, un filet ridicule mais à l'odeur de corne brûlée prononcée. Le capitaine Lerain fronce les narines. En se penchant sur la source de l'odeur, il aperçoit une minuscule boule grisâtre recroquevillée dans un amas de fils fondus ; elle forme une sorte de chewing-gum poilu collant aux circuits qui l'entourent.

– Une souris !

Caroline Laverda rectifie après vérification visuelle personnelle.

– Un souriceau, John, et un tout petit. Qu'est-ce qu'il y a derrière ces machines ?

– D'autres machines, des unités de secours, le système de climatisation et un couloir d'entretien pour accéder à tout ça. Je n'ai rien oublié, mon général ?

Le général Pollard acquiesce en grognant.

– Oui, mais en dehors des bipèdes humains, rien de vivant ne devrait pouvoir y circuler, même pas une fourmi, normalement. Le centre Jupiter est étanche, vous savez.

– On a tous un cadavre dans le placard, général ! Cette pauvre petite bête a trouvé une issue quelque part, désolée pour l'étanchéité du centre. Et s'il y a un souriceau, sa maman ne doit pas être loin, et peut-être son papa aussi...

– Un véritable élevage, Caro ! Il pourrait être votre poulain à deux têtes, ce petit machin ?

– Je ne sais pas, Philippe. Votre avis, Marie ?

– C'est plus que probable, ma belle. Cette pauvre bestiole a provoqué un court-circuit qui fait long feu, cela peut suffire. Mon sésame fonctionne, mais incomplètement. Il y a quelque chose qui cloche là-dedans, voyez-vous...

– Retournez-y immédiatement, alors !

– Ne vous énervez pas, ça ne sert à rien. John, il faudrait savoir à quels modules correspond cette portion de l'unité informatique. C'est facile à vérifier, il doit y avoir une référence gravée à l'envers du capot, ou sur la première plaque de circuits impri...

Un coup de klaxon brutal retentit brutalement dans le centre Jupiter, coupant la parole à Marie-Reine de Beauchâtel.

Tous ont sursauté. Tous se regardent, interloqués. Le général Pollard a levé les yeux vers les trois lampes rouges signalant l'état de la dissuasion française, craignant par avance de les découvrir comme elles le sont effectivement.

Les trois lampes rouges sont allumées.

Caroline Laverda s'est retournée d'un bloc pour contempler les écrans avec comme un grand froid dans l'estomac. Marie-Reine de Beauchâtel a fait de même et regarde ce qu'elle pensait ne jamais voir de sa vie : le changement de couleur de la petite bombe icône marquant le temps écoulé depuis le début de l'alerte Rouge, qui signale que le recours à la force atomique est sur le point d'être autorisé.

20 : 00 : 00

●●●

17 : 00 : 00

Le capitaine John Lerain remarque que c'est pile-poil l'heure du journal télévisé, à croise que le destin veut faire les choses au mieux pour l'audimat – sauf que ce n'est pas le genre d'information à faire le titre d'entame. Le présentateur ou la présentatrice serait bien en peine d'expliquer que la Dissuasion Nucléaire est à son niveau maximum à cause d'un court-circuit causé par une malheureuse petite souris baladeuse.

Le lieutenant Colin Dainet et Philippe Vilniot fixent les écrans des cinq pupitres du centre Jupiter, n'en croyant pas leurs yeux : les fichiers de la force de frappe s'ouvrent tout seuls, un par un, comme par magie. Les sous-marins nucléaires lanceurs d'engins de la Force Océanique Stratégique opérationnels passent tous les trois en surbrillance clignotante. Les escadrons de Mirage 2000 N les imitent l'un après l'autre. La flottille suit le mouvement avec une fraction de seconde de retard. L'icône du PC de Taverny a viré écarlate.

Les deux officiers se tournent vers le général Pollard comme des gosses désemparés se réfugieraient dans les jambes de papa, cherchant autant protection que réponse à une question trop angoissante parce que incompréhensible – ou trop évidente et donc impossible à poser sans passer pour deux imbéciles aux yeux d'un supérieur hiérarchique, ce qui est toujours mauvais pour l'avancement. Philippe Vilniot n'a pas leurs scrupules et le fait savoir très vite.

– Que se passe-t-il, mon général ?

Hubert Pollard semble avoir vieilli de trente ans. Son teint, d'ordinaire déjà pas très coloré, a pris une couleur cendreuse qui lui fabrique un masque mortuaire des plus réussis. Sa voix a les intonations qui chevrotent dans les basses.

– Les trois lampes rouges sont allumées, monsieur. L'alerte Rouge est entrée en phase finale, tota...

– J'avais compris, merci ! Je veux savoir pourquoi, et surtout comment !

– Je n'en sais rien. Peut-être que le capitaine Lerain a précipité les choses en ouvrant l'unité informatique ? Ce n'est pas de sa faute, bien sûr, je ne l'accuse pas, mais le fait est là, monsieur, nos sous-marins se préparent à lancer leurs missiles dès qu'ils en auront reçu l'ordre. Nos avions ont dû décoller ou sont en train de le faire.

– Mais pour attaquer qui, bon sang ?! Il n'y a pas d'ennemi ! Il n'y a même pas quelqu'un pour avoir déclaré la guerre ! Il n'y a pas de guerre non plus, c'est juste une petite souris morte qui a court-circuité les ordinat... Hé ! C'est vraiment possible, ça ?!

Marie-Reine de Beauchâtel hausse les épaules avec mépris.

– Avez-vous seulement une vague idée du nombre de fausses alertes qui se sont produites depuis l'invention de l'arme atomique et des réseaux informatiques de défense ? Des erreurs d'appréciation, des commandements mal compris, des manœuvres du camp d'en face mal interprétées et j'en passe, vous n'imaginez pas le nombre de fois où nous avons frôlé la catastrophe. À mes débuts, tiens, je me rappelle, pendant un entraînement d'alerte à la Dissuasion, un Mirage IV armé et prêt à remplir sa mission nucléaire a décollé de la base d'Orange parce qu'on avait oublié de lui signaler la fin de l'exercice !

– Marie, je...

– Je rien ! On ne compte plus les petits incidents électroniques qui auraient pu avoir des conséquences dramatiques. Plus d'une fois dans le passé, un bête composant pas plus gros qu'un grain de riz a causé des frayeurs indescriptibles, à l'époque. Alors quand vous savez qu'aujourd'hui le grain de riz fait figure d'éléphant question taille de microprocesseur... La plupart de ces incidents sont américains, mais quand les camarades du Kremlin finiront par déclassifier toutes leurs archives, nous pourrions avoir de grosses surprises !

Un deuxième coup de klaxon retentit dans le silence qui suit les paroles de Marie-Reine de Beauchâtel. Sur le terminal secondaire de la console présidentielle, toutes les fenêtres s'allument et toutes les fenêtres s'affolent.

Des A apparaissent dans les cases centrales. Des 0 apparaissent dans les deux séries de cases latérales.

Philippe Vilniot se mord les lèvres.

V-1 O O O O • A A A A • O O O O

G-2 O O O O • A A A A • O O O O

G-3 O O O O • A A A A • O O O O

– Qu'est-ce que...

Les A et les O se mettent à clignoter parfaitement synchrones avant de disparaître. Ils reviennent une infime fraction de seconde plus tard. Les A sont aussitôt remplacés par des B, des C – tout l'alphabet se décline en moins d'une seconde de A jusqu'à Z dans les fenêtres centrales – les fenêtres latérales déclinent les chiffres de 0 à 9 sur le même mode. Défilements de chiffres et de lettres se répètent en boucles folles.

– Mais que se passe-t-il, bon sang ? !

Marie-Reine de Beauchâtel est grise tellement elle est pâle. Ses yeux hagards croisent ceux de Caroline Laverda. Elles se comprennent sans avoir besoin de parler. L'heure n'est plus à gloser sur les talents d'un soi-disant hacker californien. À côté d'elles, le trio de militaires est changé en statue de sel tricéphale érigée à la gloire de la stupeur épouvantée. Le général Hubert Pollard fixe les serrures de verrouillage de la Dissuasion Nucléaire comme il fixerait le couperet d'une guillotine sur le point de tomber.

– On va m'expliquer à la fin, oui ou merde ? ! ?

Philippe Vilniot a hurlé. Caroline Laverda se contente de murmurer, anéantie.

– Jupiter cherche les codes de lancement des missiles...

BOUM !

Les divers écrans des dispositifs d'alerte d'un centre de défense américain tel que le NORAD, par exemple, affichent (en temps de paix, bien sûr) :

0000 ICBMs detected **0000 SLBMs detected**

Les ICBMs (*Inter Continental Ballistic Missiles*) sont les missiles balistiques intercontinentaux, des armes sol-sol lancées depuis des bases terrestres, tandis que les SLBMs (*Submarine Launched Ballistic Missiles*) sont tirés par les sous-marins lanceurs d'engins, les SNLE en version française. Les quatre zéros offrent leur rassurante rondeur à l'observateur, qui ne peut cependant s'empêcher de songer qu'il a été prévu pour les machines la possibilité d'avoir à détecter des fusées atomiques par milliers.

Le 3 juin 1980, à deux heures vingt-cinq du matin, les écrans commencent à afficher des missiles détectés en nombres variés, tirant les observateurs d'une douce somnolence : des « 2 » remplacent en pagaille un ou plus de « 0 ». Les USA se préparent donc à la riposte comme ils savent si bien le faire : les bombardiers nucléaires sont à la chauffe et les Minuteman dans leurs silos n'attendent qu'un ordre du Président pour s'envoler, en réponse aux deux mille deux cent vingt-deux SLBMs affichés à un moment donné par le compteur de missiles lancés depuis les sous-marins, forcément soviétiques dans l'esprit des Américains qui ne comprennent pas autrement la provenance de toutes ces fusées venues de nulle part.

Un esprit averti comprendrait au premier coup d'œil qu'il s'agit d'une fausse alerte tant le nombre supposé de missiles ennemis détectés est irrationnel. Il faudra cependant plus de trois jours pour trouver l'origine du dysfonctionnement, laps de temps durant lequel le phénomène se reproduit sans cesse, et les préparatifs de riposte à l'unisson, usant les nerfs et les provisions d'anxiolytiques du service de Santé des armées américaines.

Une simple puce électronique s'était mise à fonctionner de travers, infectant tout le système de façon aléatoire.

Quatrième partie

POINT LIMITE : ZÉRO

BOUM !

En situation paranoïaque, tout peut arriver : les pilotes de bombardiers nucléaires B-52 font des erreurs de navigation de vingt degrés trop au nord, ce qui peut porter à conséquence quand on sait que seul le détroit de Béring séparait l'Union soviétique de l'Alaska (USA) et que l'on volait en patrouille vingt-quatre heures sur vingt-quatre dans ce coin-là ; l'explosion accidentelle d'un satellite made in URSS en orbite rentrante est devenue une attaque de missiles menaçant les États-Unis, fausse alerte parmi une dizaine d'autres (test de tir atomique en grandeur réelle ou exercices d'alerte très réalistes qu'on oublie d'annoncer, matériel en rodage trop ou pas assez sensible, etc.), recensées lors de la crise des fusées de Cuba à l'automne 1962, crise durant laquelle les deux superpuissances en mal d'hégémonie planétaire se demandaient chaque jour si elles n'allaient pas s'expliquer mégatonniquement une bonne fois pour toutes.

Alors, il n'est donc pas inutile de se rafraîchir scientifiquement la mémoire, quand le martyre des villes d'Hiroshima et de Nagasaki s'estompe peu à peu dans les mémoires humaines, trop facilement amnésiques en ce qui concerne les affreux événements du passé. Comme si ne plus vouloir se souvenir des vilaines choses les effaçait de l'Histoire, ou en adoucissait l'indicible amertume. Pire que le négationnisme ou le révisionnisme, l'oubli...

Ce dont je ne parle pas n'existe pas. Et ce qui n'a jamais existé ne saurait se reproduire, n'est-ce pas ?

Une explosion nucléaire génère par effet thermique une température de plusieurs millions de degrés (alors qu'une bonne vieille bombe peine à dépasser les cinq mille). Elle crée une boule de feu plus brillante que le soleil qui, même à très grande distance, brûle la peau, éblouit ou aveugle définitivement la rétine, et allume des incendies spontanés dans un large rayon. Ce rayonnement de chaleur intense vaporise tout au point d'impact et dans ses environs immédiats ; la probabilité pour un être vivant de se transformer instantanément en torche vivante ou de perdre sa voiture diminue avec la distance. L'onde de choc qui résulte ramène la vitesse du souffle d'une tornade à celle d'un pet de lapin, entraînant rupture des tympans, lésions pulmonaires, arrachage de toitures, pulvérisation de verre brisé transformé en rasoirs volants et chutes de noix de coco s'il y en a dans la région. L'étendue des dégâts dépend bien sûr du type de bombe (à fission bête ou thermonucléaire) employée et de sa puissance exprimée en kilotonnes.

Le rayonnement atomique proprement (façon de parler) dit endommage gravement tous les équipements électroniques dans un premier temps, rendant parfois impossible de regarder ses émissions de téléréalité favorites ou d'écouter des rires et des chansons à la radio, et perturbe les organismes fragiles tels que vieilles personnes et enfants en bas âge, qui doivent éviter de sortir dehors pendant la guerre nucléaire, sauf nécessité absolue (aller chercher le pain à la boulangerie du coin ou le mandat de sa pension au bureau de poste ne sont pas des nécessités absolues). Dans un second temps à brève échéance, le rayonnement atomique empoisonne l'existence au sens strict du terme, et pour longtemps. Pour mémoire, les vieilles bombes A utilisent de l'uranium 235 ou du plutonium 239 qui mettent respectivement entre 24 000 et plus de 700 millions d'années à perdre la moitié de leur radioactivité. Durant tout ce temps, il est extrêmement difficile d'avoir des récoltes de céréales dignes de ce nom, de boire de l'eau qui ne brille pas la nuit à travers vos intestins, d'éviter les cancers d'à peu près toutes les parties du corps humain et les malformations génétiques (la peur de se faire attaquer au coin du bois par des hérissons taille Godzilla relèverait de la pure science-fiction). Le seul avantage des survivants de l'explosion initiale est de pouvoir aller passer ses vacances d'été à Tchernobyl en tongs sans protection particulière, sinon une crème solaire écran total parfaitement inutile à cause des nuages de poussières et de fumées toxiques obscurcissant le ciel en permanence pour un bon moment.

Tout au long de la seconde moitié du XXe siècle, on pensait que ce qui serait la Troisième Guerre mondiale ne pourrait être qu'atomique et totale. Dans le cas du conflit Est/Ouest, le classique bloc contre bloc des deux supergrands, on estimait qu'elle développerait une puissance de dix mille (10 000) mégatonnes, ce qui correspondait en gros à la moitié du stock mondial d'armes nucléaires en versions stratégique ou tactique jusque vers 1990. Pour une fois, question de modernité, le Nord riche et arrogant dégusterait plus que le Sud sous-alimenté éternellement en voie de développement. Par contre, les effets immédiats évoqués plus haut une fois dissipés, toute la planète sera logée à la même enseigne : désolation, contamination, épidémies, pollution des eaux et des sols, désertification des campagnes et désorganisation totale des infrastructures humaines. Le développement du Sud serait remis à une date aussi hypothétique qu'ultérieure. Une telle guerre ferait, supposait-on a minima, plus d'un milliard (1 000 000 000) de morts et pour ainsi dire autant de blessés, dont la majeure partie décéderaient assez rapidement des suites de leurs blessures et/ou faute de soins appropriés. Ceux-là seraient les chanceux.

Les malchanceux errant dans les ruines radioactives de ce qui fut autrefois la planète Terre plongeraient dans l'hiver nucléaire pour des siècles et des siècles – amen.

Dans le centre « Jupiter » sous le palais de l’Élysée (Paris – France), dans une salle de guerre quelque part au Pentagone (Washington D.C. – USA), et en plongée par 33° 56’de latitude sud et 55° 20’ de longitude est... maintenant.

Dans le centre de contrôle « Jupiter »

20 : 03 : 49

17 : 03 : 49

Philippe Vilniot a saisi Caroline Laverda par les épaules, pour la tourner vers lui avec une brutalité excessive. L'informaticienne proteste avec un cri de douleur.

– Tu me fais mal, Philippe !

– Je m'en fous ! Qu'est-ce que ça veut dire, Caro ? À quoi joue-t-on ici ?

– Si seulement ce n'était qu'un jeu... Tu as entendu le général comme moi, l'alerte Rouge est à son maximum et nos forces de dissuasion vont cracher la purée si on le leur demande, qu'est-ce que tu veux que je te dise de plus ?

– Mais les compteurs qui cherchent les codes... Une machine ne peut pas faire quelque chose toute seule parce que... parce que ce n'est qu'une machine, justement ! Dis-moi qu'elle n'est pas capable de trouver les codes de mise à feu des missiles de la Dissuasion Nucléaire, je t'en prie !

– Elle en est capable.

Marie-Reine de Beauchâtel a devancé la réponse de Caroline Laverda. Philippe Vilniot la dévisage, interloqué.

– Marie...

– L'ordinateur trouvera. Ce n'est qu'une question de temps. Regardez le terminal de lancement. Quatre chiffres, puis quatre lettres, et encore quatre chiffres. Faites le calcul de probabilités. Vous avez dû apprendre ça, à l'école ?

Laverda voudrait pouvoir calculer de tête dix à la puissance quatre que multiplie vingt-six (les lettres de l'alphabet) puissance quatre que multiplie dix puissance quatre. Elle renonce, non sans s'être fait une estimation relative du résultat forcément astronomique.

– Un sacré paquet de millions au bout...

– Quarante-cinq billions, ma belle. Des millions de millions. Nous serions plus près de quarante-six, d'ailleurs.

– Quarante-cinq bil...

– Fois trois, n'oublions pas nos deux généraux assesseurs, et nous obtenons un peu plus de cent trente-sept billions de combinaisons possibles à passer au crible avant de trouver les trois bonnes qui vont ensemble.

– C'est énorme, non ? lâche Vilniot.

– Non, monsieur, c'est minuscule pour un ordinateur moderne. Avec le bon logiciel et en ne faisant que ça, une machine pas trop manche résout le problème en un clin d'œil. Ici, notre chance est que le centre Jupiter n'a pas les applications idoines parce qu'il n'en a pas besoin, et qu'il n'a pas que ça à faire. Ses ordinateurs doivent gérer nos forces atomiques en alerte Rouge, les relations avec chaque PC de commandement, mais aussi une multitude de tâches accessoires beaucoup plus triviales telles que le quotidien des forces armées, de la cantine aux latrines, je résume. De plus, je vous rappelle que travailler sur des énigmes mathématiques ou résoudre des questions de probabilités, ce n'est pas tout à fait chercher les codes de la fin du Monde ! Chaque solution possible est vérifiée et revérifiée, ce qui ralentit le processus. Quand je dis ralentir... Au niveau humain, c'est un éclair, au niveau machine c'est une éternité.

Caroline Laverda fait claquer ses doigts.

– Il faut donc les ralentir encore plus. Jupiter ne travaille pas assez, je crois. Pas vous, Marie ?

– Très juste, il faut secouer cette grosse feignasse !

Le lieutenant Dainet est un peu perdu. Son regard inquiet erre sur les écrans des pupitres du centre.

– Mais comment ? On lui crève les pneus ?

Le capitaine John Lerain a compris ce que voulait dire l'informaticienne.

– Il faut lui demander de faire des choses, des milliers de choses, des milliards de choses ! ! ! Plus le système doit gérer de données, moins il peut se concentrer sur la traque des codes. C'est une vision simpliste, je sais, mais...

– Mais c'est la bonne, John. On va faire mieux que lui demander des choses, à Jupiter, on va lui demander l'heure.

– L'heu...

– L'heure exacte.

De Beauchâtel toise Laverda sans chercher à dissimuler son admiration.

– Chapeau, ma beauté, j'aurais dû y penser avant toi ! Les crétins de Caltech auraient dû te faire crédit ! Oui, il faut gaver le système informatique comme un goret avant l'abattoir !

– Je ne comprends pas, Caro...

– Philippe, l'heure exacte change tout le temps, la réponse est sans fin si nous formatons vicieusement la demande. Et c'est un geste informatique conforme aux protocoles de fonctionnement, n'est-ce pas, John ?

– Faites ! Faites ! trépigne Vilniot.

– Nous devrions tous le faire, alors ? Les cinq pupitres de Jupiter ? Et tous les terminaux de la Défense ?

– Non, Colin. L'ordinateur ne réfléchit pas, mais il déduit. Trop de demandes identiques en simultané se résumeront très vite à une seule pour lui, et il la traitera comme telle en groupant les questions sur une ligne-réponse unique pour travailler plus vite, ce qui est exactement le contraire de ce que nous voulons. Ici, dans le centre Jupiter, une seule console doit demander l'heure exacte, et c'est pareil pour chaque PC Dissuasion ou Défense, à Brest, à Mont-Verdun ou ailleurs. À part ça, ils doivent demander n'importe quoi, sans cesse, et il leur sera répondu.

– Attention, ma belle, il faut demander des choses qui existent, pas formuler des propositions farfelues au petit bonheur de son imagination, parce qu'il faut plus de temps pour chercher une information qui existe que pour vérifier son inexistence, dit Marie-Reine de Beauchâtel.

– Vous auriez un exemple ? questionne Philippe Vilniot.

– Vous pouvez commander un ours en peluche au système informatique de la Défense Nationale. Je ne pense pas que cet article y soit répertorié, la réponse négative sera rapide. Demandez par contre l'identité de tous les hommes de troupes régiment par régiment et arme par arme... Ai-je besoin de continuer ?

– Non, merci ! Et ça va ralentir la recherche de Jupiter ?
– Forcément. Mais suffisamment, allez savoir, de quel délai disposons-nous, voilà la quest... Hubert n'est pas d'accord ?

Le général Pollard est trop inquiet pour s'offusquer de l'irritante et persistante familiarité de Marie-Reine de Beauchâtel. Il parle d'une voix atone, presque désincarnée.

– Sans les clés de verrouillage, les codes sont inutiles.
– Ah ? Dans ce cas, nous pouvons prendre le risque de laisser Jupiter les chercher et surtout de les trouver. Oui, Hubert ?
– Non...
– C'est bien ce qui me semblait !

À bord du SNLE Téméraire

Le visage du capitaine de vaisseau Laurent de Saint-Lapray est resté impassible quand son officier en second lui a passé le dernier message relayé par la Force Océane Stratégique.

Les trois lampes rouges sont allumées dans les centres vitaux de la Dissuasion. Tous les moyens nucléaires de la Défense française sont en alerte totale. L'autorisation de recourir à la force atomique ne saurait plus tarder. Sous le palais de l'Élysée ou ailleurs en déplacement, le président de la République a le doigt sur le bouton.

Laurent de Saint-Lapray en éprouve une sorte de soulagement.

Pour avoir visité plus d'une fois les locaux de la FOST à Brest, mais aussi le PC de Taverny, de Saint-Lapray se fait une image assez juste des décors en leur état actuel et de l'ambiance oppressante qui doit régner dans les lieux. Celle qui règne à bord du *Téméraire* s'est faite épaisse, presque palpable, poissant l'âme de tous – jusqu'au maître-coq dans sa cambuse. Elle a été renforcée par le changement d'éclairage à l'intérieur du bâtiment : les sources lumineuses qui ne sont pas indispensables à la bonne marche du submersible ont été coupées ; les coursives sont éclairées au minimum pour ne pas trébucher en se déplaçant ; la puissance des lumières de service a été réduite de moitié sur la passerelle, afin d'éviter les reflets parasites et garantir la meilleure lecture possible des écrans de contrôle. Cette nuit renforcée est la plus évidente manifestation de la nouvelle situation du bord pour l'équipage.

Le sous-marin nucléaire lanceur d'engins *Téméraire* est passé en mode Combat.

Le capitaine de corvette Jacques Chambéris n'a pas attendu les ordres du commandant pour corriger si besoin était l'assiette du sous-marin et le maintenir rigoureusement à l'immersion de lancement. L'officier en second n'a pas autorité pour modifier la vitesse du SNLE de sa propre initiative quand le commandant est présent aux ordres sur la passerelle. De Saint-Lapray ne semble pas décidé à ralentir pour cesser de suivre l'Akula dans son ratissage systématique du carreau de navigation.

– Opérations...

À sa console, l'enseigne de vaisseau de 1re classe Alain Le Chifol sait déjà ce que s'apprête à lui dire le pacha.

– Commandant ?

– Préparez à lancer sur tribord et sur bâbord. Inondez les tubes Un, Cinq, Neuf et Treize. Inondez les tubes Quatre, Huit, Douze et Seize. Inondation lente et silencieuse, merci.

– Ouverture des tubes, commandant ?

– Pas pour le moment. Le bruit est caractéristique, même dans un cône de silence. L'Akula pourrait nous entendre. La mise en eau lente des tubes peut se fondre dans sa cavitation tant que nous sommes derrière lui. Nous attendrons l'ultime moment. Où en est la solution de tir ?

– Le but est trop mobile pour être aligné avec certitude en sonar passif. Ses changements de cap se succèdent rapidement, il faut sans cesse reparamétrer et nous ne disposons pas d'assez de temps à chaque fois. J'estime un pointé correct sur le but réel à moins de soixante pour cent de réussite.

– Et sur un but futur, en anticipant son prochain changement de cap ?

– Encore moins que ça, commandant.

L'officier de tir Julien Friguet confirme d'un bref hochement de tête. L'Akula brasse de l'eau avec méthode, mais sans schéma directeur clairement établi. Dans ces conditions, c'est lancer une torpille à l'aveuglette avec de grandes chances de mettre à côté de la cible, mais cent pour cent de réussite quant à trahir la présence du *Téméraire* embusqué dans son sillage.

– Tant pis. Essayez encore, toujours en sonar passif, je suis désolé.

– À vos ordres, commandant.

– Second ?

– Commandant ?

De Saint-Lapray s'est tourné vers Chambéris pour souligner l'importance des mots qu'il s'apprête à prononcer et qu'il pensait ne jamais prononcer pour de bon un jour sur sa passerelle.

– Il n'est que temps. Tout l'équipage aux postes de combat, s'il vous plaît.

– À vos ordres, command...

Le timbre familier de l'aspirant Moreau coupe la parole à l'officier en second.

– Alarme sonar ! Je répète, alarme sonar !

Quelque part au Pentagone

La salle de guerre est pleine d'uniformes à galons de très hauts rangs. Il n'y a rien en dessous du colonel ayant servi au feu. La pièce empeste la testostérone concentrée.

Avant de devenir amiral, Tony Mooringline a connu l'ennemi et le sang dans des circonstances maritimes qu'il préfère oublier. Douglas Lanvallée a gagné ses galons de colonel de l'Aéronavale en essuyant les rares tirs de missiles sol-air irakiens durant « Tempête du Désert » et en combat aérien sur F-14 Tomcat avec un appareil non identifié lors d'une mission de reconnaissance au-dessus de l'ex-Yougoslavie. Pas encore général, Jake L. Dorlington a été blessé au bras en Somalie après une erreur de visée d'une batterie antiaérienne de la coalition. Fraîchement élevé au grade de général, Samuel Hackerman faillit sauter sur une mine antipersonnel alors qu'il progressait avec son unité dans les faubourgs de Bagdad pendant la deuxième guerre du Golfe.

Les autres officiers présents n'ont rien à leur envier.

Le directeur des opérations Freddy Fishbates a fait toutes ses classes dans le renseignement militaire, et il aurait du mal à présenter un curriculum vitae qui ne fasse pas éclater un beau scandale politique au Congrès. Fishbates a déménagé son cabinet de crise dans une des *war rooms* sophistiquées aux niveaux très inférieurs du Pentagone, au cœur des profondeurs abyssales du bâtiment, celles qui n'existent pas, là où le sort de l'humanité tout entière s'est joué plus d'une fois sur le fil du rasoir, dans l'ignorance des principaux intéressés. L'endroit est blindé et durci, électroniquement protégé contre les écoutes, à l'abri des attaques chimiques ou bactériologiques, situé trop profond pour une frappe nucléaire efficace et donc hors de portée d'un biréacteur piraté par des kamikazes. En comparaison, la salle « Oppenheimer » est une crèche parentale et les réunions qui s'y tiennent relèvent du goûter des familles. Malgré l'heure encore jeune de ce bel après-midi ensoleillé, le reste du Pentagone semble avoir été abandonné par ses occupants : la galerie E est pour ainsi dire déserte; le rez-de-chaussée et les étages extérieurs ne sont pas plus animés.

À partir du niveau – 1, c'est l'effervescence.

Le conseiller aux Affaires diplomatiques Martin M. Sherano est au téléphone depuis la Maison Blanche. Ses seuls états de service sont de s'être fait voler ses tartines de miel par un ours baribal à l'occasion d'un pique-nique dans le parc national de Yellowstone, ce qui ne l'autorise pas à fréquenter les salles de guerre des grandes profondeurs. Le conseiller Sherano est en compagnie des principaux secrétaires d'État disponibles, sous la houlette du Vice-Président dans le bureau ovale.

Freddy Fishbates écoute le conseiller avec attention, sous les yeux scrutateurs des officiers massés devant lui. De temps en temps, le directeur des Opés s'adresse à eux après avoir couvert le micro du combiné avec sa main.

– Messieurs, l'avion du Président est annoncé avec du retard, il ne faut pas l'attendre avant trois bonnes heures dans le meilleur des cas. Vous pensez qu'il faudrait dérouter Air Force One sur le plus proche aéroport dès son entrée dans l'espace aérien américain? Sherano se pose la question...

Le général Hackerman secoue négativement le chef.

– Autant qu'il aille jusqu'au bout, Freddy, la différence entre Boston ou New-York et Washington, c'est négligeable. Mais on ne sait jamais ce qui peut arriver, il serait peut-être prudent de sécuriser la fin de son voyage... Doug?

Le colonel Lanvallée hoche affirmativement la tête.

– Je m'en occupe! Des F-16 l'attendront au maximum de leur autonomie en carburant et nous le ramèneront sous bonne escorte. On devrait pouvoir organiser un rendez-vous après Terre-Neuve, à l'approche des côtes du Maine.

Lanvallée décroche un téléphone encastré dans la table devant lui. Fishbates revient au conseiller Sherano.

– Ah, on vous a dit? Bien... Oui, la nouvelle nous est parvenue il y a peu, monsieur. L'amiral Mooringline, si vous vous souvenez de lui, en a eu confirmation sans aucun doute possible. L'un de nos Los

Angeles, le *USS Sheridan*, a repéré un sous-marin français. D'après la signature acoustique, il s'agirait d'un de leurs lanceurs d'engins... Où est-il ? Dans l'océan Indien, monsieur, très au large à l'est de Madagascar et sur la latitude de Melbourne... C'est cela, sous le tropique du Capricorne, dans l'hémisphère Sud...

Dans la salle de guerre du Pentagone, assis en face du directeur des Opés, l'amiral Tony Mooringline a le triomphe modeste. Freddy Fishbates lui adresse un clin d'œil complice.

– Pouvez-vous répéter, j'ai mal entendu. Qui... Qui commande le *USS Sheridan* ? Le commandant Bensson, monsieur... Oui, Stephen Bensson, c'est bien lui. Vous le connaissez ?... Son père est scandinave, oui, mais le commandant Bensson est un bon... Comment ?... Avons-nous beaucoup de mauvais aux commandes de nos submersibles ? Je ne crois pas, monsieur, c'était une façon de parler... Oui, ce sous-marin français a dû recevoir le signal de l'alerte Rouge totale, le contraire serait surprenant... Qu'est-ce qu'il fait là, dans l'océan Indien à l'est de Madagascar ? Je ne sais pas, il faudrait le demander à son commandant ! Nous... Pardon ?... Oui, monsieur, je leur en fais part...

Fishbates étouffe le combiné téléphonique tout contre sa poitrine, pour changer.

– En accord avec les principaux secrétaires d'État, vu la situation, Sherano suggère d'expédier le Vice-Président au chaud dans un quartier général bien défendu, sans attendre le retour d'Air Force One.

– Bonne idée. Le QG du Strategic Air Command sera parfait, il y a peu de boutons à tripoter là-bas, Big Dickie ne risque pas de faire une connerie.

– Tu es sérieux, Sam ? Tu sais ce que ça veut dire ?

– Oui, Jake, je le sais. Nous le savons tous ici, n'est-ce pas, Freddy ?

Le directeur des opérations Freddy Fishbates répond au général Samuel Hackerman sans trop d'enthousiasme.

– Messieurs, nous passons à Defcon Trois !

Dans le centre de contrôle « Jupiter »

Marie-Reine de Beauchâtel a réparti les tâches sur les cinq postes de travail sans que l'on discute ses choix. Elle a cédé la console présidentielle à Caroline Laverda.

L'informaticienne ne s'occupe pas de demander l'heure exacte aux machines ; de Beauchâtel s'en charge à partir du pupitre le plus éloigné de l'entrée du centre. Philippe Vilniot a été recollé devant son écran favori à l'opposé : ses connaissances professionnelles devraient lui souffler de bonnes questions à poser. Les deux officiers ingénieurs travaillent de part et d'autre du pupitre central, comme d'habitude. Pour l'instant, le capitaine John Lerain est battu pour l'obtention de la palme à la meilleure question bouffeuse de temps de réponse cybernétique, qui revient au lieutenant Colin Dainet pour sa superbe demande de la position réelle (latitude et longitude à la seconde d'arc près) de chaque bâtiment de la flotte française. Pour peu qu'un ou deux satellites soient mal positionnés, Jupiter a du pain sur la planche, toutes proportions informatiques gardées. Le lieutenant Dainet compte bien reposer la question plus tard s'il a le temps, les navires de guerre ayant pour fonction de se déplacer afin de ne pas servir de cible fixe.

Les SNLE se sont bien entendu aussitôt signalés classés « Très Secret Défense » quant à leur géolocation.

Le général Hubert Pollard a été chargé de trouver des outils. Il devra s'efforcer de dégager le cadavre du souriceau court-circuiteur de l'unité informatique, sans aggraver le problème si possible. Marie-Reine de Beauchâtel ne pense pas que cela le résoudra non plus, mais il ne faut rien négliger, et cela occupera l'esprit du général qui commençait à tourner en rond et à ruminer de sombres pensées.

Caroline Laverda aurait préféré travailler ailleurs, seule. Elle se concentre sur son écran, indifférente au quadruple cliquetis de touches qui l'environne. À partir de la référence du constructeur trouvée sur la première plaque de circuits imprimés (il n'y en avait pas de gravée sur l'envers du capot de l'unité informatique), **68NR-138LA/5721SEMA0821**, Laverda doit débrouiller des millions de lignes d'encodage pour isoler celles qui correspondent aux modules en panne, c'est sa seule chance de lancer un processus de réparation en semi-manuel. Au cas où l'autoréparation persisterait à dire que tout va bien et s'interposerait en neutralisation des commandes, la diplômée du MIT se fait fort de parvenir à provoquer un faux dysfonctionnement plus vrai que nature dans l'interface de répartition, pliant ainsi les machines de Jupiter à sa volonté.

Laverda doit procéder avec tact et doigté : tout ce qu'elle effectue en ce moment est à la limite de ce que le système pourrait considérer comme une agression. Le lieutenant Dainet a prévenu qu'il n'y avait pas de subtilité d'analyse dans le principe d'intrusion-réaction : piqûre de moustique ou morsure de grand requin blanc, le système réagit avec la même brutalité. Du coin de l'œil, l'informaticienne ne peut s'empêcher de surveiller à l'occasion le défilement frénétique des chiffres et des lettres dans les fenêtres du terminal secondaire. Il lui semble que la recherche des codes de lancement de la Dissuasion Nucléaire a commencé voilà des heures, alors que cela fait moins de quelques minutes.

Une éternité, dirait Marie-Reine de Beauchâtel.

137 092 800 000 000 combinaisons à essayer pour trouver le tiercé dans l'ordre.

Quoique exilée volontaire aux Antilles, de Beauchâtel aime à se tenir au courant des progrès de l'industrie militaro-industrielle. Après « méga » et « giga », la machine de simulation des armes nucléaires fonctionne en mode « téra » et le dépassera bientôt. Ce monstre informatique a l'avantage d'éviter les essais polluants en atmosphère libre ou souterraine, et de pouvoir aussi servir à anticiper les dégâts des tremblements de terre ou des tsunamis, à défaut de les prévoir. Le prix à payer pour cela est de cinq milliards et demi d'euros à dépenser sur quinze ans. On peut faire confiance à l'Armée pour savoir dépenser cet argent dans sa totalité, voire réclamer une rallonge pour simuler la guerre atomique globale – mais aucun programme le plus véloce et le plus onéreux fût-il ne saura jamais prévenir la montée d'un fanatique suicidaire à bord d'un avion de ligne. La Foi qui déplace les montagnes nécessite cependant de prendre très prosaïquement des cours de pilotage dans un aéro-club.

John Lerain remonte au score en suggérant de demander à Jupiter l'âge de tous les capitaines des trois armes, Air, Terre et Mer, qu'ils soient d'active ou à la retraite.

À bord du SNLE Téméraire

De Saint-Lapray et Chambéris entourent l'aspirant Moreau à son poste sonar. Comme d'habitude, Moreau a la tête un peu penchée de côté et deux doigts plaqués contre son casque.

– Que se passe-t-il ? Le Russe nous a repérés ?

– Non, commandant, c'est notre Los Angeles à la turbine claquante qui est de retour dans le carreau, le signal acoustique ne trompe pas. Et il ne nous cherche pas, lui, il...

– Oui, Moreau ?

– Il nous a trouvés, commandant.

L'aspirant Moreau n'est pas la seule oreille dorée du *Téméraire*. Ses collègues s'agitent soudain autour de lui comme les informations se mettent à tomber en pluie continue. Radars et sonars sont tous d'accord : l'Akula en ligne de mire vient de réduire brusquement sa vitesse et semble vouloir entamer une manœuvre au serré pour sonder ses arrières, un deuxième sous-marin russe s'annonce en limite du carreau de navigation, et le Trafalgar britannique est lui aussi de retour en marche rapide aux confins du secteur. L'officier navigateur trace des routes marines à tout va sur ses transparents. Il pourrait le faire les yeux fermés : ces routes convergent toutes vers le SNLE *Téméraire* sans aucun doute possible.

La chasse est ouverte.

Jacques Chambéris sent un filet de sueur lui cascader glacé le long de l'épine dorsale, sous l'uniforme. L'aspirant Moreau a levé les yeux vers son pacha.

– Ça fait beaucoup de monde dans le coin, tout à coup. Je crois qu'on nous a balancés, commandant.

– C'est le moins qu'on puisse dire !

Dans le centre de contrôle « Jupiter »

Caroline Laverda maîtrise à grand peine sa nervosité. Dans la lutte sournoise qui l'oppose aux machines de la Dissuasion, celles-ci l'emportent haut la main pour l'instant.

Sur l'écran de Philippe Vilniot, les postes de commandement des forces armées françaises rendent compte régulièrement du nombre de liaisons interrogatives connectées avec le centre Jupiter. Les questions affluent de partout, même du modeste relais transpondeur de Mouilleron-le-Captif, par bottes de douze. Le centre les absorbe telle une éponge, crachant toutes les réponses avec des délais variables. S'il est ralenti dans sa recherche des codes de lancement, la chose n'est pas visible à l'œil nu dans les fenêtres du terminal secondaire de la console centrale.

À côté de Vilniot, le lieutenant Colin Dainet demande à connaître les nom, prénom, adresse postale, adresse courrielle, numéro de téléphone fixe et mobile et de sécurité sociale de tous les membres du personnel féminin au grade de sous-officier âgés de plus de vingt-cinq ans et de moins de trente-deux, histoire de compliquer un peu la recherche. Dainet recommencera en variant la fourchette d'âge, puis en changeant le grade.

Le capitaine John Lerain se tortille sur son siège en pianotant son clavier de travers, repoussant à l'extrême le moment d'aller aux toilettes. Même sous alerte Rouge totale, la nature commande.

Étouffant un gros bâillement d'ennui, Marie-Reine de Beauchâtel relance sa demande d'heure exacte ; l'ordinateur voulait savoir s'il devait poursuivre cette recherche interminable, comme on le lui a appris. Par Vilniot, de Beauchâtel a fait passer un mot aux autres PC de la Défense Nationale : ils peuvent aussi multiplier leurs questions d'heure exacte en jouant sur les fuseaux horaires et l'alternance des heures d'été et d'hiver en application ou pas dans certains pays étrangers ; chaque millionième de seconde gagné est précieux.

En coin d'écran, à tous les pupitres, les icônes nominatives des sous-marins nucléaires lanceurs d'engins distraient le regard par leur surbrillance qui fait plus mal au moral qu'aux yeux. Il est difficile de ne pas les regarder de temps en temps. N'ayant rien à faire, le général Hubert Pollard les fixe comme il détaillerait une toile abstraite dans un musée. Il a trouvé des outils dans le local de maintenance. À l'aide d'une pince à fils aux longues branches, le cadavre du souriceau a été retiré sans incident, et sans effet notoire sur la situation de blocage du système qui perdure.

Le général est assis sur une chaise à roulettes derrière Marie-Reine de Beauchâtel, qui lui montre l'image des SNLE.

– Je suppose que le monde entier les a pris pour cibles ?

– Il y a de fortes chances, encore faudrait-il qu'ils soient localisés. Personne ne sait où ils sont, pas même Véga ou moi-même.

– Je suis au courant, mais il doit y avoir d'autres submersibles sous l'eau en ce moment, non ? Ils peuvent ne pas trouver les nôtres s'ils ne font pas l'effort de les traquer, à moins de les croiser par hasard en vadrouillant. Dans le cas contraire...

– Dans le cas contraire, l'*Inflexible* pourrait très vite devenir notre seul sous-marins lance-missiles.

À la console centrale, Caroline Laverda s'énerve. Tout ce qu'elle entreprend échoue. Elle débrouille bien les lignes d'encodage, elle se faufile dans le plan d'assemblage des unités informatiques, mais elle n'arrive nulle part. C'est pire que si elle se perdait dans un labyrinthe algorithmique de protection ou butait au fond d'une impasse logicielle. Aucune barrière ne se dresse devant Caroline Laverda : le système ignore superbement ses efforts.

– C'est infernal...

– Souci, ma belle ?

– Si je ne parlais pas de circuits imprimés et de micro-puces électroniques, je dirais que ce tas de composants se fout de ma gueule, Marie ! Jupiter me rit au n... Oh, putain !

Sous le nez de l'informaticienne, à l'instant, la frénésie de défilement des chiffres et des lettres s'est arrêtée dans la première triple fenêtre d'affichage digital du terminal secondaire de la console centrale.

V-1 | 6 | 7 | 9 | 1 | • | J | C | P | T | • | 2 | 0 | 7 | 0 |

Ce ne peut être que le code présidentiel. Caroline Laverda rate un battement de cœur. Les deux autres codes ne vont pas tarder à suivre.

Quelque part au Pentagone

L'amiral Mooringline a fait déplier une carte marine sur la table de la salle de guerre souterraine. Tous les regards sont braqués sur l'amiral qui joue du compas avec dextérité.

Tony Mooringline s'applique comme un écolier. Il trace plusieurs cercles distants, d'après l'échelle, de mille kilomètres chacun. Le rayon d'action du sous-marin français lanceur d'engins apparaît clairement sur la carte. Le centre d'origine est la position du submersible tricolore, qui est transmise régulièrement par le *USS Sheridan*. Le commandant Steven Bensson a aussi signalé la présence de deux sous-marins russes de classe Akula et celle d'un bâtiment de nationalité britannique, classe Trafalgar. L'amiral a reporté leurs positions respectives dans et aux alentours du carreau de navigation à l'est de Madagascar, sur la latitude de Melbourne.

– Il y a du monde dans l'azimut ! constate le colonel Lanvallée.

– Il avait raison, le conseiller Sherano, je commence à me demander moi aussi ce qu'il fabrique par là, le Français... Il compte tirer sur l'Afrique du Sud, Tony ? grommelle le directeur des opérations Fishbates.

– Je ne le pense pas, Freddy. Compte tenu de ce que nous savons de la portée de ses missiles, comme on le voit dessiné là, il est un peu court pour la Chine, mais il peut taper en Irak ou en Iran, au Pakistan et en Inde...

– Pour quelles raisons ?

– Si nous le savions, Freddy, la question serait résolue !

Le général Samuel Hackerman est au téléphone depuis quelques minutes. Le général Jake L. Dorlington vient de décrocher le sien à la première sonnerie.

– Allô ?

Ce qu'entend Dorlington dans l'écouteur ne paraît pas lui faire plaisir, loin de là. Il fait répéter son interlocuteur sur un ton un peu trop vif, et limite courtois. À ses côtés, Hackerman raccroche avant lui, pour s'adresser à la cantonade.

– Les Mirage nucléaires français cerclent au-dessus de leurs bases. Maintenant, ils brûlent leur kérosène en l'air et non plus cloués au sol, mais le résultat est le même ! La situation semble plutôt confuse à bord du *Charles-de-Gaulle*, en Méditerranée. On parle d'un accident de catapultage, d'un appareil tombé à la mer... Freddy, si tu veux mon avis, ça sent carrément le pâté moisi à Paris, et... Jake ! Tu en fais une tête !

Le général Dorlington a raccroché à son tour, les dent serrées et le teint cireux.

– Il y a de quoi, Sam. Le Concorde est allé chercher en Guadeloupe une certaine Marie-Reine de Beaumanoir ou de Beaucastel, quelque chose comme ça. D'après la CIA, qui s'est enfin réveillée, cette dame serait une informaticienne de renom qui aurait en son temps participé à l'élaboration des systèmes informatiques français. Elle serait en ce moment occupée très profond sous le palais de l'Élysée, si vous voyez ce que je veux dire ?

Samuel Hackerman fait la grimace, imité par tous dans la *war room* avec un léger temps de retard. Freddy Fishbates compose déjà un numéro de téléphone codé, résigné au pire. Le directeur des Opés du Pentagone connaît par avance la teneur de ce qui va lui être répliqué au bout du fil en réponse à son information.

Le dodu général Jake L. Dorlington semble avoir du mal à respirer. Sa voix se fait rauque et ahanante.

– On n'a pu aller chercher cette dame de... de Beaumachin... en urgence avec un supersonique... que pour une seule raison... L'informatique de la dissuasion nucléaire française bat la campagne ! Sam, il n'y a pas d'alerte Rouge, c'est... C'est du pipeau, les ordinateurs pataugent dans la semoule, Sam, ça coince dans... dans les machines. Donc, tout peut arriver, et c'est la... la merde ! On peut négocier avec un fou furieux, pas avec des circuits imprimés devenus cing... cinglés... Aaaargh !

– Jake ! Qu'est-ce que...

Jake Dorlington cherche de l'air avec des efforts manifestes.

– Le chili de midi qui ne passe pas, Sam, je dirais. J'ai... Je sens comme une gêne dans la carcasse...

– Ouais, ce serait pas plutôt le double banana split du dessert, tu ne crois pas, Jake ? Je ne te parle pas de la fraîcheur de la chantilly, hein ?

– Non, j'ai aussi mal, là...

Le visage du général blanchit soudain tandis que des gouttes de sueur inondent son front avec la même brusquerie. Une formidable douleur lui serre alors la poitrine. Il sent son bras gauche qui s'engourdit du coude à l'épaule, comme pris dans une gangue de ciment prompt en cours de solidification. Le général Jake L. Dorlington se pétrifie sur son siège en balbutiant.

– Sa... Sa... Sam... Pa... pas là... pas à... à presque Defcon D... De... Deux... enfin... pour une... fois... c'est trop c... trop c...

La tête de Jake Dorlington s'affaisse brutalement sur son large torse. Samuel Hackerman bondit sur ses pieds.

– Mais il nous fait un infarctus, l'animal !

À bord du SNLE Téméraire

Le capitaine de vaisseau Laurent de Saint-Lapray a fait cesser la filature du sous-marin russe, qui ne servait plus à rien. Il navigue face au *Téméraire* à présent, mais encore loin de lui.

L'officier navigateur a reçu les consignes de stabiliser la propulsion et la profondeur d'immersion, et de conserver le dernier cap pour le moment. De Saint-Lapray a aussi fait annuler la solution de tir sur l'Akula tout en validant la mise à disposition de toutes les torpilles possibles, actives et parées pour des tirs à vue. L'enseigne Alain Le Chifol a confirmé les ordres d'une voix monocorde ; il en a profité pour annoncer la mise en eau complète des tubes lance-missiles, leur ouverture pour lancement ne sera qu'une formalité sous pression équilibrée.

À la réception des transmissions du *Téméraire*, les opérateurs radio reçoivent des rafales de messages émis en clair, provenant de sources diverses dont la moindre n'est pas le Pentagone. À l'exception du PC de Taverny, tous les postes de commandement français répètent inlassablement la même demande (pour ne pas dire supplique) d'abandon de l'état d'alerte Rouge – en messages incorrectement formatés. Les opérateurs radio communiquent également des mauvaises nouvelles qui ne surprennent personne à bord : les sous-marins américain, britannique et russes se sont fait connaître, réclamant la reddition sans condition sous peine de torpillage : le SNLE français *Téméraire* doit faire surface en gage de bonne volonté, tous tubes d'armes fermés, et se mettre immédiatement en panne une fois à l'air libre.

– Commandant...

– Oui, Second ?

Jacques Chambéris est blême.

– Nous ne pouvons pas être en guerre contre le monde entier, commandant, il s'agit d'une erreur et on nous le fait savoir, c'est évident. Nous n'avons encore reçu aucune désignation de cible, ce qui accréditerait la thèse d'alerte erronée.

– C'est possible, mais ce n'est pas à vous d'en décider, Second. Nous n'allons pas tarder à être fixés, si cela peut vous rassurer, nous ne pouvons pas rester en alerte Rouge totale pendant des lunes. En attendant, nous ferons donc ce pour quoi nous avons été formés, en bons professionnels, sans états d'âme... et sans discussion contradictoire entre officiers supérieurs sur la passerelle ! Ai-je été clair, Second ?

– Très clair, commandant.

– Bien. Vous êtes témoin de l'évolution de la situation qui me contraint à devancer certains ordres, comme il est prévu par la procédure.

Le capitaine de vaisseau Laurent de Saint-Lapray décroche le micro de diffusion des informations à tout le bâtiment. Chaque homme du bord suspend ses activités quand la voix du pacha se fait entendre dans les haut-parleurs d'annonce générale.

– Ici le commandant. L'officier en second confirmera mes ordres ensuite. Le compartiment propulsion est confiné. La chambre des torpilles est isolée. La section missile bâbord et la section missile tribord sont zones closes à partir de cet instant, seul l'Officier principal des opérations est autorisé à y pénétrer sans s'annoncer. On ne circule plus dans les coursives sans motif. Tout homme d'équipage surpris à se déplacer sans motif sera mis au cachot sur-le-champ... Opérations !

– Commandant ?

– Préparez-vous à ouvrir les tubes des missiles sur bâbord et sur tribord. Nous passons en mode Lancement !

Dans le centre de contrôle « Jupiter »

V-1 6 7 9 1 • J C P T • 2 O 7 O

G-2 8 2 5 2 • S N R N • 1 9 1 2

G-3 7 2 8 2 • H J P O • 9 O 4 1

Un silence de charnier s'est abattu dans le centre Jupiter. Caroline Laverda a remarqué qu'il aura fallu un peu moins d'un quart d'heure aux machines pour trouver les codes de la Dissuasion Nucléaire française parmi des milliards de possibilités. Dix à la puissance douze très exactement.

Marie-Reine de Beauchâtel fait la même constatation.

– Une éternité ! Ce système est complètement dans les choux, ma belle, tu t'en rends compte ?

Philippe Vilniot se dresse d'un bond, comme piqué par un serpent. En trois enjambées nerveuses, il est devant de Beauchâtel, qu'il fusille du regard.

– Nous devons nous en réjouir ou le déplorer ? !

– Ne me parlez pas sur ce ton, vous ! La réponse est ni l'un ni l'autre, et vous poserez bientôt la question « qu'est-ce que c'est que ça ? », on parie ?

– On fait dans la divination, maintenant ? C'est le vaudou à la créole, le tarot des îles ou autre chose ?

– Très drôle. On dit cent euros à dix contre un ?

– Tenu !

Les trois lignes de codes clignotent soudain par trois fois, en manière de confirmation. Une nouvelle image apparaît sur les écrans des cinq postes de travail du centre, remplaçant l'heure et le temps écoulé depuis le déclenchement de l'alerte Rouge.

09 : 00

– Qu'est-ce que c'est que ça ?

– Passons la monnaie !

Les codes à nouveau fixes en affichage, le compte à rebours commence. Caroline Laverda a saisi le bras du général Hubert Pollard, qu'elle serre avec une force étonnante pour sa carrure. Elle n'a pas besoin de poser de question : ses yeux parlent pour sa bouche. Le général secoue la tête, navré.

– Madame sait comme moi ce que c'est, n'est-ce pas ? Elle n'a eu aucun mal à gagner son argent !

– Têtu avec ses « madame », hein, Hubert ? Tu peux lâcher la grappe au galonné, beauté, je vais t'expliquer. Quand Véga et ses joyeux drilles à quatre étoiles sur le képi ont tapé chacun leur code respectif, ils introduisent leur clé là où il faut et tournent jusqu'au cran intermédiaire, ce qui déclenche le compte à rebours que tu vois là.

– Mais il n'y a pas de clés dans les...

– Ça, ma belle, ça fait partie du problème ! Bon, imagine-les dans leurs serrures, ces fichues clés, tu veux ? Les coresponsables de la force de frappe ont alors neuf minutes pour confirmer le recours au feu nucléaire en tournant les clés à fond en position verrouillage. Neuf minutes de sursis, ça compte quand on est sur le point de commettre l'irréparable.

– Trois minutes par personne et pas une de plus, c'est dingue..., soupire Laverda.

– Et encore, au départ, on voulait réduire, on trouvait que neuf minutes c'était déjà trop long. Mais c'était le premier chiffre divisible par trois, c'était bon pour l'équité morale, hein ? Il paraît que dix est un mauvais seuil psychologique et que le nombre douze est trop sympa !

07 : 42

– Ce sont aussi neuf minutes de réflexion, ou d'ultimes négociations avec l'ennemi. Le téléphone rouge, vous vous rappelez ? Les nôtres sont gris ou couleur crème pas très fraîche, mais ils fonctionnent kif-kif bourricot !

– Marie, si Véga et les généraux ne font rien ? Ils ne verrouillent pas, mais ils ne retirent pas les clés non plus. Que se passe-t-il quand le compte à rebours atteint zéro ?

Marie-Reine de Beauchâtel regarde ailleurs. Le général Hubert Pollard parle en ne regardant personne dans les yeux, ce qui n'est pas facile : tous les regards sont braqués sur lui depuis que de Beauchâtel a détourné la tête.

– Quelque chose doit être fait avant que le compte à rebours ne soit terminé. Le centre Jupiter a été conçu pour cela et rien d'autre. Il faut verrouiller pour confirmer ou retirer les clés et annuler le recours à la Dissuasion. Si aucune de ces actions ne s'est produite à l'instant zéro, le centre Jupiter conclut que tout le monde est mort ou neutralisé devant les consoles, il se considère comme virtuellement détruit par l'ennemi et passe en mode automatique pour une riposte de pure vengeance. À supposer qu'il nous reste un submersible ou un aéronef encore en état de l'effectuer...

Philippe Vilniot sent ses jambes flageoler. Il doit produire un effort incroyable pour rester debout.

– C'est une plaisanterie, mon général ?

– Non, monsieur, c'est classé « Maximum Secret Défense » pour la population française, mais cela a été discrètement communiqué aux ambassades du monde entier. La Dissuasion n'est pas un vain mot... Je dois préciser que tout cela est théorique, le centre Jupiter n'ayant jamais été testé à l'instant zéro parce qu'il n'est pas censé y parvenir, jamais. Je vous le répète, quelque chose doit être fait, confirmation ou annulation.

Caroline Laverda se retient in extremis de reprendre le bras du général Pollard comme un naufragé se raccroche à une épave dans la tourmente.

– Mais il n'y a pas de clés dans les serrures, général, il... Il ne se passera rien. Il ne peut rien se passer du tout, hein ?

– Je voudrais pouvoir l'affirmer, mademoiselle. Hélas...

Le général Hubert Pollard décrit les pupitres de contrôle d'un geste mou et las avec tous les malheurs du monde concentrés dans sa lenteur. Il n'y a pas de clés dans les serrures, il n'y avait personne pour déclencher l'alerte Rouge, les mots de passe de la force de frappe devaient rester cachés dans les cerveaux de ses responsables (dont un mal en point), et pourtant la France est sur le point d'anéantir un ennemi inexistant.

– Sans personne aux commandes, le centre Jupiter m'a l'air de très bien fonctionner tout seul !

Quelque part au Pentagone

L'absence de Jake Dorlington laisse un gros vide dans la salle de guerre. Samuel Hackerman a vu partir la civière du malade non sans un petit pincement au cœur.

Celui-ci n'avait rien de cardiaque.

Le reste des occupants de la *war room* a compati, mais l'heure n'est pas à s'éterniser dans l'émotion. Les nouvelles de France sont consternantes – c'est le moins que l'on puisse dire : les moyens informatiques de la Dissuasion Nucléaire sont dans le potage. Le ministre des Affaires étrangères l'a confirmé en termes plus diplomatiques, sans trop gaffer pour une fois.

Freddy Fishbates a pour ainsi dire déjà oublié l'incident du général Dorlington : il a le président des États-Unis en ligne depuis Air Force One qui fonce dans l'azur au-dessus de l'Atlantique Nord ; le conseiller Martin M. Sherano est en duplex de la Maison Blanche. L'amiral Mooringline dispose d'une liaison prioritaire non cryptée en relais avec Stephen Bensson, le commandant de l'*USS Sheridan*. Le colonel Douglas Lanvallée s'est isolé au fond de la pièce afin de peaufiner l'envoi de son escorte aérienne à la rencontre du 747 présidentiel.

– Non, les États-Unis n'ont rien à craindre de lui, monsieur le Président, nous sommes hors de portée du rayon d'action de ses missiles, mais il y en a d'autres sous les océans... D'autres lanceurs d'engins, oui, deux autres... Non, celui-là est le seul que nous ayons repéré pour l'instant. Il ne nous répond pas, oui, ce n'est pas très surprenant... Bien sûr, je comprends leur attitude, c'est hélas naturel... Oui, je transmets tout de suite, monsieur le Président, ne quittez pas...

Le directeur des opérations réclame l'attention de tous dans la salle de guerre. Freddy Fishbates parle d'une voix qu'il voudrait plus posée.

– Messieurs, le Président a eu une conversation avec Moscou et Londres. Il est à craindre que la dissuasion nucléaire française soit plus hors de contrôle que nous ne le craignions, la menace est donc planétaire parce que non ciblée précisément. Personne n'est à l'abri d'une frappe stratégique accidentelle, je suis au regret de vous le dire. En conséquence, nous passons à Defcon Deux et tout ce que nous disons à partir de maintenant est retransmis sur la fréquence de veille internationale, en clair. Nous n'avons plus rien à cacher. Le sous-marin français ne sera pas pris en traître, vous l'avez compris.

– Tu veux dire, Freddy, que...

– Oui, Sam. S'il ouvre ses tubes lance-missiles, nous serons obligés de passer à Defcon Un, et alors le *USS Sheridan* aura carte blanche pour nous éviter le pire par tous les moyens, comme ses homologues russe et britannique !

Pour raison de santé, sa malédiction personnelle le poursuivant jusque dans les profondeurs interdites du Pentagone au cœur de l'Histoire, le général Jake L. Dorlington ne connaîtra pas le plaisir d'être en état d'alerte DEFCON 2. Étrangement, le général Samuel Hackerman se demande quelle peut bien être en ce moment la température extérieure à Vostok, Antarctique, où il est minuit passé (heure locale), et éprouve comme une petite faim ; il mangerait bien un morceau.

Freddy Fishbates regarde l'amiral Mooringline droit dans les yeux.

– Tony, tu peux transmettre à Bensson que nous nous préparons à descendre le Français ! Monsieur le Président, nous... Allô ? Allô, Air Force One, vous me recevez ?... Allô, monsieur le Président, vous m'entendez ?... Allô ?...

À bord du Boeing 747 Air Force One, le président des États-Unis s'est endormi au téléphone.

À bord du SNLE Téméraire

À la console des armements de protection du sous-marin, l'officier de tir Julien Friguet vérifie pour la cent douzième fois (au moins) les paramètres de mise à feu de ses torpilles.

La vérification est pourtant des plus rudimentaires pour un tir à vue, autant dire à l'ancienne et en visée périscopique, de préférence sur cible lente. Aux derniers relevés, le Los Angeles n'a pas ralenti son allure ; les deux autres submersibles russe et britannique ont augmenté la leur.

Jacques Chambéris triture sa clé de tir avec une nervosité grandissante. Bientôt confronté à l'ultime décision inéluctable qui devrait être le couronnement de sa carrière de sous-marinier nucléaire, l'officier en second est à deux doigts de déféquer dans son pantalon, trahi par ses sphincters. C'est dans l'adversité que les caractères se révèlent : le capitaine de corvette Jacques Chambéris doit s'avouer qu'il n'était pas fait pour seconder l'envoi de fusées atomiques à têtes multiples sur quelque cible que ce fût – il n'est jamais trop tard pour s'apercevoir que l'on s'est trompé de vocation. Cette révélation n'a que l'inconvénient de se faire durant une alerte Rouge totale à immersion de lancement avec un départ de missiles imminent.

Ceinturé sur son fauteuil de commandement, le capitaine de vaisseau Laurent de Saint-Lapray est impérial. Il donne ses ordres avec un calme qui force l'admiration de ses subordonnés, y compris son officier en second malgré sa crise de confiance. De Saint-Lapray ne ressent aucune excitation particulière, sinon celle de faire du mieux qu'il peut le travail pour lequel il a été nommé au commandement du sous-marin nucléaire lanceur d'engins baptisé *Téméraire*.

Le message confirmant l'imminence du recours à la force atomique est parvenu au SNLE, provoquant l'ouverture grinçante des tubes de missiles sur ses flancs tribord et bâbord. Les grincements des portes d'écoutille ont fait mal aux dents à plus d'un matelot à bord.

L'Officier principal des opérations Alain Le Chifol a étalé les grilles de décodage des ordres cryptés de mise à feu et de désignation des cibles devant lui, sur la console des armements stratégiques. Ce ne sont que des chiffres ; jamais des mots ou des noms. L'Opo ne devrait pas tarder à les recevoir, ce qui ne le réjouit pas plus que ça.

Le flegme de l'aspirant Moreau est mis à rude épreuve : les alarmes sonars arrivent de tous les côtés, et il ne peut que les relayer au pacha et à l'officier de navigation. Un son particulier vient le distraire un instant des signaux acoustiques des trois submersibles qui se rapprochent. C'est un son que Moreau n'a entendu aussi pur qu'à l'exercice.

Ping...

Le bruit que personne n'aime entendre à bord d'un submersible résonne dans la coque du *Téméraire*. On ne peut pas le confondre avec un autre. Son écho interminable est lourd de sens. Il a aussi tinté comme un glas dans toutes les oreilles à bord. Le sous-marin américain de classe Los Angeles a lancé une émission sonar vers le SNLE pour connaître sa position et sa distance, afin de déterminer une solution de tir sur lui. L'émission sonar est déjà de retour dans le programme des calculateurs balistiques du Los Angeles.

Le SNLE français *Téméraire* est devenu un but.

Dans le centre de contrôle « Jupiter »

05 : 36

Le capitaine John Lerain a foncé aux toilettes, taraudé tant par sa vessie distendue que par une trouille immense qui ravageait une autre section de son appareil excréteur. Tout en se curant le nez, le lieutenant Colin Dainet lui a souhaité bonne chance en se surprenant à toujours chercher mentalement une belle question tordue à poser aux machines en roue libre.

Le général Hubert Pollard est retombé sur sa chaise à roulettes en vrac comme un paquet de linge sale, dans un état proche de l'hébétude.

Philippe Vilniot et Marie-Reine de Beauchâtel semblent être sur le point d'en découdre. Ils se font face comme des adversaires sur un ring, les mains tellement crispées que l'on dirait des poings prêts à voler dans le figure de l'autre. Vilniot suggère de tout arracher sous les pupitres ou de massacrer le contenu des tiroirs de chaque unité informatique à coups de marteau – de Beauchâtel lui explique le plus calmement possible (ce qui lui coûte visiblement) que question intrusion-réaction, le coup de marteau dans les circuits imprimés est certainement répertorié comme geste informatique non conforme aux protocoles de fonctionnement du système. L'ultime riposte vengeresse de Jupiter a beau n'être que théorique, selon le général Pollard, il serait inconsidéré de vouloir vérifier sa réalité ou son mirage avant l'instant zéro.

Bizarrement, Caroline Laverda est la seule personne dans le centre Jupiter à ne montrer aucun signe de panique ou d'abattement. Bien au contraire : figée devant l'écran de la console présidentielle, l'informaticienne regarde tranquillement la petite bombe noire qui décompte l'Apocalypse seconde par seconde – mais elle ne la voit pas. Elle regarde bien au-delà.

04 : 51

Quelque chose lui a traversé l'esprit.

À bord du SNLE Téméraire

Malgré lui, Julien Friguet s'est raidi devant la console des armements de protection du sous-marin. L'Américain doit avoir calculé sa solution sur le *Téméraire.*

Et celui-ci n'est pas en état de pouvoir riposter. L'officier de tir est prêt à lâcher des torpilles au premier ordre, mais le pacha ne fait pas mine de se lever pour ordonner une estimation balistique quelconque. Toujours ceinturé sur son siège, le capitaine de vaisseau Laurent de Saint-Lapray a pivoté sur lui-même pour observer la nuque de l'aspirant Moreau, fixant ainsi son attention sur quelque chose de rassurant parce que familier. L'officier en second ne semble pas non plus d'humeur à lancer des torpilles.

Le capitaine de corvette Jacques Chambéris se tient auprès des cartes de navigation où, sur les transparents du navigateur, se matérialise la nasse qui est en train de se refermer autour du SNLE français. Lèvres pincées, l'officier en second est pâle comme un mort.

Moreau a les deux mains plaquées sur les écouteurs de son casque. Il se les enfoncerait bien dans les oreilles pour mieux entendre. Ses extraordinaires facultés d'écoute travaillent à la vitesse du son. L'aspirant Moreau sélectionne chaque bruit, sans chercher à réfléchir sur la portée de sa signification.

– Le Los Angeles n'a pas ouvert ses tubes lance-torpilles, commandant... L'Akula proche a ouvert un tube sur bâbord et un autre sur tribord... Le Trafalgar doit considérer qu'il est encore trop loin pour obtenir une solution satisfaisante, il fonce sur nous, c'est tout... Ah ! Qu'est-ce que c'est ?

Ping...

Une émission sonar a frappé la coque du *Téméraire*. Son écho est différent, plus métallique dans les aigus. L'aspirant Moreau met quelques secondes a identifier son origine.

– Le premier Russe est sur nous, commandant. Si ses calculateurs n'ont pas progressé depuis la perestroïka, nous avons du temps devant nous ! Le Britanni... Oh oh, l'Américain est en train d'ouvrir un seul tube, sur tribord. Je répète, un seul tube sur trib... Chierie de merde !

Moreau s'est dressé devant sa console sonar à la vitesse du promeneur champêtre qui pose culotte sur un nid de frelons.

– Alarme torpille ! Je répète, alarme torpille !

Dans le centre de contrôle « Jupiter »

– Marie...

Le traditionnel « oui ma belle ? » tarde à venir. Marie-Reine de Beauchâtel n'a pas aimé la manière dont Caroline Laverda a prononcé son prénom. Elle s'approche de l'informaticienne qui tourne vers elle un visage défait. La jeune femme semble avoir trouvé ce qu'elle cherchait et paraît le regretter.

– Nous avons oublié de réfléchir tout à l'heure, Marie.

– Normal vu le foutoir qui nous est tombé dessus, non ? Mais qu'aurions-nous omis de considérer, ma belle ?

– L'évidence même, Marie, il n'y a pas de double-poulain dans le système, juste un idiot de rongeur qui s'est carbonisé les moustaches entre deux plaques de circuits imprimés. Donc, il n'y a pas eu d'attaque virale, mais une panne des plus ordinaires due à un accident de souriceau ! Les souriceaux ne remontant pas les fibres optiques ou le cuivre des réseaux informatiques, pas plus vivants que morts, il n'y a aucune raison que les autres postes de commandement de la force de frappe ou de la Défense Nationale soient affectés par le problème, vrai ou faux ?

– Le PC de Taverny...

– Non, Marie, Taverny ne répond pas parce que le colonel Machin fait très bien son boulot. Les autres PC n'ont strictement aucune raison d'être en carafe, or ils le sont. Conclusion ?

Marie-Reine de Beauchâtel sèche. Philippe Vilniot a écouté son ex sans dire un mot. Cela ne pouvait pas durer.

– Conclusion, Caro ?

– Tout va mal ici, mais ça doit aller bien ailleurs, il faut en conclure que le président du Sénat s'est trompé en tapant son code d'accès en remplacement de Véga. J'ajoute qu'il se trompe à chaque fois, puisqu'il continue de piétiner devant la porte du système. Donc, le président du Sénat ne sait plus son code et il en tape un mauvais de toute bonne foi. C'est très con, donc très humain, et c'est la seule explication logique et rationnelle à tout ce merdier, Philippe.

Vilniot est déjà revenu à son pupitre pour décrocher le téléphone avec la douceur d'un haltérophile enlevant ses quatre cent cinquante kilos olympiques.

03 : 29

– Allô ? Le Sénat ?... Le président, pourquoi n'est-il pas à côté du téléphone ?... Eh bien faites-le sortir et passez-moi ce connard en priorité ! Urgence Flash !

Marie-Reine de Beauchâtel n'est pas la dernière à regarder Caroline Laverda avec une admiration accrue. Le capitaine John Lerain (revenu des toilettes) et le lieutenant Colin Dainet (revenu de l'exploration de ses fosses nasales) ne savent pas trouver les mots justes pour exprimer la leur, alors ils se taisent. Le général Hubert Pollard a retrouvé des couleurs.

– Ma belle, je peux mourir tranquille, j'ai vu le génie à l'œuvre ! Et une fille en plus ! Une toute belle !

– N'exagérons rien, Marie...

– Avec tes talents, il faudrait songer à te recycler dans les télécoms pour mettre au point des futurs moyens de transmissions sûrs à cent pour cent. Sais-tu que même les terroristes renoncent au téléphone ou aux courriels, de nos jours ? On en revient aux bons vieux rendez-vous en vis-à-vis sous une porte cochère, avec fausses barbes et messages appris par cœur, on croit rêver.

– Ça existe, les moyens sûrs, Marie. Cela s'appelle les pigeons voyageurs !

– Pour les sous-marins, ça va pas le faire...

À bord du SNLE Téméraire

La torpille du Los Angeles explose à bonne distance du submersible français, mais suffisamment près pour vriller son onde de choc subaquatique dans les écouteurs de l'aspirant Moreau.

Jacques Chambéris a failli tout lâcher dans son pantalon de capitaine de corvette. Le *Téméraire* est maintenant sous les feux croisés de chasseurs qui paraissent plus que déterminés à causer sa perte : la torpille américaine a été volontairement sabordée à mi-parcours, en guise de coup de semonce. La prochaine continuera jusqu'au but.

Le capitaine de vaisseau Laurent de Saint-Lapray estime pour sa part qu'il y en aura plusieurs.

– Second !

– Commandant ?

– Alarme collision pour tout le bord. Préparez à larguer les contre-mesures. Opérations, paré à lancer sur mon ordre, et je veux des solutions de tir sur chacun des bâtiments qui nous attaque. Inutile de calculer en mode passif, est-il besoin de le préciser ?

– À vos ordres commandant !

– Navigation, la barre sur l'élan, zéro devant. Stabilisez la propulsion et l'immersion pour le paré à lancer.

– À vos ordres, commandant !

Jacques Chambéris abandonne l'officier de navigation et ses sinistres transparents pour venir à hauteur du siège pivotant de Laurent de Saint-Lapray.

– Commandant, c'est ridicule, nous n'avons pas de cibles désignées ! Je sais que nous pouvons lancer en « neutre », mais je pense que ce serait une lourde erreur... C'est du suicide !

Pour tout commentaire, le pacha du SNLE *Téméraire* ôte sa clé de tir de son cou. Dans moins d'une minute, il quittera le fauteuil de commandement pour aller se poster devant la console de lancement des missiles. Il ne restera alors plus qu'à prier qu'un miracle se produise jusque dans les ultimes secondes de la situation d'alerte totale – Laurent de Saint-Lapray songe qu'il est difficile de croire en Dieu à bord d'un sous-marin nucléaire lanceur d'engins avec seize missiles M45 logés dans ses flancs, dont huit prêts à s'envoler.

Soit plus de sept mégatonnes de concentré d'Apocalypse.

Dans le centre de contrôle « Jupiter »

02 : 13

Philippe Vilniot a raccroché le téléphone de son pupitre sans pouvoir maîtriser sa rage. Le combiné a claqué au fond de son logement comme deux boules de billard carambolées pleine bille. Tous ont sursauté dans le centre Jupiter, alors que Vilniot entame une sorte de danse du scalp qu'il n'arrive pas à maîtriser tant il est énervé.

– Le con ! Le triple con !

– Le président du Sénat ne veut pas admettre qu'il se trompe de code à chaque fois, Philippe ?

– Si seulement ! Non, Caro, rien à dire, il est très coopératif, il se confond en excuses, mais voilà, il a beau se creuser la cervelle, il ne parvient pas à se souvenir d'un autre mot de passe que celui qu'il tape, c'est toujours celui-là qui lui revient en tête...

Ce ne doit pas être un Nuage Bleu, ou alors c'est un effet pervers du phénomène. Laverda s'agace :

– Il n'a pas noté le bon quelque part ?

– Si, dans un carnet, mais chez lui, à son domicile privé où il n'y a personne ! Je lui ai commandé un motard de gendarmerie pour l'emmener dare-dare là-bas...

– Un motard ? Philippe, tu débloques ou quoi ! ? Un voisin ou la concierge s'il y en a une sont déjà sur place, réfléchis un peu ! Avec les clés, ou un pied de biche s'il le faut, ils pourraient trouver ce carnet beaucoup plus vite et téléphoner encore plus vite au Sénat,

– Caro, tu es sérieuse ? Nous parlons d'un code ultra secret relevant des intérêts vitaux de la Défense Nationale, et tu voudrais le faire lire par la concierge ? !

Caroline Laverda regarde le compte à rebours avec un haussement d'épaules fataliste.

01 : 37

– Si la théorie de vengeance automatique du général Pollard n'en est pas une, Philippe, il n'y aura bientôt plus rien à défendre nationalement...

À bord du SNLE Téméraire

Deux nouvelles torpilles sont parties du Los Angeles, qui a ouvert un deuxième tube sur sa proue bâbord. L'Akula le plus proche vient de tirer lui aussi deux torpilles, sans sommation.

Le *Téméraire* a aussitôt lâché ses contre-mesures. Les leurres tournoient entre deux eaux dans le sillage du SNLE, produisant des tourbillons de bulles qui s'enroulent en spirales bruyantes s'éloignant le plus rapidement possible. La propulsion du submersible a été réduite d'un tiers pour abuser un peu plus les capteurs de guidage des torpilles hostiles, qui devraient dédaigner son signal de cavitation au profit des nuages de bulles.

Se rapprochant de plus en plus du but, le Trafalgar cherche sa propre solution de tir sur le sous-marin français : le *ping*... de son émission sonar s'est un peu perdu parmi les cris de l'aspirant Moreau, qui hurle les coordonnées de direction et vitesse de mouvement des armes russes et américaines.

C'est l'hallali.

Appliquant la procédure, l'Officier principal des opérations Alain Le Chifol a confirmé une nouvelle fois que les missiles étaient sous eau, équilibrés en pression, et complètement opérationnels pour moitié sur les tranches tribord et bâbord. L'officier de tir Julien Friguet signale qu'il a un pointé correct sur chaque submersible attaquant, même le sous-marin russe le plus éloigné, toutes torpilles actives en sortie de tube.

Le capitaine de vaisseau Laurent de Saint-Lapray a brièvement incliné le buste pour accuser réception de l'information, mais n'ordonne pas de répliquer, pas plus que de procéder au lancer des missiles. Il ne bouge pas de son fauteuil de commandement.

L'officier en second Jacques Chambéris double le signal d'alarme collision.

Dans le centre de contrôle « Jupiter »

00 : 51

– Oh putain, ça va partir ! Philippe, ça va partir !

– Que veux-tu que j'y fasse ? Le président du Sénat n'a pas de concierge, ses voisins n'ont pas ses clés et ils ne possèdent aucun pied de biche, tu m'excuseras, et la porte de son appartement est blindée comme un contre-torpilleur !

– Au moins, tu as envoyé quelqu'un... Général ?

– Mademoiselle ?

– Au point où nous en sommes, vous pouvez bien me le dire... Personne n'ayant déclaré la guerre, sur quelles cibles nos missiles vont-ils être tirés ?

– Sans avoir besoin d'aller jusqu'à l'instant zéro, une procédure d'urgence datant de la guerre froide prévoit un lancement dit « neutre », en trajectoire montante. Cela ne concerne que les sous-marins stratégiques et la moitié de leur arsenal embarqué.

Les missiles sont lancés, puis programmés en vol via les satellites de la Défense.

– Et s'ils ne le sont pas ?

– Ils... Ils fileront vers les dernières cibles qui ont été implantées dans leur mémoire de guidage, normalement. C'est bien ça, mad... Marie ?

– Enfin ! Merci, Hubert, c'est agréable à entendre... Et oui, c'est prévu comme ça, hélas ! Aurait-on une idée de ces destinations, quelqu'un, ici ? Voici plus de vingt ans, Moscou figurait bien sûr en cible numéro Un, mais aujourd'hui ? Parce que je vous rappelle qu'en matière de bombe atomique, bordel à cul, la seule chose qui compte c'est l'endroit ousquelle tombe !

Le rire nerveux du lieutenant Colin Dainet s'étrangle dans sa gorge quand son regard percute les écrans du centre Jupiter.

– Le compte à rebours s'est arrêté !

À bord du SNLE Téméraire

– Commandant, un message en urgence Flash !

Le capitaine de corvette Jacques Chambéris brandit une copie papier fraîchement décryptée par les transmissions. Le capitaine de vaisseau Laurent de Saint-Lapray prend connaissance du message relayé par le PC de la Force Océane Stratégique. Pas un seul muscle de son visage ne tressaille.

Sur la passerelle du *Téméraire*, aux postes de navigation et des armements, aux consoles radars et sonars, tout le monde retient son souffle. L'aspirant Moreau a même cessé d'annoncer la progression des torpilles hostiles pour un temps.

De Saint-Lapray finit par relever la tête, toujours aussi impassible. Chambéris rectifie instinctivement la position.

– Le message est correctement formaté, Second. La signature est authentique

– Je confirme, commandant, le message est correctement formaté et la signature est authentique.

– Bien. Diffusion générale, Second, et inutile de confirmer après moi, je pense que l'équipage n'écoutera plus !

De Saint-Lapray prend une profonde inspiration.

– Opérations, refermez les portes des tubes lance-missiles, refermez vite et à grand bruit, s'il vous plaît ! Navigation, zéro la barre, zéro la barre, et zéro la propulsion ! Stoppez la propulsion ! Chassez aux ballasts, chassez en grand, nous faisons surface ! Je répète, nous faisons surface ! Surface ! Surface ! Gare aux glissades, on s'accroche, alarme à la pente ! Je répète, alarme à la pente ! Transmissions, émettez un signal de reddition sans condition en clair sur toutes les fréquences, que tout le monde nous entende !

Le pacha du SNLE *Téméraire* se tourne vers son officier en second qui se retient au dossier de son siège comme le sous-marin lève rapidement son mufle épais à la manœuvre vers les hauteurs libres de l'océan. Le capitaine de corvette Jacques Chambéris a du mal à soutenir sans ciller le regard calme et un brin ironique du capitaine de vaisseau Laurent de Saint-Lapray.

– Maintenant, Second, il nous faut espérer que les torpilles américaines et russes se ruent sur nos leurres ou qu'elles aient été réglées pour ne pas exploser trop près de la surface, en prévision de bâtiments naviguant... À ce propos, tiens, aspirant Moreau !

– Commandant ?

– Vérifiez ce qu'il y a là-haut, voulez-vous ? Ce serait trop bête d'aller nous encastrer dans les cales d'un destroyer que vous n'avez pas pensé à écouter...

– À vos ordres, commandant !

Dans le centre de contrôle « Jupiter »

Deux coups de klaxon ont retenti dans le centre Jupiter, figeant sur place tous ses occupants. Deux des trois lampes rouges se sont éteintes, synchrones.

Sur tous les écrans, le compte à rebours s'est arrêté. L'informaticienne Caroline Laverda s'assoit dans le fauteuil de la console centrale, lentement. Les triples fenêtres d'affichage du terminal secondaire sont toutes vides de chiffres et de lettres. La main de Marie-Reine de Beauchâtel se pose sur son épaule, légère comme une plume.

– C'est fini, ma belle...

Le téléphone du pupitre favori de Philippe Vilniot se met à sonner. Philippe Vilniot décroche. La conversation est encore plus brève qu'à l'ordinaire. Philippe Vilniot raccroche et fait face au général quatre étoiles Hubert Pollard. Le capitaine John Lerain et le lieutenant Colin Dainet se tiennent en retrait de l'officier supérieur, presque au garde-à-vous.

– Véga a repris conscience au Val-de-Grâce. Il a mis fin à l'alerte Rouge avec la valise de l'officier nucléaire... C'était juste !

00 : 07

Cinquième partie

ÉPILOGUES

BOUM...

Le 25 janvier 1995, les radars de détection avancée russes signalent soudain un missile inattendu lancé près de Spitzberg, la principale île de l'archipel du Svalbard, à l'est du Groenland.

Le temps de vol estimé pour atteindre Moscou est de cinq minutes, montre en main. C'est l'affolement au Kremlin tandis que toutes les forces armées de la Russie passent en état d'alerte, s'apprêtant au combat avec l'émotion que l'on devine au sein des troupes.

En moins de cinq minutes, avant qu'il ne soit trop tard et qu'une riposte massive n'ait été mise en application, les radaristes revenus de leur surprise font leur travail et assurent, après vérification soigneuse des paramètres de vol, que le point d'impact du missile sera situé avec certitude très largement en dehors des frontières russes, ce qui ramène le calme dans les couloirs du Kremlin.

Le missile était norvégien. Il avait été lancé pour un motif scientifique. La Norvège avait averti trente-cinq pays, dont la Russie, de la date du lancement. Il semblerait que l'information soit bien parvenue au ministère de la Défense russe, mais que, pour une raison inconnue, elle n'ait pas été relayée au personnel des radars de détection avancée assurant la permanence ce jour-là.

C'était en 1995, il n'y a pas si longtemps...

Le Mur de Berlin était tombé six ans auparavant, à grand fracas avec quelques notes de violoncelle.

Un ivrogne notoire dirigeait ce que l'on n'appelait plus l'Union soviétique. Il serait réélu l'année suivante, avant de céder la place à l'ancien chef du FSB (ex-KGB), un apparatchik possédant donc d'excellentes références pour occuper le poste de dirigeant suprême d'un pays qui ratait son retour à la démocratie comme il avait manqué son entrée dans le socialisme. La Russie disposerait actuellement d'une arme de destruction massive redoutable, la vodka frelatée, ainsi que de 6 000 têtes nucléaires et 15 sous-marins lanceurs d'engins capables chacun de détruire la moitié de la planète, submersibles dont les pachas reconnaissent en privé à mots couverts (les marins sont des gens pudiques) qu'on trouve plus facilement des Trabant d'occasion en meilleur état.

Quelques années plus tard, la République du Kazakhstan (ex-URSS) signalera que, selon les conclusions du dernier inventaire de ses arsenaux, il lui manque toujours deux ogives atomiques de belle charge, fiables et opérationnelles (forte récompense à qui donnera des informations). Les officiers supérieurs à mâchoire carrée des niveaux inférieurs du Pentagone seront pour une fois d'accord avec les gros malins de Sugar Grove, qui pensent que les ogives kazakhes ne sont pas perdues pour tout le monde, et iraient bien les chercher dans les casernes secrètes iraniennes.

C'était l'année du centenaire de l'invention du cinématographe par les frères Auguste et Louis Lumière, des Français (cocorico).

Aux États-Unis, un démocrate de l'Arkansas était à mi-parcours de son premier mandat présidentiel. Ce n'était pas le mauvais bougre, mais il lui sera beaucoup plus reproché de faire un usage honteux de ses cigares que de ne pas faire assez de réformes pour les pauvres. Son successeur aura le triste privilège d'être le premier président américain à devoir être réveillé alors qu'il ne dormait pas pendant que le pays subissait une incroyable et monstrueuse agression, non nucléaire il est vrai, et venue de l'intérieur en plus. Les USA disposeraient d'un peu moins de 7 000 têtes nucléaires, dont plus de la moitié embarquées dans 18 sous-marins lanceurs d'engins (en bon état).

Hugo Pratt lâchait crayons et pinceaux, laissant Corto Maltese orphelin à la grande tristesse de ses fans. Ginger Rogers ne danserait plus jamais (elle avait arrêté depuis un moment, il est vrai). Louis Malle rangeait définitivement sa caméra. La romancière américaine Patricia Highsmith, reine du suspense, quittait ce bas monde. Apprenant le décès de la comédienne Suzanne Prou, le comédien André Peu s'estimait chanceux et décidait de changer de pseudonyme.

Les illuminés de la secte japonaise Aum répandaient du gaz toxique sarin dans le métro de Tokyo et la gare de Yokohama.

Un jeune extrémiste israélien avait l'excellente idée d'assassiner le Premier ministre Itzhak Rabin lors d'une manifestation pour la paix à Tel-Aviv, paix donc remise une nouvelle fois à plus tard. Quelques années plus tard, Ariel Sharon aura la non moins lumineuse idée d'aller se promener sur l'esplanade des Mosquées à Jérusalem, déclenchant par cet acte la deuxième Intifada et renvoyant la paix à une date aussi ultérieure qu'indéterminée. Après lui, Ehud Olmert sautera sur la première occasion venue pour ruiner une nouvelle fois le Liban en représailles disproportionnées à une provocation imbécile du Hezbollah, ajournant la paix, etc. etc. – dans Son infinie miséricorde, le Seigneur a heureusement doté Israël d'ennemis crétins et bornés qui n'ont toujours pas compris que le terrorisme était inopérant, ce qui explique pourquoi la paix évoquée plus haut n'est hélas pas pour demain. L'arsenal atomique israélien non officiel est estimé entre 100 et 200 têtes nucléaires.

En 1995, le prix Nobel de la Paix était attribué au vénérable militant antinucléaire Joseph Rotblat et à son mouvement, Pugwash.

Aujourd'hui, les Chinois disposeraient de 450 têtes stratégiques mais de seulement une vingtaine de missiles intercontinentaux dont 12 embarqués dans leur unique sous-marin nucléaire lanceur d'engins, en excellent état (qui oserait prétendre le contraire sera envoyé se rééduquer dans une rizière à la campagne). Les SNLE britanniques de classe Vanguard promènent 58 missiles sous les eaux du globe, pour un arsenal total d'environ 190 têtes (dont une de lard au 10 Downing Street). La Force Océanique Stratégique française accueillera bientôt le *Terrible*, un sous-marin nucléaire lanceur d'engins de nouvelle génération, modèle de discrétion renforcée ultra silencieuse, doté de la toute nouvelle tête océanique M51 de très longue portée. Il remplacera le vieil *Inflexible*, et sera de conception presque obsolète lors de sa mise à l'eau si les progrès des moyens de détection continuent d'aller plus vite que les petites mains des chantiers navals de la Défense Nationale.

Les Indiens n'ont pas de submersibles, mais un cinéma populaire florissant, et 90 têtes nucléaires pour faire peur aux Pakistanais. Les Pakistanais exportent une main-d'œuvre bon marché un peu partout dans le monde et ont 25 têtes nucléaires pour faire peur aux Indiens. Les Nord-Coréens ne mangent toujours pas à leur faim, mais peuvent être fiers de posséder l'arme atomique pour faire peur aux Sud-Coréens

La peur est mauvaise conseillère.

En 1995, la France s'apprêtait à élire au printemps un nouveau président de la République, qui réactiverait le programme d'essais nucléaires en atmosphère dès l'été suivant, se mettant à dos l'ensemble de la communauté internationale. Président qui ne saurait conserver sa majorité à l'Assemblée nationale que deux ans. Président qui serait réélu au terme de son premier mandat, par la force des choses...

L'Histoire ne se répète pas, elle bégaye, a dit l'autre.

Pr-pr-prions p-p-p-pou-pour qu'il se s-s-sssoit tron-tron-tromp'-tromp'-trompé !

Aux dernières nouvelles, sur la base de Vostok, Antarctique, il fait en moyenne – 67,2° Celsius (le matin).

Dans la cour de l'Élysée

Les premières morsures de la nuit dévorent à belles dents les dernières lueurs du jour. Le ciel s'obscurcit petit à petit au-dessus des toits du palais de l'Élysée.

Les tireurs d'élite postés en snipers les ont quittés.

Caroline Laverda prend le frais sur le perron, assise en haut des marches. Les huissiers à queue-de-pie et chaîne de poitrine dorée ne sont pas encore revenus à leur poste : ce sont toujours les hommes en noir de la Direction des Opérations Générales qui montent la garde. Les chiens de la DOG ne se préoccupent pas de la jeune femme. Des voitures officielles ont roulé sur le gravier de la cour pour venir chercher des militaires et des civils sous leur regard indifférent.

Philippe Vilniot a rejoint Caroline Laverda. Il s'assoit à côté d'elle, après un court instant d'hésitation. Il tient son téléphone portable dans la main droite, surveillant l'écran du coin de l'œil.

– Tu reconnais la bagnole là-bas, Caro ?

– C'était ce matin, Philippe. Tôt, d'accord, mais c'était aujourd'hui... Oh, putain, j'ai du mal à le croire, tu sais ! Ça fait, quoi, à peine une quinzaine d'heures ?

– Je sais.

– C'est vrai, tu sais toujours tout.

– Presque tout, Caro. Le chauffeur de la bagnole là-bas te raccompagnera chez toi dès que tu le souhaiteras. Sinon...

– Sinon quoi ?

– La Dame de Fer organise un dîner ici avant de se rapatrier au ministère de la Défense. Tous ceux qui travaillent encore au palais y sont conviés, si ça leur dit. J'en suis, Hubert en est, mais sans John et Colin. Marie n'ira pas, elle. On est en train de lui chercher un hôtel. Tu as faim ?

– Je n'ai pas faim. Ça ne me dit pas. Ça n'a rien à voir avec le général ou avec toi.

– Je le savais.

Caroline Laverda ne fait pas de commentaire. En parlant de dîner, Marie-Reine de Beauchâtel a proposé de se faire un restaurant entre compagnons d'aventure du centre Jupiter, mais plus tard. Elle compte séjourner un peu en métropole, aux frais de la République qui lui doit bien ça. Ce soir, c'est trop chaud, il faut prendre de la distance, laisser la pression redescendre. Après, on fera ripaille quelque part avec force bouteilles de chouette dans les bonnes années du siècle dernier, on racontera des blagues pornos au dessert, puis on s'échangera les adresses et on ne s'écrira jamais.

– Alors, tout est bien qui finit bien, Philippe, comme dans les chansons et les contes de fées ?

Vilniot regarde le bout de ses chaussures.

– Un Super-Etendard est tombé à l'eau en Méditerranée. Un accident de catapulte, au décollage du porte-avions. Le pilote n'a pas eu le temps de s'éjecter.

– L'alerte Rouge aura donc fait une victime...

– Une seule. Cela aurait pu être pire, nous avons failli perdre un sous-marin.

– Nous avons failli perdre la planète, Philippe.

– Si tu veux...

– Pauvre con. Gros comment, le sous-marin ?

– Très gros, avec plein de missiles dans le ventre. En essayant de le couler pour sauver la planète, les Américains et les Russes ont été à un cheveu de se détruire mutuellement si l'une de leurs torpilles décidait de changer de cible au dernier moment. Tu imagines ? Il y avait aussi un Britannique pas loin. Ça faisait beaucoup de métal sous la flotte dans un espace réduit pour les systèmes de guidage, tu comprends ?

– Je n'ai pas envie de comprendre. Je crois que j'ai surtout envie d'oublier, tout en sachant que je ne pourrai pas oublier. Passe-moi une cigarette.

– Je ne fume pas, Caro.

– Moi non plus. Enfin, j'ai arrêté il y a longtemps. Quels sont tes projets, à présent ?

– Mon boulot. Finalement, c'est la seule chose que je ne salope pas trop. Ça bouge dans le monde, tu le sais. Je risque de voyager bientôt.

– Ah ? Tu vas aller à Téhéran ?

Philippe Vilniot ne regarde plus ses chaussures. Il regarde Caroline Laverda en souriant.

– Info classée, pauvre conne.

– C'est ça, fous-toi de moi en plus...

– Désolé, tu es redevenue une simple citoyenne soumise aux lois en vigueur.

– Ouais, et une citoyenne qui se rappelle que le droit de vote est une belle invention qui ne s'use que si l'on ne s'en sert pas ! C'est pas l'endroit idéal pour se souvenir de ça, ici ? Je ne vais pas laisser passer l'occasion de m'en servir, Philippe.

Du pouce, la jeune femme montre la façade du palais de l'Élysée qui se dresse au-dessus d'eux dans la nuit pas encore tout à fait établie.

– C'est là qu'ils veulent tous aller ? Pourtant, c'est moche, et je sais de quoi je parle pour l'avoir vu de l'intérieur... Les ors de la République, merci bien ! Bon, j'avoue que le mec avec une toque en cuisine n'est pas manchot, mais le reste... C'est une vraie maladie, le Pouvoir avec un grand P !

Le sourire de Vilniot s'accentue.

– Alors tu votes sans le savoir pour des malades incurables ? C'est intéressant. Tu n'as jamais de chouchou, Caro ?

– Je me méfie des chantres de l'ordre et de la morale, et des démagogues. Je me méfie encore plus des imitations qui aboient trop fort. Sinon, j'applique la sagesse familiale...

– À savoir ?

– Mieux vaut se prendre une mauvaise gauche qu'une bonne droite, ça fait toujours moins mal.

Caroline Laverda change de fesse d'appui pendant que Philippe Vilniot médite l'adage avec une petite moue ironique en coin. Un certain engourdissement gagnait l'articulation de la jambe gauche de l'informaticienne, sans aucune allusion politique. Elle a remarqué que Vilniot avait déjà récupéré son pistolet, dont la crosse dépasse à nouveau de son étui de ceinture. Les choses reviennent tellement vite à la normale que cela affole la jeune femme.

– Ça te fait drôle, la sagesse électorale des Laverda ? Tu roules pour qui, Philippe ?

– Mais qu'est-ce que vous avez tous avec cette question ? ! Tu n'as toujours pas compris ? Je ne roule pour personne, merde, et ça ne va pas s'arranger. Je suis fatigué, Caro, cette histoire m'a achevé. Qu'ils crèvent tous, ces abrutis, et toi...

– Moi ?

– Toi, les élections, c'est devoir civique et compagnie, hein ? Tu te la joues citoyenne républicaine sur la brèche, qui croit connaître les candidats et leur programme, comme si c'était des machines prévisibles ? Alors n'oublie jamais de regarder les informations quand les candidatures se révèlent... ou pas ! Je te promets une surprise. Une putain de surprise, comme tu dirais.

– Quand ?

– Tu le verras sans que j'aie besoin de te faire signe. Rappelle-toi ce que je te dis en ce moment... beauté !

– Hé, Philippe, tu me redragues, là ? !

– Caro, tu ne sauras jamais comment ça m'a fait mal de te voir partir.

– Quoi ? ! T'es gonflé, c'est toi qui...

Le téléphone portable de Vilniot vibre dans sa main. Il prend la communication avec un geste d'excuse un peu flou. Caroline Laverda songe que sans un imbécile piétiné par un éléphant pendant un safari, elle ne serait pas là. Sans un autre imbécile en prison à Singapour (pour d'excellentes raisons) non plus, d'ailleurs. Le destin tient à des petites choses, parfois.

Philippe Vilniot a coupé la communication.

– C'était le Val-de-Grâce, Caro. Véga va de mieux en mieux. Il a réclamé de la bière mexicaine. Il veut faire imprimer des bulletins de vote à son nom. Il dit qu'il est le meilleur d'entre tous... Il paraît qu'il n'est quand même pas tout à fait le même depuis qu'il a repris conscience.

– Ce n'est pas une raison pour briguer un troisième mandat, Philippe !

– Je sais.

– Arrête de savoir !

– Arrête d'être belle, Caro. Et rappelle-toi ce que je t'ai dit...

Caroline Laverda se souvint de la prophétie de Philippe Vilniot le jour dit, en regardant les informations télévisées du soir. La jeune femme sut que c'était le bon jour, sans pouvoir expliquer pourquoi.

Les informations étaient présentées en couple. Le présentateur et la présentatrice firent tout ce qu'ils purent pour ménager leur effet d'annonce.

Celle-ci ne surprit pas l'informaticienne. Elle se la résuma à voix haute d'une courte phrase autant résignée que traditionnelle, et peut-être accablée.

– Oh, putain...

Dans la même collection

Cesare Battisti, *Terres brûlées* (anthologie sous la direction de)
Cesare Battisti, *Avenida Revolución*
William Bayer, *Labyrinthe de miroirs*
William Bayer, *Tarot*
William Bayer, *Le Rêve des chevaux brisés*
William Bayer, *La Ville des couteaux*
Marc Behm, *À côté de la plaque*
Marc Behm, *Et ne cherche pas à savoir*
Marc Behm, *Crabe*
Marc Behm, *Tout un roman!*
James Carlos Blake, *Les Amis de Pancho Villa*
James Carlos Blake, *L'Homme aux pistolets*
James Carlos Blake, *Crépuscule sanglant*
James Carlos Blake, *Un monde de voleurs*
Lawrence Block, *Moisson noire 2002* (anthologie sous la direction de)
Edward Bunker, *Aucune bête aussi féroce*
Edward Bunker, *La Bête contre les murs*
Edward Bunker, *La Bête au ventre*
Edward Bunker, *Les Hommes de proie*
James Lee Burke, *Prisonniers du ciel*
James Lee Burke, *Black Cherry Blues*
James Lee Burke, *Une saison pour la peur*
James Lee Burke, *Une tache sur l'éternité*
James Lee Burke, *Dans la brume électrique avec les morts confédérés*
James Lee Burke, *Dixie City*
James Lee Burke, *La Pluie de néon*
James Lee Burke, *Le Brasier de l'ange*
James Lee Burke, *Cadillac Juke-Box*
James Lee Burke, *La Rose du Cimarron*
James Lee Burke, *Sunset Limited*
James Lee Burke, *Heartwood*
James Lee Burke, *Purple Cane Road*
James Lee Burke, *Jolie Blon's Bounce*
Sean Burke, *Au bout des docks*
Daniel Chavarría, *Un thé en Amazonie*
Daniel Chavarría, *L'Œil de Cybèle*
Daniel Chavarría, *Le Rouge sur la plume du perroquet*
Daniel Chavarría, *La Sixième Île*
George C. Chesbro, *Bone*
George C. Chesbro, *Les Bêtes du Walhalla*
Michael Connelly, *Moisson noire 2004* (anthologie sous la direction de)
Christopher Cook, *Voleurs*
Robin Cook, *Cauchemar dans la rue*
Robin Cook, *J'étais Dora Suarez*
Robin Cook, *Le Mort à vif*

Robin Cook, *Quand se lève le brouillard rouge*
David Cray, *Avocat criminel*
Pascal Dessaint, *Mourir n'est peut-être pas la pire des choses*
Pascal Dessaint, *Loin des humains*
Tim Dorsey, *Florida Roadkill*
Tim Dorsey, *Hammerhead Ranch Motel*
Tim Dorsey, *Orange Crush*
Tim Dorsey, *Triggerfish Twist*
Wessel Ebersohn, *Le Cercle fermé*
James Ellroy, *Le Dahlia noir*
James Ellroy, *Clandestin*
James Ellroy, *Le Grand Nulle Part*
James Ellroy, *Un tueur sur la route*
James Ellroy, *L.A. Confidential*
James Ellroy, *White Jazz*
James Ellroy, *Dick Contino's Blues*
James Ellroy, *American Tabloid*
James Ellroy, *Crimes en série*
James Ellroy, *Moisson noire 2003* (anthologie sous la direction de)
James Ellroy, *Destination morgue*
James Ellroy, *American Death Trip*
Valerio Evangelisti, *Anthracite*
Davide Ferrario, *Black Magic*
Barry Gifford, *Sailor et Lula*
Barry Gifford, *Perdita Durango*
Barry Gifford, *Jour de chance pour Sailor*
Barry Gifford, *Rude journée pour l'Homme-Léopard*
Barry Gifford, *La Légende de Marble Lesson*
Barry Gifford, *Baby Cat Face*
James Grady, *Le Fleuve des ténèbres*
James Grady, *Tonnerre*
James Grady, *Comme une flamme blanche*
James Grady, *La Ville des ombres*
Patrick Hamilton, *Hangover Square*
John Harvey, *De chair et de sang*
John Harvey, *Demain ce seront des hommes* (anthologie établie par)
John Harvey, *De cendre et d'os*
Vicki Hendricks, *Miami Purity*
Vicki Hendricks, *Sky Blues*
Tony Hillerman, *Le Voleur de temps*
Tony Hillerman, *Porteurs-de-peau*
Tony Hillerman, *Dieu-qui-parle*
Tony Hillerman, *Coyote attend*
Tony Hillerman, *Les Clowns sacrés*
Tony Hillerman, *Moon*
Tony Hillerman, *Un homme est tombé*
Tony Hillerman, *Le Premier Aigle*
Tony Hillerman, *Blaireau se cache*
Tony Hillerman, *Le vent qui gémit*

Tony Hillerman, *Le Cochon sinistre*
Tony Hillerman, *L'Homme Squelette*
Craig Holden, *Les Quatre Coins de la nuit*
Craig Holden, *Lady Jazz*
Rupert Holmes, *La Vérité du mensonge*
Rupert Holmes, *Swing*
Philippe Huet, *L'Inconnue d'Antoine*
Thomas Kelly, *Le Ventre de New York*
Thomas Kelly, *Rackets*
Helen Knode, *Terminus Hollywood*
William Kotzwinkle, *Midnight Examiner*
William Kotzwinkle, *Le Jeu des Trente*
Terrill Lankford, *Shooters*
Michael Larsen, *Incertitude*
Michael Larsen, *Le Serpent de Sydney*
Dennis Lehane, *Un dernier verre avant la guerre*
Dennis Lehane, *Ténèbres, prenez-moi la main*
Dennis Lehane, *Sacré*
Dennis Lehane, *Mystic River*
Dennis Lehane, *Gone, Baby, Gone*
Dennis Lehane, *Shutter Island*
Dennis Lehane, *Prières pour la pluie*
Elmore Leonard, *Zig Zag Movie*
Elmore Leonard, *Maximum Bob*
Elmore Leonard, *Punch créole*
Elmore Leonard, *Pronto*
Elmore Leonard, *Beyrouth-Miami*
Elmore Leonard, *Loin des yeux*
Elmore Leonard, *Viva Cuba libre!*
Elmore Leonard, *Dieu reconnaîtra les siens*
Elmore Leonard, *Be cool!*
Elmore Leonard, *Tishomingo Blues*
Elmore Leonard, *Mr Paradise*
Bob Leuci, *Odessa Beach*
Bob Leuci, *L'Indic*
Jean-Patrick Manchette, *La Princesse du sang*
Dominique Manotti, *À nos chevaux!*
Dominique Manotti, *Kop*
Dominique Manotti, *Nos fantastiques années fric*
Dominique Manotti, *Lorraine Connection*
Tobie Nathan, *Saraka Bô*
Tobie Nathan, *Dieu-Dope*
Tobie Nathan, *Serial eater*
Jim Nisbet, *Prélude à un cri*
Jim Nisbet, *Le Codex de Syracuse*
Jack O'Connell, *B.P. 9*
Jack O'Connell, *La Mort sur les ondes*
Jack O'Connell, *Porno Palace*
Jack O'Connell, *Et le verbe s'est fait chair*

Jean-Hugues Oppel, *French Tabloïds*
Samuel Ornitz, *M. Gros-Bidon*
Hugues Pagan, *Tarif de groupe*
Hugues Pagan, *Dernière Station avant l'autoroute*
David Peace, *1974*
David Peace, *1977*
David Peace, *1980*
David Peace, *1983*
David Peace, *GB 84*
Andrea Pinketts, *La Madone assassine*
Andrea Pinketts, *L'Absence de l'absinthe*
Andrea Pinketts, *Turquoise fugace*
Michel Quint, *Le Bélier noir*
Rob Reuland, *Point mort*
John Ridley, *Ici commence l'enfer*
Édouard Rimbaud, *Les Pourvoyeurs*
John Shannon, *Le Rideau orange*
Pierre Siniac, *Ferdinaud Céline*
Jerry Stahl, *À poil en civil*
Les Standiford, *Johnny Deal*
Les Standiford, *Johnny Deal dans la tourmente*
Richard Stark, *Comeback*
Richard Stark, *Backflash*
Richard Stark, *Flashfire*
Richard Stark, *Firebreak*
Richard Stratton, *L'Idole des camés*
Paco Ignacio Taibo II, *À quatre mains*
Paco Ignacio Taibo II, *La Bicyclette de Léonard*
Paco Ignacio Taibo II, *Nous revenons comme des ombres*
Paco Ignacio Taibo, Sous-Commandant Marcos, *Des morts qui dérangent*
Ross Thomas, *Les Faisans des îles*
Ross Thomas, *La Quatrième Durango*
Ross Thomas, *Crépuscule chez Mac*
Ross Thomas, *Voodoo, Ltd*
Jack Trolley, *Ballet d'ombres à Balboa*
Andrew Vachss, *Le Mal dans le sang*
Jim Waltzer, *Keene en colère*
Y. S. Wayne, *Objectif Li Peng*
John Wessel, *Le Point limite*
John Wessel, *Pretty Ballerina*
Donald Westlake, *Aztèques dansants*
Donald Westlake, *Faites-moi confiance*
Donald Westlake, *Histoire d'os*
Donald Westlake, *361*
Donald Westlake, *Moi, mentir ?*
Donald Westlake, *Le Couperet*
Donald Westlake, *Smoke*
Donald Westlake, *Le Contrat*
Donald Westlake, *Au pire, qu'est-ce qu'on risque ?*

Donald Westlake, *Mauvaises Nouvelles*
Donald Westlake, *Moisson noire 2001* (anthologie sous la direction de)
Donald Westlake, *Dégâts des eaux*
Donald Westlake, *Motus et bouche cousue*
Donald Westlake, *Les Sentiers du désastre*
Donald Westlake, *Mort de trouille*
J. Van de Wetering, *Retour au Maine*
J. Van de Wetering, *L'Ange au regard vide*
J. Van de Wetering, *Le Perroquet perfide*
Charles Willeford, *Miami Blues*
Charles Willeford, *Une seconde chance pour les morts*
Charles Willeford, *Dérapages*
Charles Willeford, *Ainsi va la mort*
Charles Willeford, *L'Île flottante infestée de requins*
Daniel Woodrell, *Sous la lumière cruelle*
Daniel Woodrell, *Chevauchée avec le diable*
Daniel Woodrell, *Un hiver de glace*

Achevé d'imprimer par Corlet, Imprimeur, S.A. - 14110 Condé-sur-Noireau
N° d'Imprimeur : 97964 - Dépôt légal : février 2007 - *Imprimé en France*